新訳　思い出のマーニー

ジョーン・G・ロビンソン
越前敏弥・ないとうふみこ＝訳

角川文庫
18676

新訳　思い出のマーニー

ジョーン・G・ロビンソン
越前敏弥・ないとうふみこ＝訳

角川文庫
18676

WHEN MARNIE WAS THERE
by
Joan G. Robinson
First published 1967
by William Collins Sons & Co., Ltd., London.

目次

1　アンナ

ミセス・プレストンはいつもの心配そうな顔で、アンナの帽子をまっすぐに直した。

「いい子でいるのよ。楽しんできてね。それから、ええと……とにかく日焼けして、元気に、笑顔で帰っていらっしゃい」片手でアンナを抱き寄せると、別れのキスをした。アンナがあたたかさと安心と愛情を感じられるように、という気持ちをこめて。

　でも、アンナはミセス・プレストンのそんな気づかいを感じとって、やめてくれないかな、と思った。気づかいなんかされると、ふたりのあいだに垣根ができて、自然なさよならが言えなくなる。ほかの子たちが楽々しているように、ごくあたりまえに抱き合ったり、キスしたりしながらお別れできたら、ミセス・プレストンはすごく喜ぶだろうに。かわりにアンナは、スーツケースをぶらさげたまま列車の乗り口の前にぎこちなく突っ立って、こう願っていた。わたし、「ふつうの顔」をしているといいけど……どうか早く列車が出ますように。

ミセス・プレストンは、アンナの「ふつうの顔」——ミセス・プレストンに言わせると「表情のない顔」——を見てため息をつき、もっとこまごましたことに気持ちを向けた。

「大きな鞄《かばん》は、棚にのせてあるわ。漫画の本はコートのポケットよ」それからバッグの中をごそごそ探った。「はい、どうぞ。旅のおとものチョコレートと、ティッシュ。食べたら口をふいてちょうだい」

笛がふきならされ、駅の荷物係が客車の扉をバタンバタンと閉めはじめた。ミセス・プレストンはアンナをそっと列車の中へ押しやった。

「もう入ったほうがいいわ。すぐ出発よ」

アンナが「おさないでよ」とつぶやきながら列車に乗りこみ、客車の窓辺に立って、あいかわらずにこりともしないで下を見おろすと、ミセス・プレストンは言った。

「ペグさん夫婦によろしくね。わたしも近いうちに行きたいと思ってるって伝えて。日帰りの切符が取れればだけど」列車がホームにそってとてもゆっくりと動きはじめ、ミセス・プレストンはどんどん早口になった。「着いたらハガキをちょうだいね。ペグさんは、ヒーチャムに迎えにきてくれることになってるから、ちゃんと探すのよ。キングズ・リンで乗りかえるのを忘れないように。まちがえっこないわ。鞄の内ポケットに、宛名を書いて切手を貼ったハガキを入れておいたわよ。無事に着きました、ってことだけでいいから。いってらっしゃい。おりこうにしてね」

ミセス・プレストンは走りだし、急に悲しそうな、すがりつくような顔になった。その顔を見たとたん、アンナの中でなにかがふっとやわらいだ。アンナは窓から身を乗りだしてさけんだ。

「おばさん、行ってきます。チョコレートありがとう。行ってきます！」

アンナがめったに言わない「おばさん」という呼び名を使ったのを聞いて、ミセス・プレストンの心配そうな顔が笑顔に変わった。そのとたん、列車はスピードをあげてカーブを曲がった。ミセス・プレストンの姿はもうすっかり見えなくなった。

アンナは、あたりを見まわしもせずにすわって、チョコレートを四かけら割りとると、残りをティッシュといっしょにポケットにしまって、漫画の本をひらいた。キングズ・リンまでは二時間か、もう少しある。「ふつうの顔」をしていれば、うまい具合にだれにも話しかけられずにすむかもしれない。漫画の本を読んで、そのあと窓の外をながめながら、なにも考えないでいられる。

このところアンナは、一日のほとんどをなにも考えずに過ごしていた。ペグさん夫婦の家でしばらく暮らすことになって、今こうしてノーフォーク州に向かっているのも、じつは「なにも考えない」のがきっかけのひとつだった。こうなった理由はほかにもあるけれど、ほかのものは、もやっとしていてつかみどころがないから、説明するのがむずかしい。学校でほかの子たちみたいに仲よしの友だちがいないとか、別にだれもお茶に呼びたい子がいないとか、だれからも呼ばれなくても気にならないとか。ミセス・プレストンは、アンナが気にしていないということをどうしても信じてくれず、いつもこんなふうに言うのだった。「まあ、ひどい。それじゃあみんなスケートに行ってしまって、だれもあなたをさそってくれなかったっていうの？」（これが映画や、動物園や、ハイキングや、宝探しゲームに変わるときもある。）そしてこうつづける。「こんどは頼んでごらんなさい。自分も行きたいって伝えなきゃ。『もうひとり増えてもよかったら、入れてくれない？　わたしも行きたいの』っていうふうに。興味がありそうな顔をしないと、だれもあなたが行きたいってわからないでしょう？」

でも、アンナは興味がない。もう、どうでもよくなってしまった。ミセス・プレストンに向かってうまく説明することはできっこないけれど、アンナにははっきりとわかっていた。パーティーとか、仲よしの友だちとか、お茶のお呼ばれなどは、ほかの人たちに向いていることだ。だってみんなは「中」にいるから――目に見えない、魔法の輪のようなものの中に。でもアンナは「外」にいる。だからパーティーやなんかは、アンナにはぜんぜん関係がない。そう、簡単なことだ。

「やろうとすらしない」というのもあった。それがペグさんのところへ行くことになったもうひとつの理由だ。この半年のあいだに何度も言われたので、「やろうとすらしない」は、もう、ひとつの長い単語のようにしか聞こえなかった。担任のデイビソン先生からは学校で「アンナ、あなたはやろうとすらしないのね」と言われたし、学期末の通知表にもそう書いてもあった。

ミセス・プレストンからは、家でこう言われた。

「あなたは別にどこか悪いわけじゃないでしょう。体が不自由なわけでもないし、頭のよさだってみんなと変わらないはずよ。なのにこうやって『やろうとすらしない』でいると、将来が台なしになってしまうんじゃないかしら」そしてミセス・プレストンは、人からアンナは将来どこの学校に行くのかというようなことをきかれると、決まってこう答えるのだった。「さあ、どうなんでしょうね。あの子は『やろうとすらしない』んですもの。どうしたものか、ほんとうに困ったわ」

アンナは自分では心配していなかった。ほかの事柄と同じく、ちっとも気にしていない。でも、まわりの人はみんな心配しているらしい。まずミセス・プレストン、それからデイビソン先生、ほかには、アンナがぜん息を起こして二週間近く学校を休んだとき、往診にきてくれた医者のブラウン先生も。

「学校のことを心配しているんだって？」ブラウン先生はやさしい目をしてたずねた。

「わたしはしてません。心配されてるけど」アンナはぼそぼそと答えた。

「ははん」ブラウン先生は部屋の中を歩きまわり、いろいろなものを手に取っては、じっくり見てまたもとにもどした。「算数の授業の前に、具合が悪くなるって？」

「ときどき」

「ははん」ブラウン先生は、小さな焼き物のブタをそっと暖炉の上にもどして、ブタの黒い目をじっと見つめた。「やっぱりきみは心配してるんだと思うよ」アンナはだまっていた。「そうじゃないかい？」先生はふりかえって、またアンナのほうを見た。

「先生、ブタに話してるのかと思った」アンナは言った。

ブラウン先生はにっこりしかけたが、アンナがあいかわらずむずかしい顔をしているので、まじめな顔でつづけた。「おそらくきみは心配しているんだろう。なぜかというとね、きみの――」ここで言葉を切って、またアンナのベッドのそばに来た。

「なんて呼んでいるんだっけ」

「だれのこと？」

「ミセス・プレストンのことだ。おばさんと呼んでいるのかな?」アンナはうなずいた。「たぶん、おばさんが心配しているから、きみも心配しているんだと思う。そうだろう?」

「ううん。さっきも言ったけど、わたしは心配してません」

ブラウン先生は歩きまわるのをやめ、アンナがベッドでのどをヒューヒュー言わせながら「ふつうの顔」をしているのを、なにやら考えながら見つめつづけた。それから腕時計に目をやり、きびきびした口調で「わかった。よし。じゃあそういうことでいいね?」と言うと、ミセス・プレストンと話をしようと、急ぎ足で階段をおりていった。

そのあと、なにもかもがものすごい速さで変わった。まず学校は、学期の終わりまでたっぷりひと月半残っていたけれど、そのまま休むことになった。かわりにアンナはミセス・プレストンに連れられて買い物に出かけ、ショートパンツと、砂浜ではくゴム底の運動靴、それにタートルネックの服を買ってもらった。

やがて、ミセス・プレストンが昔なじみのスーザン・ペグに送った手紙に返事が来た。どうぞお嬢ちゃんをこちらによこしてください、歓迎します、という内容だ。手紙はさらに、スーザンもだんなさんのサムも昔ほど若くないし、サムは去年の冬、ずっとリューマチに悩まされていたけれど、お嬢ちゃんが来てくれたらうれしい、もの静かなおちびさんで、あまり遊びまわる子ではないようだから、きっと楽しく過ごしてくれると思う、とつづき、最後にこう書いてあった。「おぼえてるだろうけど、あたしらんとこは、地味につましくやってる。けど、ふかふかのベッドはあるし、テレビも買ったから、ひととおりのものはそろってるよ」

「『あたしらんとこ』ってどういうこと？」アンナはきいた。

「自分の家、っていう意味よ。ノーフォークではそういう言いかたをするの」

「ふーん」

アンナはそれだけ言うと、大きな音をたててドアを閉め、階段をドタドタとかけあがってミセス・プレストンをびっくりさせた。

「いやだわ。わたし、なにか気にさわるようなことを言ったかしら」ミセス・プレストンは首をひねりながら、あとで夫に見せようと思って、手紙を食器棚の引き出しにしまった。ミセス・プレストンには見当もつかなかったが、アンナは「もの静かなおちびさん」と呼ばれたことに、たいした理由もなく急に腹を立てたのだった。人と話すのが苦手だからって、そんなふうに言われるのはひどすぎる。だから「もの静かなおちびさん」なんかじゃないとばかりに、階段をドタドタかけあがったのだ。

今、アンナは列車の座席にすわって、とっくに読み終えた漫画を読むふりをしながら、そんな出来事を思い出していた。そのとき急に、まわりの乗客からも「もの静かなおちびさん」と思われているのではないかと気になった。そこで、眉間《みけん》にきゅっとしわをよせてこわい顔をしたあと、座席にすわってからはじめて顔をあげ、ほかの乗客たちをじろりと見まわした。すみの座席でおじいさんがひとり、眠りこけている。その向かいにすわった女の人は、手鏡をのぞきながらていねいにお化粧をしている。アンナはちょっとのあいだ興味をそそられて女の人をじっと見つめたものの、自分のしかめっつらがゆるんできたことに気づき、こんどは向かいの席にすわっている女の人をにらみつけた。やはりぐっすりと眠っている。

じゃあ、「ふつうの顔」はうまくいったわけだ。おかげでだれもアンナに気づいてもいない。ほっとして窓の外に目をやると、平らな干拓地がどこまでもつづき、いくつもの畑をあいだにはさんで、農家がぽつり、ぽつりと立っていた。アンナはひたすらその景色を見つめつづけた……なにも考えないで。

2 ペグさん夫婦

プラットホームで、丸顔の大きな女の人がこちらに向かって買い物袋をふっている。ペグのおばさんだな、とすぐにわかり、アンナは歩みよった。

「まあ、まあ、よく来たね、嬢ちゃん。よかった、よかった。ちょうどバスが来たところだよ。ほら、鞄《かばん》を持ったげよう。走るよ！」

駅前にバスがとまっていた。ロンドンのような二階建てのバスではなく、もうほとんど満員になっている。「あっちにひとつ席があいてる」ペグのおばさんが息をはずませながら言った。「あんたはあっちにおすわり。あたしはこっちで運転手さんのそばにすわるから。おはよう、ビールズさんのご主人。おはよう、ウェルズさんの奥さん。いいお天気ねえ。ああ、シャロンちゃん、ごきげんいかが？」

アンナは人をかきわけてうしろの座席へ向かった。シャロンとかいう子の隣にすわらなくていいのは、ありがたかった。その子はほんの四つぐらいの女の子で、ほっぺたが赤茶けて丸く、髪は白っぽい金色だ。アンナは、自分よりあまり小さい子が相手だと、どう話しかけたらいいのかさっぱりわからなくなってしまう。

道の両側に、黄色や緑や茶色の、ゆるやかな坂になった畑が連なっていた。土をたがやしたばかりの畑は茶色いコーデュロイの布のようで、キャベツ畑は青々としている。バスが細道を走りぬけていくと、生け垣の中にまっ赤なヒナゲシがちらちらと咲いていた。そして、はるか左へ目をやったとき、海が細く長い線のようにのびているのが見えた。アンナは胸がどきんとした。ほかにも海に気づいた人はいないかとあたりを見まわしたけれど、だれもいない。みんなおしゃべりをしている。慣れっこになってるから目を向けもしないんだ……。そう思いながら、アンナはまじまじと海を見つめ、目を見ひらいたまま、静かでなにもない夢の中に沈みこんでいった。

バスはリトル・オーバートンに入った。長い急な坂をくだっていくあいだ、目の前にはとてつもなく大きな空と、海と、日ざしに照らされた湿地が広がり、やがてバスは急にカーブを切って、がくんと止まった。

「すぐ近くだからね」停留所におりて、おばさんがあらためてアンナの鞄を持ちあげると、バスは音を立てて海岸ぞいの道を走り去った。「うちでサムが待ってるよ。バスが通り過ぎるのが聞こえたんじゃないかな」

「ロンドンのうちでは、バスはしょっちゅう通るの」アンナは言った。

「そりゃあ、うるさいだろうね」おばさんは舌打ちをした。

「別に気にならないけど」アンナはそう言ってから、バスに乗っていた人たちのことを思い出してたずねた。「あのう、海が見えたら、あれは海だって思ったりしますか？」

おばさんはびっくり顔になった。「海を見るかって？　いいや、いちいち見たりしないね。浜にも海にもしばらく行ってないもの。娘っこのころからずっと行ってないよ」

「でもバスの中から見えたでしょう」

「ああ、そりゃあそうだ。見えただろうね」

ふたりは、アンナが手をのばして届くぐらいの高さしかない小さな門から中に入った。ちんまりとした庭には花が咲きみだれ、ミツバチの羽音が高くひびいている。小道を歩くとすぐに、あけっぱなしの玄関に着いた。

「ただいま、サム。無事に到着したよ！」おばさんが暗い家の中に向かってさけんだ。部屋のすみに見える大きな黒い影は、どうやらペグのおじさんが腰かけているひじかけ椅子らしい。「けど、まずはこの子といっしょに荷物を置きにいってくるから」おばさんはそう言って、戸棚のようなもののところへアンナを連れていった。よく見ると、それはせまくて急な、らせん階段だった。

階段をのぼりきったあと、ペグのおばさんはドアをおしあけた。取っ手ではなく、掛け金をはずしてあけるようになっている。「さあ、着いた。すごく豪華じゃないけど、気持ちのいい部屋だし、掃除もしてあるよ。ふかふかの羽根をつめたマットレスもあるし。支度ができたらおりといで。あたしは先に行って、やかんを火にかけてるから」

それは白壁の小さな部屋で、天井はななめについていて、ひとつだけの小さな窓はうんと低いところにあるので、腰をかがめないと外が見えない。窓の向こうには、しっくい塗りの白壁にかこまれた小さな裏庭と物置があり、物置の壁には細長い金《かな》だらいがさがっていた。庭の向こうは畑だった。

ベッドの上に絵がかかっていた。赤と青の糸で十字形を縫った布を額縁に入れたもので、青い錨《いかり》の上に「よきものをつかめ」という言葉が刺繡《ししゅう》してある。アンナは、うそくさいなと思いながらこれを見つめた。「よきもの」という言葉が引っかかる。別にアンナは悪い子ではないし、学校の通知表でも「行動」の欄にはたいてい「よい」と書かれている。でもどういうわけか、この「よきもの」という言葉のせいで、外に締め出されたように感じてしまう。だって、自分が「よい」子だとは感じられないから……。

それでもやっぱり気持ちのいい部屋だ、とアンナはしばらく考えてから思った。かざり気はないけど、気持ちがいい。なによりもいいのは、一階と同じにおいがすることだ。ふんわりあたたかくて、甘くて、どこか懐かしいにおい——ロンドンの家のワックスのにおいや、学校の消毒液のにおいとはぜんぜんちがう。

アンナはドアのうしろのかけくぎにコートをかけると、ちょっとのあいだ部屋のまん中に立って、息をひそめ、耳をすました。下へおりていくのは面倒だったけれど、行かずにすませるわけにもいかない。しかたなく一から六までかぞえて、コホンとひとつ咳《せき》をしてから、階段に出た。

「おお、よしよし、来たか、嬢ちゃんや」ペグのおじさんがアンナを見あげて言った。「それにしても大きくなったのう！　こりゃあ、ずいぶん立派な姉さんになりそうだ。なあ、スーザン」

おじさんの顔は日焼けして、くっきりとしわが刻まれていた。小さな青い目は、ぼさぼさの眉毛《まゆげ》にほとんどかくれている。

「はじめまして」アンナはまじめな口調で言って、手を差し出した。

「やあ、えらいもんだ」おじさんはアンナの手を取って軽くたたきながら、遠くを見る目になった。「養母さんはどうしていなさる？」

アンナがちらっとおばさんの顔を見ると、おじさんにかわって説明してくれた。「お母さんのことだよ。お元気ですかって、サムはきいてるんだ」

「母は死にました」アンナは顔をこわばらせた。「もう何年も前に死にました。知ってると思ったのに」

「ああ、知っとるとも。なにがあったかはぜんぶ知っとるよ」おじさんは、がらがら声ながら、やさしい口調で言った。「おばあさんも亡くなったんだろう。気の毒になあ」アンナの顔がますますこわばる。「だからさっき『養母さん』と言ったんだ。ミセス・プレストンのことさ。ずっと前はナンシー・ピゴットという名前だったがね。おまえさんを育ててきた養母なんだろう？　ナンシー・プレストンはいい人だ。昔から心がやさしくてな。さぞやいいおっかさんだろうね。元気にしてるんだろう？」

「はい、とっても元気です」アンナは、つんけんと言った。

「けど、わしがあの人のことを『おっかさん』と呼ぶのは気に食わないってわけか。ちがうかい？」おじさんはにっこりした。

「そりゃあそうだよ！」ペグのおばさんが口をはさんだ。「『おっかさん』なんて時代おくれだもの、ねえ。あんたは『ママ』って呼んでるんだろう？」

「『おばさん』って呼んでます」アンナは言って、あとから小声で「たまに」とつけたした。どう説明したらいいかわからないけれど、ミセス・プレストンに話しかけるときは、ほとんど呼び名を使わない。あまり必要がないのだ。家には人がおおぜいいるわけではなく、せいぜいだんなさんのミスター・プレストン——奥さんのことをナンという名前で呼ぶ——と、たまに息子のレイモンドがいるくらいだ。レイモンドはもう大人で、銀行につとめていて、お母さんのことを「おっかあ」とか、ときにはおもしろがって「かあちゃん」と呼ぶ。「おっかあ」なんて、おかしな呼びかただ……。

こうしてアンナは、なんて言えばいいんだろうと迷いながら、おじさんの椅子の前にこまり顔で突っ立っていた。

するると、おばさんが助け船を出してくれた。「とにかく、なんて呼ぼうと、あの人がお母さんみたいなものなんだろ」ざっくばらんな、あたたかい口調だ。「つまるところ、やっぱりあの人のことをほんとのお母さんみたいに、大事に思ってるんだよね。そうだろ？」

「もちろんです！」アンナは言った。「それ以上です」ふいにまぶたの裏がちくちくして、ミセス・プレストンが、ハガキを出してねと言いながら列車に追いつこうと走っていた姿を思い出した。

「ならよかった」おばさんは言った。

「そう言えば、ハガキを出さなきゃ」アンナはいきなり大声になった。声がかすれるのが、すごく心配だったせいだ。「書いたあと、どこに出したらいいか、教えてもらえますか」

おばさんは、もちろん、とうけあい、夕飯の支度をするあいだに客間で書けばいいと言ってくれた。「おいで、案内したげるから」おばさんはスカートのわきで手をぬぐい、廊下をはさんで向かいの部屋へアンナを連れていった。「窓のわきにちっこいテーブルがあるからね」

家具があふれそうなほど置かれた小さな部屋は、うす暗かった。おばさんはカーテンをあけ、小ぶりの竹のテーブルに置いてあった鉢植えのヤシをどけた。それから大きな舟形の白い器の上に身をかがめ、器いっぱいにいけられて窓を半分ふさいでいるピンクと青のアジサイの造花をほれぼれとながめた。

「すごいだろ？」ペグのおばさんは、プラスチックの花びらについたほこりをふうっと、ふきはらった。「ぜったい枯れないんだから」

器の波形のへりを服のはしでぬぐいながら、おばさんはもうしばらく造花をながめ、それからアンナに向かってにっこりすると、客間を出て扉を閉めた。

これがいちばんいい部屋のはずだと思いながら、アンナはぴかぴかにみがかれたリノリウムの床と、暖炉前にしかれたすべりやすい敷物の上をそうっと歩いた。ロンドンの家の応接間も、週末やお客さんが来るときしか使わない特別な部屋だ。でも、これとはぜんぜんちがう。

アンナは竹のテーブルの前に腰をおろし、「ロンドン、エルムウッド・テラス二十五番地、ミセス・スタンレー・プレストン」と宛名書きしてあるハガキを取り出して、裏にこう書いた。「無事に着きました。とてもいいところです。わたしの部屋は天井がななめで、窓が床のすぐ上についています。うちとはちがうにおいがします。きくのを忘れたけど、特別なお出かけのときのほかは、毎日ショートパンツでもいいですか?」

アンナはそこで手を止めた。急に、あたりまえの「愛をこめて、アンナ」という結びよりもっと心のこもったことを書きたくなったけれど、言葉が見つからない。台所から低い話し声がひびいてくる。おばさんがおじさんに言っていた。「気の毒にねえ。ほんのおちびさんのときにお母さんを亡くして――おまけにおばあさんまで。なんだかかわいそうなぐらい青白くて、やせっぽちで、きまじめな感じだし。でもまあ、あたしらみんなうまくやっていけそうだね。それにしても、ハガキを書くのにずいぶん時間がかかること。夕飯の支度ができたって声をかけたほうがいいかね」

アンナは客間でまだペンをなめながら悩んでいた。窓を埋めるほど大きな舟形の器ごしに外に目をやると、日ざしの中でとろとろと夢見るような小さな庭がちらりと見えた。ハチが色あざやかな花々のあいだをまだ出たり入ったりしている。けれどアンナは、とじた窓の内側をうろうろとはいまわるアオバエといっしょに部屋にとじこもって、プラスチックのアジサイを見つめつづけていた。ミセス・プレストンに、もちろん愛しているということが伝わるように、でもあまり期待させないようにするには、どんなふうに書けばいいんだろう。

ペグのおばさんがドアの外から「ごはんだよ」と呼びにきたとき、アンナはようやく「愛をこめて」ではなく「何トンもの愛をこめて」と書き、さらに追伸を書きたしていた。「チョコレート、おいしかったです。今夜のために少しとっておきました」

これならきっとミセス・プレストンは喜んでくれるし、なにかを期待させることにもならないだろう。家に帰ったとき、いつもいつもミセス・プレストンに対してやさしい気持ちでいられるかどうか、アンナは自分でもまだわからなかった。

3　舟着き場で

「うちの前の道をずっと行って、十字路を左に曲がるんだよ」ペグのおばさんが教えてくれた。「郵便局は、そのすぐ先だからね。そして、十字路を右に行けば入江があるんだ。ちょいとそこらを歩きまわってごらん」おばさんは、はげますようににっこりすると、また家の中へもどっていった。

郵便局はすぐに見つかった。驚いたことにペグさんの家と同じような丸石づくりの一軒家で、平たい郵便箱が壁に埋めこんであったので、そこにハガキを投函《とうかん》した。それから十字路まで引きかえした。なんだかとても自由な気持ちだ。自由で、からっぽな気持ち。だれにも話しかけなくていいし、礼儀正しくしなくてもいいし、なにかを気にかけなくてもいい。

どっちみち、まわりにはほとんど人がいなかった。お百姓さんがひとり自転車で通りかかって「こんにちは」と声をかけてきたけれど、アンナのびっくりした顔を見る

 こともなく行ってしまった。アンナがちょっとスキップしながら、舟着き場へつづく短い道を進むと、まもなく入江が見えてきた。

あたりには潮のかおりが漂い、入江の向こうの湿地からは、海鳥の鳴き声が聞こえてきた。何そうかの小舟が錨《いかり》をおろして横たわり、徐々に変わる潮の流れにゆられて、コツ、コツと軽く音を立てている。道をちょっと歩いてきただけなのに、まるで別世界に来てしまったみたい。どこか遠くの、小舟と、鳥と、海と、広々とした空しかない、静かな世界に。

突然子どもたちの声がして、アンナはびくっとした。笑い声や、「ほら、早く！父さんたち待ってるぞ！」というさけび声が聞こえ、ひとかたまりの子どもたちが舟着き場の角を曲がってあらわれた。いろいろな年まわりの数人の男の子や女の子たちで、みんな紺色のジーンズとトレーナーというかっこうだ。アンナは背中をまっすぐのばして、いつもどおり「ふつうの顔」をした。

でも、心配にはおよばなかった。子どもたちはアンナのほうにはやってこなかった。みんなおし合ったり、大声をあげたりしながら、道の行きどまりにとめてある車まで走っていって、つぎつぎに乗りこんだ。それからバタンとドアがしまり、車は向きを変えて走りだした。アンナのそばを通りすぎて十字路へ向かうとき、ハンドルをにぎる男の人と、助手席の女の人の姿がちらりと見えた。そして、うしろの座席では、子どもたちがひょこひょこはねながら、みんなで楽しげにしゃべっている。

車が走り去ると、あたりはしんと静まりかえった。

「よかった」とアンナは思った。「行ってくれてよかった。一日のうちにこれ以上新しい人と知り合いになるなんて、無理だもの」

けれど、自由だと感じていた気持ちが、自分でも気づかないくらいかすかに、さびしさへと変わっていた。たとえあの子たちと言葉を交わしても、ぜったい友だちにはなれっこないとアンナにはわかっていた。だって、あの子たちは「中」にいるんだもの。そんなのだれが見たってわかる。とにかくきょうは、もうこれ以上新しい知り合いなんかいらない――アンナは心の中でそうくりかえした。ロンドンを出てから言葉を交わしたのは、ペグのおじさんとおばさんだけだということには、考えがおよばなかった。

それにしても、ロンドンを出たのがけさだなんて！ 人ごみでごったがえしていたロンドンのリバプール・ストリート駅。あわてたり、まごついたりしたこと。そして、ミセス・プレストンとの別れが近づいたときのこと――あのときは「表情のない顔」をつくって自分を守るしかなかったものだ。なにもかもが、今となっては百年前の出来事みたいに思える。

アンナは小舟のへりをタプン、タプンとやさしくたたく波の音に耳をすまし、ここらへんの舟はどんな人たちが持ってるのかと考えた。きっと幸せな人たちなんだろう。毎年リトル・オーバートンに休暇で遊びにくるような家族。やっかいばらいのためとか、「やろうとすらしない」からとか、「どうしたものか、ほんとうに困った」からここによこされたわけじゃないはず。さっき見かけた紺色のジーンズとトレーナーの子たち……あの家族みたいな幸せな人たちに決まってる。

アンナは入江の水ぎわまで歩いていって靴と靴下をぬぎ、はだしで水に入って、目の前に広がる湿地を見わたした。湿地の向こうの砂浜には砂丘がもりあがり、日ざしを受けて輪郭だけが金色に輝いている。砂丘の両側には、海が青い線のように細くのびているのが見える。小さな鳥がアンナの頭上をかすめるように入江を飛びこし、一本調子のもの悲しい鳴き声を四回、五回とくりかえした。まるで「ピティー・ミー、オー、ピティー・ミー」と言っているみたいに聞こえる。「悲しいね、ああ、悲しいね」と。

アンナはそこに突っ立って目をこらし、耳をかたむけ、なにも考えずに、ただただ湿地と海と空の静かでからっぽな世界を体で感じていた。なんだか、自分の中の小さなからっぽの心と響き合うような気がする。そのときアンナは、ぱっとふりかえった。だれかに見られているような妙な感じがしたからだ。

でも、あたりにはだれもいなかった。舟着き場にも、曲がり角までつづく草におおわれた高い土手にも、人の姿はない。ひとつ、ふたつ立っている家にも人気《ひとけ》はなく、ボート小屋の扉もしまっている。右へ目をやると、村は畑のあるほうに向かってだらだらと広がり、遠くには風車小屋がひとつ、空を背に黒々とそびえている。

つぎにアンナは、ずっと左のほうを見わたした。数軒の家の向こう、草におおわれた土手にそって長いレンガの塀が走り、塀がとぎれたところに黒っぽい木立がある。

そのとき、その屋敷が見えた……。

見えたとたん、これこそ自分がずっと探していたものだとわかった。屋敷は入江に面していて、大きくて、古めかしくて、角ばっていて、たくさんある小さな窓には、色あせた青い木枠がついている。こんなにたくさんの窓に見つめられていたら、だれかに見られている気がするのも無理はない。

この屋敷は、ロンドンの家のように長い通りに立ち並ぶふつうの家ではない。ひとつだけ離れたところに立っていて、もの静かで落ちついた、大昔からここにあるようなたたずまいを感じさせる。まるで潮が満ちては引き、満ちては引きするのをずっと見守っているうちに、背後の陸地でくりひろげられる生活のあわただしさを忘れて、この家だけが静かな夢の中に沈みこんでいったような感じだ。夢に出てくるのは夏休み、そして運動靴がちらばった一階のいくつもの部屋だ。上の窓からはひからびた海草がぶらさがって、まだひらひらしている。子どもたちが天気予報のためにぶらさげたのだ。玄関ホールにはエビとり網と小さなバケツがいくつか置いてあり、からからになったヒトデが片すみにはき集められて、古い日よけ帽がひとつ転がっている……。

屋敷を見つめていると、アンナの頭の中にそんな絵がつぎつぎと浮かんできた。どれひとつとってもアンナの知らないことばかり。それとも、ほんとうは知っていたのだろうか……？　ロンドンの家にいたころ、一度、おおぜいの子どもたちといっしょに海に行ったことがあるけれど、ほとんどなにもおぼえていない。プレストンさん夫婦に連れられてボーンマスに行ったことも二回ある。そのときは遊歩道を散歩して、花いっぱいの庭でひと休みした。海水浴をしてデッキチェアにすわったりもしたし、夜にはコンサートつきのパーティーにも出かけた。

けれど、この屋敷はちがう。ボーンマスのような陽気さは、ここにはひとかけらもない。なんだか屋敷が自分でこのリトル・オーバートンの舟着き場にたどりついて、細長い入江と、そのうしろにひかえる湿地と、その向こうの海を見はらしながら、

「ここが気に入った。ずっとこの場所にいることにしよう」と言って、土手の上に腰を落ちつけたみたい。そんなことを思いながら、アンナはあこがれを胸に屋敷を見つめた。たしかで、いつまでも変わらない屋敷を。

アンナは入江の中をバシャバシャと歩いて屋敷の真向かいまで行き、それをじっとながめた。窓はどれも暗くて、カーテンがかかっていない。二階の窓がひとつだけあいているものの、外を見ている人はだれもいない。それでいてアンナは、この屋敷はわたしが来ることを知って、ずっとこっちを見つめていたような気がする、と思った。わたしがふりむいて気づくのをずっと待ちわびていたみたい、と。そうしてなにかにみちびかれるように、アンナは屋敷を見つけたのだった。

岸からほんの一メートルほどの入江の中にたたずんで、半分夢のような心地にひたっていると、前にもこれと同じことが起こったという不思議な感覚がひたひたとおしよせてきた。どういうことか説明するのはむずかしいけれど、まるで自分の体からぬけだしてずっとうしろのほうに立っているような、そんな気持ちだ。そして、入江の中に立つ自分の姿を——いちばんいい青いワンピースを着て、靴と靴下を手に持ち、窓のたくさんついた古い屋敷を舟着き場ごしにながめる小さな姿を——見つめている。少し潮が満ちてきたな、なんてことまで落ちつきはらって考えている。波がワンピースのすそのあたりまであがってきて、ぐるりと黒っぽくしめらせている。

そのとき、さっきの灰色がかった茶色の小さな鳥がまた「ピティー・ミー、オー、ピティー・ミー！」と鳴きながら頭上を飛びさった。アンナははっと夢からさめた。下を見ると、立ちつくしているうちに潮はひざに届き、ワンピースのすそはもうすっかりぬれていた。

家に帰って、アンナは食堂でペグさん夫婦といっしょにココアを飲みながら、おばさんにたずねた。「入江のそばに立ってるあの大きなお屋敷って、だれが住んでるんですか」

「入江のそばのお屋敷？」おばさんは、けげんそうな顔でくりかえした。「どのお屋敷だい」

「青い窓のお屋敷です」

おばさんは、サムおじさんの顔を見た。おじさんは、パンとチーズの食事をしていて、酢づけの小タマネギをナイフでさして、口にほうりこんだところだった。「ねえ、サム、青い窓のあのお屋敷にはだれが住んでるんだろうね」

サムおじさんもやっぱり、けげんそうな顔をして考えこんだが、まもなく言った。

「ああ、ひょっとして湿地屋敷のことかい？　あそこに人が住んどるっちゅう話は聞いたことがないぞ。なあ、スーザン」

おばさんもうなずいた。「そうだねえ、聞いたことがないよ。もっともあたしは舟着き場のほうまで行くことがないから、知りようもないけど。そう言えば、なんだかロンドンの立派な人があそこを買うって噂もあったような気がするね。たしか郵便局のミス・マンダーズがそんな話をしてたっけ。『だいぶ手直ししなくてはいけないでしょうね。ずいぶん長いこと空き家だったから』って言ってたけど、ひょっとしたら別の家のことかもしれない」

「それと、紺色のジーンズにトレーナーの子どもたちはだれだかわかりますか？　大家族なんだけど」

おばさんは、また首をひねった。「さあねえ、心当たりがないよ。夏休みになると、もちろんそういう休み用のかっこうをした子どもたちがわんさかやってくるけど、今はまだ聞かないよねえ、サム」

おじさんも、首をふりながら考えてくれた。「きょうだけ遊びに来とったのかもしれんな」

「ええ、そうかも」アンナはあの車を思い出しながら言ったものの、心ひそかにがっかりした。入江のそばの屋敷はあの人たちのものだと、勝手に決めていたのだ。ああいう屋敷で暮らすのにふさわしい家族に思えたから。

「ほかにききたいことはないかね」サムおじさんがにっこりした。

「ああ、そうだ。『ピティー・ミー、オー、ピティー・ミー！』って鳴く鳥はなんですか？」

おばさんは、おかしなものを見るような顔つきになった。「そろそろ寝る時間だよ」おばさんはきびきびと言った。「長旅やらなんやらで、たいへんな一日だったろう。さあさ、行きましょう。寝る支度を手伝ってあげるから」おばさんは椅子から立ちあがると、台所までカップを運んで流しに置いた。

アンナも立ちあがり、あいかわらずパンとチーズを食べているサムおじさんに言った。「それじゃあ、おやすみなさい」

「ああ、おやすみ、嬢ちゃんや」おじさんは、ちょっとうわのそらで言ってからつけたした。「考えとったんだが、イソシギじゃないか。あれはたしかに、なんだかさびしい声で鳴きよるぞ。もっともわしは、あの鳴き声が言葉だと思ったことはないがのう！」おじさんはくくっと笑った。

4　古い屋敷

翌朝、目をさましたとたん、アンナは屋敷のことを考えた。それどころか、眠っているあいだも考えていたのだろう。目をあけてこの小さな部屋のかたむいた白い天井をながめたり、この家のふんわりあたたかくて、甘くて、どこか懐かしいにおいをかいだりする前から、アンナは夢うつつでこうつぶやいていた。「早く行かなくちゃ。わたしのことを待ってるんだから」それからようやく目がさめて、自分がどこにいるかに気づいたのだった。

ああ、それにしてもノーフォークへの旅が終わってよかった！　きっと自分で思う以上にこの旅を恐れていたはずだ。それは知らない土地への冒険としてずっと目の前にいすわっていたし、この二、三週間はロンドンでの生活のすべてが旅の支度に費やされていた。でも、それもやっとおしまいだ。だってもうここにいるんだから。きょうは時間ができしだい入江に行って、またあの屋敷を見てみよう。

朝食のとき、ペグのおばさんにきかれた。「いっしょにバスでバーナムの町まで行くかい？　あたしはたいてい週に一度買い物に行くんだよ。あんたも楽しいと思うんだけど、どう？」

アンナはこまり顔になった。

「それとも、角《かど》っこのサンドラ嬢ちゃんと遊ぶかい？　ぎょうぎのいい、お上品な嬢ちゃんでね。あたしゃお母さんと知り合いだから、連れてってあげてもいいよ」

アンナはますますこまり顔になった。

横からサムおじさんが、きのう風車小屋を見たかときいてきた。かなり遠いし、行ってみると別にたいしたことはないが、ちっとはおもしろいんじゃないか、と。するとおばさんが反対した。あんなの、おもしろくもなんともありゃあしない。女の子がひとりで行くには遠すぎるし、おまけにずっと大通りを行くことになるから危ない、と。

「ああ、まあ、たしかにな」サムおじさんは言った。「悪いな、嬢ちゃん。そのうちわしが連れていってやるから」

アンナは、ぜんぜん気にしていないし、なにもしなくてもだいじょうぶだと答えた。「ほんとうに、なにもしないのがいちばん好きなんです」アンナは力をこめて言った。

おじさんにもおばさんにも笑われたけれど、アンナは本気だとわかってほしくて、テーブルクロスを見つめ、できるかぎり「ふつうの顔」をしようとつとめた。

「けどねえ、あんたが一日じゅう台所にすわってたら、あたしゃ、どうしたもんだか」おばさんはこまり顔になった。「掃除もしなきゃならないし、料理も洗い物もあるし。それでなくても、サムがなんだかんだじゃまをするし――」

アンナはおばさんの言葉をさえぎった。「ああ、そういう意味じゃないんです！外に行きたいの。入江に行ってもいいですか」

おばさんは、ほっとした顔になった。アンナが、一日客間にいたいと言いだすのではないかと心配だったのだ。客間は、特別なとき以外は扉を閉めきっている。もちろん入江に行ってもかまわないとおばさんは言った。潮が引いていれば、湿地を歩いて浜まで行けるし、満ち潮ならいつでもアマリンボーの舟に乗せてもらうといい、と。

「話し相手がいないってことさえ気にしなけりゃね」アンナは、ちっとも気にしないと答えた。

「気にしないなら、かえっておあつらえ向きかもしれんがな」サムおじさんが言った。「アマリンボー・ウエストの舟に乗るなら、やっこさんはとにかく話をせにゃならんのが苦痛らしいってことだけ、おぼえとくといい」おじさんはフォークの柄でお茶をゆっくりかきまわしてから、なにか期待するような顔でテーブルごしにアンナを見た。

「アマリンボーなんて、おかしな名前だと思うとるだろ？」

　アンナはそこまで考えていなかったが、礼儀正しく「はい」と答えた。

「そうだろうとも。じゃあ、おまえさんの期待にこたえて、そんな名前がついたわけを教えてやろうか。アマリンボーのおっかさん、つまりウエストのばあさんだが、あのおっかさんには、アマリンボーが生まれる前に、もう十人も子どもがおったんだ。その十人の子たちが、『かあちゃん、この子になんて名前つけるの？』ってあんまりきくんで、おっかさんはうんざりして『いいかげんにしとくれ！　だいたいこの子は、あまりんぼなんだよ、ほんとに』と言っちまった。それでこんな名がついたってわけだ」おじさんは自分のお茶のカップにつばを飛ばしながら、笑って言った。「それ以来やっこさんの名前は、アマリンボー・ウエストなのさ」

　食事を終えて席を立つと、アンナはすぐ舟着き場まで走っていった。引き潮で、入江は小川みたいに細くなっている。ふたたび屋敷を目にしたとき、アンナは少しがっかりした。広い水辺ではなく、潮が引いてごみのちらばった岸辺の前に立つ屋敷は、いくらか魔法が薄れたように感じられる。それでもしばらく見ていると、やはりきのうと同じもの静かな、親しげな顔をした屋敷なのだとわかってきた。なんだか、昔の友だちをたずねてみたら眠っていた、というような感じだ。

アンナは草につかまって土手をよじのぼり、屋敷の前の歩道をゆっくりと歩きながら、横目で窓の中をちらちらと見た。ここまで入りこんでもいいのかどうかわからないけれど、足を止めてガラスに顔をおしつけるぐらいにしないと中はよく見えない。もしだれかが外をうかがっていたらどうしよう。なんだかますます、眠っている人の様子をぬすみ見している気分になってきた。もう少し窓に近づいてみたものの、自分の青白い顔が目を丸くしてこちらを見つめかえしてくるばかりだ。

やっぱりペグのおじさんとおばさんの言うとおりなんだ、とアンナは思った。この屋敷にはだれも住んでいない。それでも、まだかすかに暮らしの気配が漂っているような気もする。住む人が去って打ち捨てられたあとではなく、人々が帰ってくるのを待ちわびているような気配が。アンナはだんだん大胆になって、玄関の両側についている細い窓から中をのぞいてみた。一方の窓台にはランプがのっていて、破れたエビとり網が壁に立てかけてあった。玄関ホールのまん中には、広々とした階段がついている。

見るべきものはそれくらいだったので、アンナは土手をすべりおり、入江を歩いてわたった。そして、すわってほおづえをつきながら、屋敷をながめてしばらくなにも考えずに過ごした。ミセス・プレストンがこんな姿を見たら、前よりもっと心配することだろう。でもさいわい、今は何十キロも離れたスーパーマーケットにいて、ショッピングカートをおしながら買い物をしていた。リトル・オーバートンのようなところでは、一日じゅうなにも考えずにいてもだれも気がつかないものだということを、ミセス・プレストンはすっかり忘れていた。

アンナはアマリンボーの舟で砂浜へも行ってみた。アマリンボーは、ペグさん夫婦が言ったとおりのぶっきらぼうな人だった。小柄で背中が曲がり、しわだらけのやせた顔をして、いつもまぶしそうに目を細めて遠くを見ている。最初、アンナに気づいたしるしに短いうなり声をあげたほかは、アンナのことをほとんど気にとめなかった。だからアンナも舟のへさきにすわってじっと前を見つめ、アマリンボーのことを気にせずにいられた。これはアンナにとって都合がよかったものの、いっそうさびしさをかきたてられもした。その昼さがり、アンナは少し心細くなっていた。海も空もこんなにだだっ広いのに、わたしはなんてちっぽけなんだろう、と。

アマリンボーがずっと向こうで砂浜をほじくりかえして釣りのエサを探しているあいだ、アンナはひとり浜辺にすわって海に背を向け、低く長く広がっている村へ目をやって湿地屋敷を探した。ところが屋敷の姿がない！　ボート小屋は見えるし、角の白い家も見える。遠くには風車小屋の姿もある。それなのに、湿地屋敷があるはずのあたりには、青っぽい灰色のぼやっとした木立しか見えない。

アンナはびっくりして立ちあがった。あそこになきゃおかしい。もしなかったら、もうたしかなものなんてどこにもない……なにもかも、わけがわからなくなる……。

アンナはまばたきしてから、さっきより大きく目をあけてもう一度見た。やっぱりない。アンナはすわりこんでしまった。それから、このうえなく「ふつうの顔」をして、わたしはひとりでやっていけるし、こわくもなんともないと自分に言いきかせながら、あごの下にひざを引きよせて両腕を巻きつけ、小包みたいにぎゅっと小さくなった。

やがてアマリンボーが、生き餌《え》のバケツと熊手を持って、のそのそともどってきた。

「寒いか？」アマリンボーはアンナを見て、うなるような声できいた。

「ううん」

アンナはアマリンボーについて舟に引きかえした。その日ふたりが交わした言葉といったら、このふたことがすべてだった。ところが舟が入江のカーブを曲がると、なんとあの古い屋敷が、まわりを取りかこむうす暗い木立の中から徐々に姿をあらわしてきた。アンナはほっとするやらうれしいやらで体がほてって、思わず「あった！」とさけびそうになった。屋敷はずっとそこにあったのだ。ただ遠くから見ると、古いレンガの壁や青い窓枠がうっそうとした青緑の庭木にとけこんで、見えなくなってしまう。もうひとつ気づいたことがあった。満ち潮のなか、窓のすぐ下を通りすぎたときに見あげたら、屋敷はもう眠ってはいなかった。またしても人待ち顔でこちらをじっと見つめ、アンナがもどったことを喜んでくれている。

家に帰ると、台所でソーセージとタマネギの炒《いた》めものをつくっていたおばさんがきいた。

「楽しかったかい？」

アンナはうなずいた。

「そりゃあよかったね、嬢ちゃん。なんでも好きなことをするといいよ。自分のいいようにして、気の向くままにおやり」

「そんで、いい子にしてりゃあ、そのうちわしが風車小屋に連れてってやるからな」

サムおじさんが言った。

5 気の向くままに

それからというもの、アンナは気の向くままに、好きなところへ出かけていった。今、リトル・オーバートンには三つの世界があった。こぢんまりとしてあたたかく、いごこちのよいペグさんの家という世界。小舟が入江に錨《いかり》をおろしてゆれ、湿地屋敷がたくさんの窓からアンナのことを見つめている舟着き場の世界。そして、大きなカモメが頭上を飛びかい、砂丘にウサギ穴があったり、さらさらの白砂にネズミイルカの骨が打ちあげられていたりする浜辺の世界。べつべつの三つの世界……。でもアンナにとっていちばん大切なのは、水辺の古い屋敷がある舟着き場の世界だった。

アンナはだんだんと、なにも考えないのではなく、ほとんど一日じゅう湿地屋敷のことを考えるようになっていった。どんな家族が住むんだろう。中はどうなっているのかな。秋の夜にカーテンを引いて暖炉にあかあかと火をともしたら、どんなふうに見えるだろう。

ある日、夕暮れどきに湿地を歩いて家に向かっていると、屋敷のすべての窓に明かりがともっていた。アンナは思わずかけだした。砂浜に行っているあいだに、きっとあの人たちがやってきたんだ。急げば、カーテンがしまらないうちにあの人たち——紺色のジーンズとトレーナー姿の子たちとその家族——を見ることができるかもしれない。でも近づいてみると、かんちがいだとわかった。明かりがともったのではなく、窓に夕日が当たって輝いていただけだった。

また別の日には、窓にぴたっと顔をおしつけた女の子の姿が見えた——ような気がした。長い金髪を顔の両側にたらした女の子だ。こちらを見つめていると思ったのに、またすぐに消えてしまった。でも、ぜったいにだれもいないときでさえも、だれかに見られているような不思議な感覚はまだつづいていて、だんだんそれがあたりまえになってきた。

ペグさん夫婦は、アンナがすっかりここでの暮らしになじんだことを喜んでいた。こんなに長いこと外で過ごすのは体にいいし、まともな時間に帰ってきて、おなかいっぱいごはんを食べれば、なんの心配もない、と。「実際、あの子はちっとも手がからないんだよ」ペグのおばさんは郵便局のミス・マンダーズにそううけあった。

やがてミセス・プレストンから、アンナのハガキに対する返事の手紙が来た。「楽しそうでよかったわね。ショートパンツは、ペグの奥さんさえ気になさらなければ毎日はいてもかまいません」とあり、さらにこう記されていた。「どんなことを楽しんでいるのかしら。くわしく聞きたいわ。でも長い手紙を書く暇がなかったら、ハガキでもいいわよ」

手紙のほかにも、小さく折りたたんだメモが封筒に入っていた。外側には「読んだら燃やしてください」とあり、中にはこう書かれていた。「そちらのお宅は、ほんとうににおうの？　どんなにおいだか教えてちょうだい」

アンナは、自分でハガキに「うちとはちがうにおいがします」と書いたことをすっかり忘れていたので、ミセス・プレストンはなにを言ってるんだろうと首をひねった。それから言われたとおり紙を燃やすと、もうメモのことはきれいさっぱり忘れてしまった。

アンナは、子ネコが植木鉢から顔を出している写真のついたハガキを買ってきて、裏にこう書いた。「なかなかお便りしなくてごめんなさい。忘れてました。それに木曜日は郵便局がしまっていたので、このハガキを買えませんでした。気に入ってくれるといいんだけど」あと一行ぶんしか残っていなかったので、最後にこう書いた。「浜辺に行きました。愛をこめて、アンナより」そのあとおまけに「キス」のしるしとして「X」をふたつつけ、ハガキをポストに入れて、ほっと安心した。ちっとも様子が書かれていないハガキを見て、ミセス・プレストンががっかりすることなど、思いもよらなかった。

ある日、〝角《かど》っこのサンドラ〟が、お母さんといっしょにペグさん夫婦の家にやってきた。その日は昼食が遅かったので、アンナは台所にある裏口からぬけだす暇もなくつかまってしまった。

サンドラは、色白でどっしりした体つきだった。ワンピースは短すぎるし、ひざはむっちりしているし、おまけになにも話すことがない。ペグのおばさんとサンドラのお母さんが客間でおしゃべりをしているあいだ、アンナは食堂のテーブルで午後じゅうサンドラとトランプをしたが、それはそれはひどいものだった。どのゲームでもふたりの知っているルールは食いちがっていたし、サンドラはずるをした。そしてふたりとも、なにも話すことがなかった。

しまいにアンナは、自分の札をぜんぶサンドラのほうにおしやって言った。「はい。みんなあんたにあげる。そうすればぜったいに勝てるでしょ」

「なによ、そんなのいらないわ！」サンドラはまっ赤になって、またむっつりとおしだまり、ゆり椅子に沈みこんだ。そのあとサンドラは、ナイロンのペチコートのすそをいじったり、麦わら色のまっすぐな髪の毛を指先にくるくる巻きつけたりするばかりだった。アンナはすみっこでペグのおばさんの『家庭の言葉』という雑誌を読んで時間をつぶし、サンドラ親子が帰っていったときには心からありがたいと思った。

それからというもの、アンナはますます手のかからない子になり、またサンドラと遊ぶはめにならないよう一日じゅう外ですごした。

ある昼さがり、浜でアマリンボーが流木を集め、アンナが貝がらを探して引きかえすとちゅう、アマリンボーがはじめてひとつの文を口にして、アンナを驚かせた。舟着き場へ向かっているとき、アマリンボーはいきなり顔だけふりかえり、がらがら声でなにげなくこう言ったのだ。「じきに来るってなあ」

アンナはびっくりして背すじをのばした。「だれが？」

アマリンボーはまた頭をめぐらせて、こんどは岸のほうを見た。「湿地屋敷、買ったやつらよ」

「ほんとに？　いつ？　どんな人たち？」

アマリンボーは深くあわれむような、さげすむような顔をすると、ぴたりと口をとざしてしまった。アンナは自分のまちがいに気づいたが、もう遅かった。あんまり熱心に、いろいろな質問をしすぎてしまったのだ。もっとねむそうな、つまらなそうな顔をしていれば、知りたいことをぜんぶ話してくれたかもしれないのに。まあいいや、きっとすぐにわかるだろう。ペグのおじさんとおばさんにきいてみてもいい。

でももう一度考えて、やっぱりきくのはやめることにした。その人たちと友だちになりたいのかと思われてしまうかもしれない。そんなことはちっとも望んでないのに。知り合いになりたいんじゃなく、ただその人たちのことを知りたいだけだ。家族ひとりひとりの名前を少しずつ知って、どの子がいちばんお気に入りかを考えたり、子どもたちがどんな遊びをするのか、夕食になにを食べるのか、何時ごろ寝るのか、そんなことまであれこれ想像したりしたい。

ほんとうにその人たちを知って、向こうもアンナのことを知ったら、そういうことがみんな台なしになってしまう。きっとその人たちも、ほかの人たちと同じく、うわべだけ愛想よくしてくれて終わるだろう。「外」にいるアンナのことを「中」からおもしろそうにながめ、自分たちと同じものが好きで、同じものを持っていて、同じことをするものだと決めてかかる。そして、アンナが同じものが好きではなくて、同じものを持っていなくて、同じことができないと気がつくと――または、いつもアンナをほかの人たちから遠ざけるなにかに気がつくと――すぐに興味をなくしてしまう。いっそ、きらいになってくれればいいのに。

けれど、そんな人はだれもいない。みんな、ただ礼儀正しく興味を失うだけだ。そうなると、アンナのほうからその人たちをきらうしかなくなる。腹立ちまぎれにではなく、冷ややかに。ずっと「ふつうの顔」をしたまま。

でも、この家族はきっとちがう。だって、まずなによりあの屋敷で——「わたしの」屋敷で——暮らすんだもの。それだけでも特別なことだ。わたしの家族みたいなものだと言ってもいい——ただし、知り合いにならないよう、よく気をつけさえすれば。

だからペグさんたちには、アマリンボーから聞いた話はなにも話さないで、湿地屋敷にもうじきあの家族が来るという秘密をひとりで胸に抱きしめていた。こうして日々がすぎゆくにつれて、アンナは空想の中で気の向くままにつばさを広げ、まだ見ぬその家族のことを、まるで自分の心に住む夢の家族のように思いはじめた。本物の人たちのはずがない、と強く心に言いきかせながら。

6 「不細工な、でくのぼう」

ある日の夕方、アンナとアマリンボーは舟で舟着き場に引きかえしてくるところだった。その日はとくに潮が高かった。

空は黄桃のような色にそまり、入江はおだやかで、水面には葦《あし》も舟のマストも一本一本、くっきりとゆるがずに映っていた。潮がどんどん満ちてきて、もう湿地のほとんどがしずんでいる。舟が上流に向かって進むあいだ、アンナは水の中をのぞいて、シーラベンダーや、緑色をしたアッケシソウと呼ばれる湿地の草が、水中でゆれるのをながめていた。舟が最後のカーブを曲がると、いつものようにふりかえって湿地屋敷を見つめた。

屋敷のうしろの空はあわい黄緑色に変わって、細い三日月が煙突のすぐ上にかかっている。舟がさらに屋敷に近づいたそのとき、アンナは二階の窓のひとつに女の子がいるのをはっきりと見た。女の子はしんぼう強く立って、髪をとかしてもらっている。

そのうしろには大人の女の人らしい影のような姿があり、暗い部屋で動いているのがぼんやりと見えた。でも、女の子のほうは、暗く秘密めいた窓枠の中にくっきりと浮かびあがっている。ブラシが通るたびに、長い金髪の束が持ちあげられるところまでよく見える。

アンナはぱっとアマリンボーをふりかえったが、アマリンボーは舟着き場のほうへ目をやっていて、なにも見ていなかった。

舟をおりると、アンナはかけ足で家に向かった。ところが、角を曲がって家の前の小道に入ったとたん、ぴたりと立ちどまった。ペグのおばさんとスタッブズのおばさん、つまりサンドラのお母さんが門の前で立ち話をしている。ふたりとも顔が夕日に照らされて、赤レンガ色にそまっている。スタッブズのおばさんは、黒い目をきらりと光らせ、がさがさした声で話をする大柄な女の人だ。アンナは顔を合わせたくなかったので、あとずさりして生け垣のかげのうす暗いところにかくれた。

「今夜、うちに来るでしょ?」スタッブズのおばさんが言った。「姉さんがキングズ・リンから来ててさ、生地の見本をいろいろ持ってきてくれたのよ」

「あらま、そうかい!」ペグのおばさんはうれしそうな声をあげたが、少し間《ま》を置いて、迷ったようにつけたした。「けど、あの子がいるから……」

「ああ、そういや、そうだったわね。忘れてた。あの子、なんだか気むずかしいんだって？　うちのサンドラが言ってたけど――」スタッブズのおばさんが急に声をひそめたので、最後のほうはアンナには聞きとれなかった。

「ああ、そうかね――そうかもしれないけど……」ペグのおばさんは言った。「けど、あたしは子どもの喧嘩《けんか》にくちばしを入れるのはどうも好きじゃなくてね。友だちになりたくないってなら、ほっときゃいいんだよ」

「うちのサンドラは、友だちになりたいと思ってたのよ。いちばんいいワンピースを着て、おまけに新品のペチコートをはいてさ。だけど帰ってきてから言うのよ、『ママ、あたし、あんな不細工な、でくのぼう見たことない』――」

「あれまあ」ペグのおばさんは、やんわりとさえぎってうしろを向き、門の中に入った。「サンドラの言ったことなんか、教えてくれなくてもいいよ。ほんとにこれっぽっちも知りたくないんだから」そして門の掛け金をカチリとかけた。「なんにしてもあの子は、あたしらにとっちゃこのうえなくいい子だよ」門の内側から少しつんけんした口調で言うと、最後にこう締めくくった。「やっぱり今夜はやめとこうかね。ともかく、お招きありがとさん」

「あっそ。お好きなように。あしたの晩のビンゴには行くんでしょう？」

「ああ、行くよ。じゃあ、あしたビンゴで」ペグのおばさんは、中に入っていった。アンナはスタッブズのおばさんがいなくなるのを待って、裏口からそっと家の中に入った。ペグのおばさんは食料置き場からパンとバターを取り出して、忙しそうに立ち働いている。少し顔がほてって髪もみだれていたが、アンナの顔を見るといつもどおりに迎えてくれた。

「ああ、おかえり。さあさ、おすわり。ちょうど夕飯の支度ができたところだよ」おばさんは言い、サムおじさんが新聞を置いて椅子をテーブルに引きよせると、こうたずねた。「今夜はテレビ、なにをやるかねえ」

サムおじさんは驚いた顔をした。「あれま、おまえ、きょうは角っこのうちに行くんじゃなかったのか？　スタッブズさんが、姉さんが来てると言うとったじゃないか」

おばさんは首をふった。「きょうはやめたんだ。またこんどにするよ」それからアンナを見て言った。「ねえ、こんどスタッブズさんやサンドラと会ったら、ちっとだけ愛想よくしてごらん。ね？」

「今夜出かけないのはわたしのせい？」アンナは思わず口走った。

「まさか。そんなわけないじゃないの」おばさんは、わざとびっくりした顔をしてみせた。「けど、愛想よくしてれば、いつか呼んでもらえるかもしれないだろ。そうなりゃ、ちっとばかし気分が変わっていいでしょうよ」

「わたし、ここのほうがいいもん」アンナはぼそっと言ったけれど、おばさんには聞こえなかったのかもしれない。おばさんはまたすぐサムおじさんに向かって、今夜テレビではなにをやるのかとたずねた。

「ボクシングさね」サムおじさんは少しうしろめたそうな顔をした。「けど、おまえはきらいだろ？」

「まあ、ね」と、おばさん。「でも今夜はそれでよしとするよ。それもまた気分が変わっていいでしょうよ」

「ああ、そうともさ」おじさんは笑って、ウインクしながらアンナに言った。「おばさんは、ぜったいにボクシングなんか見ないんだ。わしがなにを言ってもな——」でも、アンナはもう立ちさっていた。

アンナは二階の部屋でベッドのはしに腰かけ、自分に対しても、ほかのみんなに対してもむかっ腹を立てていた。きょうペグのおばさんがサンドラのうちに行かないのは、わたしのせいだ。そしてサンドラ、あの太ったブタ娘は、わたしのことを「不細工な、でくのぼう」なんて言った。ペグのおばさん——やさしいペグのおばさんは、そんなせりふは聞きたくないとはねつけて、わたしのことを「このうえなくいい子」だと言ってくれた。でもおばさんは、わたしのせいでスタッブズさんのところに行かないんだ。そんなのばかみたい。おばさんは、ばかで、まぬけだ。サムおじさんだって、そう。つまらないボクシングなんか見ちゃって。そして、スタッブズのおばさんときたら……！　それでもやっぱり、ペグのおばさんはスタッブズさんのうちへ行ったほうがよかった。そうすればわたしがこんなにうしろめたい気持ちにならないですんだのに……。

アンナは壁にかかった刺繡《ししゅう》の額を見て、それにも腹を立てた。「よきものをつかめ」って言うけど、よきものなんてどこにもない。だいたい、これってどういう意味なんだろう。錨《いかり》って、よきものなの？　でもそんなものを持っていたところで、一日じゅう持ちあるくことなんかできやしない。それこそばかみたいだ。

アンナは額を裏がえしにして、窓辺に歩みよった。床にひざまずいて、夕焼けに赤くそまった畑を見はらすと、みじめな気持ちが熱い涙になってほおを伝った。「よきもの」なんてどこにもない――いちばんよくないのは、このわたしだ。

ほんの一瞬、アンナはロンドンの家に帰りたいと思いそうになった。でもまもなく、ここに来る前の学期がひどいものだったことを思い出した。やっぱりこっちのほうがました。

アンナはひざまずいたまま、今ではなじみ深いものになった田舎の音に耳をすました。畑から聞こえる声。遠くで動く農業機械の響き。坂の上から勢いよくおりてきて、海岸ぞいの道へうなりをあげて消える、バーナムからの最終バスの音。やがてあたりは静まりかえった。聞こえるのは、湿地にいる鳥の奇妙な鳴き声と、よくわからないカチカチという小さな音だけ。夜になるとこの静けさが、毛布のようにすっぽりとあたりを包みこむ。犬がほえると、村のはしからはしまで聞こえるほどだ。

ほおの涙がかわき、外の畑が暗くなって、静けさがいっそう深まると、アンナはペグのおばさんがスタッブズさんの家に行かないことを忘れ、湿地屋敷で見かけた女の子のことを考えはじめた。あの子はどうして髪をとかしてもらっていたんだろう？　まだ寝る支度をするには早い時間だった。なにか薄手の服を着ていたけど、夕暮れどきだったから寝巻きじゃないよね？　そんなに小さな子じゃなかった。わたしと同じくらいに見えたけど……。

そのときアンナは、あの子がパーティーのためにおめかししていたのではないかと思いついた。きっとそうだ。ペチコート姿であそこに立って、髪をとかしてもらっていたんだ。白いパーティー用のドレスをそばのベッドに広げて、床には靴を――銀の靴を——置いていたんじゃないかな。今はもう日がくれたから、きっとそろそろあのまん中の階段から玄関ホールにおりてくるはず。屋敷にはこうこうと明かりがともって、これからダンスパーティーが開かれる……。

ひらいた窓の前にじっとひざまずいて、アンナは夢にどっぷりとひたり、まるで自分がそこにいるかのように感じていた。ただし中ではなく、外のあの歩道からのぞいている。玄関のわきの細い窓から、色あざやかなドレスがいくつも目の前を行きかうのが見える。人々の顔ははっきりしないけれど、みんなが笑いさざめいているのがわかる。そのとき、みながいっせいに同じほうを向いた。あの金髪の女の子が、銀の靴をはいて、一歩一歩ふみしめるように大階段をおりてきたのだ。

そしてつぎの瞬間、アンナはもっと離れたところにいた。入江の向こう岸の湿地にたたずみ、窓の明かりが水面に映ってゆらゆらと金の模様を描くのを見つめている。なにかの音楽のかすかな音色が水の上をわたってきて、草むらをさやさやふきぬける風の音と混じり合う……。

そんな光景があまりにくっきりと見えるので、これはほんとうの出来事なんだとアンナは思った。今、実際に起こっていることにちがいない、と。アンナは立ちあがって窓を閉めた。あまり長いことひざまずいていたので、体がこちこちになっている。

寒さと興奮でふるえながら、アンナは足を引きずるように部屋を出て、階段をおりた。玄関からしのびでるとき、食堂からはまだテレビのボクシング中継のわめき声やどよめきが聞こえていた。大人って、こんなに退屈なものをよくひと晩じゅう見ていられるなと、アンナはびっくりした。

アンナは入江に向かって急いだ。はだしで走りながら、音楽を聞きもらすまいと耳をすまし、明かりがちらりとでも見えはしないかと目をこらした。きっと今ごろは、入江の向こう岸まで明るく照らされているにちがいない。でも角を曲がったところで、アンナはぴたりと立ちどまった。

入江はまっ暗だった。家やボート小屋は暗やみにつつまれ、湿地屋敷の立っているところには、木立の黒々とした影だけが夜空に浮かびあがっていた。明かりはひとつもなく、ただ遠くに浮かぶ灯台船のくるくるまわるライトだけが、三十秒ごとに空に光の弧を描いてはまた見えなくなる。音楽も聞こえなかった。聞こえるのは舟腹《ふなばら》をやさしくたたく波の音と、舟のロープ類がふいにはげしくマストに打ちつけられるバタバタという音ばかり。

アンナは、しばらく呆然《ぼうぜん》とそこに立ちつくしていた。そのとき湿地の向こうから、一羽のタゲリの、不気味で取りつかれたような、せわしない声がひびいてきた。アンナはくるりとふりかえり、家へ飛んで帰った。

7　「太ったブタ」

ばかだった、と翌朝アンナは思った。目の前のほんとうの出来事を悲しく思うあまり、想像した事柄のほうをほんとうだと思いこもうとしていた。でも、うまくいかなかった。

朝食におりていくとき、アンナは、なにか手伝いをして、おばさんが出かけられなかった埋め合わせをしようと考えた。

「お皿洗おうか?」朝食のあと、アンナは流し台の前のおばさんの横に立って、なにげない口調できいた。

「おや、まあ、いいんだよそんなこと!　ありがとうねえ、でもあたしゃ慣れてるから」おばさんは感激したような、びっくりしたような顔をした。「ああ、でもいいことがある。別のお手伝いをしておくれよ。湿地に行ったらアッキシをつんできてもらいたいんだ。そいで、帰りに郵便局のミス・マンダーズのとこによって、ジャム瓶のあいてるのがないかきいておくれ。あるって言ったら、ついでにお酢ももらっといで。サムがまたアッキシの酢づけが食べたいって言うから」

ペグさんのうちでは、いつでもアッケシソウのことを「アッキシ」と呼ぶので、アンナにもなんのことだかすぐにわかった。アンナは大きな黒いビニールの買い物袋をさげて、入江に向かった。

風はなく、静かでくもっていて、真珠のような光がぼうっとにじんでいた。空と海がひとつに混じり合い、なにもかもがやわらかくて、さびしくて、夢の中のことみたいに感じられる。サムおじさんは朝食のとき、こういう天気の日にはいじわるなリューマチがペンチで締めあげにきて、ひどく痛い、となげいていたけれど、アンナはこういう日がいちばん好きだった。自分の気持ちに合っているような気がする。

引き潮だったので、アンナは入江の中を歩いて向こう側へわたった。ふりかえって古い屋敷を見ることとすらしなかった。湿地は紫色のかすみにおおわれていた。咲きはじめたばかりのシーラベンダーだ。アッケシソウを摘み終えたら、シーラベンダーも少しつんでみよう。

それからの二時間、アンナは湿地を歩きまわりながら、小さな流れを飛びこえてふかふかの芝草の上におりたったり、ときにはやわらかい黒土に足をめりこませたりした。聞こえるものと言えば、またあの灰色がかった茶色の小さな鳥が「ピティー・ミー、オー、ピティー・ミー!」と遠くで鳴きかわす声ぐらいだ。アッケシソウは緑色でみずみずしかった。食べても海の塩の味がするだけだけど。アンナは袋がいっぱいになるまでアッケシソウを摘むと、シーラベンダーはまた別の日に摘みにくることにして、郵便局へ向かった。

ミス・マンダーズは、めがねごしにアンナを見て、うっすらと引きつったような笑みをうかべた。アンナがペグのおばさんからの伝言を伝えていると、うしろでだれかが郵便局に入ってくる音がした。目のはしでちらりと見たら、サンドラともうひとりの女の子だった。

「——それでペグのおばさんが、ジャム瓶のあいているのがあったらお酢も少しくださいませんかって」アンナはそう言いながら、女の子たちが横目で自分のほうを見ていることに気づいた。サンドラがなにかひそひそ言うと、年下らしい女の子が大声で笑った。サンドラが「しっ!」とそれをだまらせ、ふたりで声を立てずに、こそこそつつきあっている。

ミス・マンダーズが瓶を探しに奥へ行ってしまったので、アンナはできるだけ愛想のいい顔をしてやろうと思いながらふりかえった。でも、いくらサンドラと目を合わせようとしても、向こうがふりむかない。サンドラはこちらに背を向けて立ち、棚の絵ハガキを見るふりをしながら、低い声で友だちに話しかけている。友だちがまた笑い、アンナへ顔を向けた。するとサンドラは、ジンジャーエールの瓶が並んだ木箱を見つめながら、大声でわざとおおげさに言った。「あー、あのですねえ、空き瓶があったら、ジンジャーエールをつめてもらえませんかああ？」

ふたりはゲラゲラとばか笑いをし、アンナは気まずい思いにかられながらも、なにがなんでもサンドラと目を合わせてやろうと心に決めた。ところが、つかつかとサンドラに歩みよって「こんにちは」と声をかけようとしたそのとき、ミス・マンダーズがもどってきた。

「ペグさんに、瓶はあるけど、またあとで探しますって伝えてもらえる？　奥のほうに入っちゃってるから」

アンナは「わかりました。ありがとうございます」と言って出口に向かいかけ、とちゅうでお酢のことを思い出した。しかたなく引きかえし、コーンアイスを買っているサンドラたちのうしろあたりに並んだ。そのとき電話が鳴った。ミス・マンダーズは、アンナがふたりの女の子たちを待っているだけだと思い、レジをしめて電話のほうへ行ってしまった。サンドラがくるりとふりむいてアンナの顔を見た。

「なんであたしのことつけまわすのよ」サンドラがとがめる。

「別に、つけまわしてなんかないよ」

「つけまわしてるじゃない。そうよねえ？」

サンドラがもうひとりの女の子に言うと、その子は舌先で器用にアイスクリームのまわりをなめながらうなずいた。サンドラも舌を出し、アンナをじっとにらんだまま、ひどくゆっくりとわざとらしく、しかもけっしてアンナから目をそらさずに、アイスクリームを持ちあげて舌のわきにこすりつけた。

アンナもにらみかえした。アイスクリームがとけて、コーンの下はしからサンドラのワンピースの胸にしたたりそうになっている。いい気味だと思ったけれど、アンナは顔に出さなかった。

「わたしは挨拶《あいさつ》しようとしただけで――」アンナがつんとして言いかけると、サンドラがとちゅうでさえぎった。

「じゃあ言いなさいよ、ほら、早く言えばいいじゃん！」

「なんのこと？」

「好きなように悪口を言いなさいよ。あたしは気にしないから！　どっちみち、あんたの見た目だってたかが知れてるんだから」サンドラが友だちに向かってなにかささやきながらくすくす笑うと、アイスのしずくがぼたっとたれて、ワンピースにしたたりおちた。

アンナは、そんなサンドラにさげすみのまなざしをくれると、「太ったブタ」とひとこと言って、出口に向かいかけた。

ところがサンドラに行く手をはばまれた。サンドラは今になってワンピースにアイスをたらしたことに気づき、必死にしみをこすっている。「そんじゃあ、こっちも言わせてもらうからね！」サンドラはつばを飛ばしながら言った。「あんたがどんなだか教えてあげる。あんたの見かけはね、あんたの見かけは――ただの、あんたそのものよ！　へっ！」

アンナはぎくっとした。お酢のことなど頭からふっとんでしまい、なにも聞こえなかったふりをして郵便局を出たものの、サンドラからひそかな一撃を受けたのはたしかだった。見かけが「ただの、あんたそのもの」だとサンドラは言った。でも、ただのわたしって、いったいどんな子なの？

アンナは小道を歩きながら、腹立ちまぎれに生け垣の合間に咲いているヒナゲシをむしりとり、ほてった手でくしゃくしゃにすりつぶした。どんな子かなんて自分がいちばんよくわかってる。みにくくて、まぬけで、短気で、ばかで、恩知らずで、礼儀知らず……だから、だれにも好かれない。でもそれをサンドラから言われたくなんかない！　もう、ぜったい許せない。

アンナはアッケシソウの袋を物置の裏に置くと、むすっとしたまま食事をしに家に入った。

ペグのおばさんはまだサンドラとの出来事を知らないけど、どうせすぐにばれるだろう。サンドラのお母さんが話すに決まってる。アンナがサンドラのことを「太ったブタ」と呼んだことを――それも、ペグのおばさんから「愛想よくしてごらん」とわざわざ注意されたあとに。アンナは、ペグのおばさんがそのことを知ったときにそなえて、今からむっつりと不機嫌な顔をし、おばさんのやさしい質問にことごとくそっけない返事をした。

「そろそろお昼を食べるかい」

「うん」

「きょうはレバーだよ。レバーは好き？」

「まあ」

「どうしたんだい、いい子ちゃんや。虫のいどころでも悪いの？」

「ちがう」

「そんならいいけど。ベーコンも食べるだろう？　タマネギも入れるかい」

「うん」

おばさんは、フライパンを持ってアンナの横に来ると、少しきびしい口調で言った。

「お願いしますってひとこと言っても、だれも損しやしないと思うけどね」

「お願いします」

「そうだよ、そうこなくっちゃ！　さ、すわってお食べ。食べたら気分がよくなるかもしれない」

アンナはもくもくと食べ、食べ終わるとすぐに席を立った。サムおじさんの席のうしろを通ろうとすると、おじさんが手をのばしてきた。「なにがあったんだね、嬢ちゃんや」

「別に」

アンナは手が見えなかったふりをして、やり過ごした。ほんとうはその瞬間、サムおじさんの隣の床にすわりこんで、なにもかも打ちあけたかった。でもそんなことをしたら、ぜったいに泣いてしまうし、そう考えるだけでたえられない。それにたとえ話しても、大人はどうせ的はずれだ。ミセス・プレストンもいつもそうだった。いつもやさしいけど、いつもよけいな心配ばかりする。ああ、たまにはなんの理由もなく、でなければたいした理由もなく、ただ泣かせてくれる人がいればいいのに！　けれど、大人たちはみんなで手を組んで、そんなことをさせまいとする。

ずっと昔、ホームにいたころにも、たしかそんなことがあった。細かいことはおぼえていないけど、自分が泣きながらだだっ広いアスファルトの運動場を走っている絵が浮かんでくる。そして山のように大きな女の人――あのころはそう思えた――が、ひどく驚いてかけよってきて、さけんだ。「アンナ、アンナ！　いったいぜんたい、なにを泣いてるの？」まるで、こんな楽しい楽しい場所で泣くなんて、とんでもないことだとでもいわんばかりに。

そんなことをぐるぐる考えながら、アンナはサムおじさんの椅子のうしろを通って台所へ行き、あいたお皿を流しに置いた。ぜったいに泣いちゃだめ。サンドラのことを太ったブタ呼ばわりしたせいで自分が腹を立ててるなんて、ばかばかしくてとても言えないもの。サンドラから「あんたの見かけは、ただの、あんたそのものよ」と言われたせいで怒ってる、というのもだめ。どっちみちそれだけじゃないし。ペグのおばさんは、この話を聞いたらすぐに、わたしのことがきらいになるだろう。だから今、知らずに親切にしてもらうのはかえって申しわけない。

アンナは心をかたくして裏口から外に出ると、バタンと扉を閉めた。

潮がすっかり引いて、入江は水がちょろちょろ流れているだけだった。舟着き場の奥にある屋敷に目を向けて、きのうの夜見かけた女の子がちらりとでも見えないかと思ったけれど、だれの姿もなかった。屋敷はまた眠りについていた。アンナは入江を横切って湿地を歩き、さらにその向こうにある入江もバシャバシャと渡って砂浜へ行った。そして、鳥たちだけをおともに砂丘のくぼみに横たわって、長く暑い昼さがりをなにも考えずに過ごした。

8　ペグのおばさん、ビンゴに行く

今夜はペグのおばさんがビンゴに出かける日だった。アンナはすっかり忘れていて、数時間後に家に帰ってみると、おばさんはもう、いちばんいいブラウスに着がえて、化粧台の引き出しをごそごそかきまわしているところだった。特別なときにそなえてしまってある化粧クリームの小瓶を探していたのだ。

「あんたの夕飯は、鍋《なべ》であったまってるよ。食べ終わったらガスを消しておくれね。サムはクイーンズヘッドって店でドミノの集まりがあるから、あたしといっしょに早めに食べたんだ。それにしても化粧クリームはどこへ消えたんだろうね。ときどき、ほんとうに化けてどこかに行っちまうみたいだよ。ああ、あったあった！」おばさんは鍋つかみや、紙袋や、ふきんのごちゃごちゃつまった中からクリームの瓶を引っぱりだすと、ぺたぺたと顔にぬりはじめた。「さあて、こんどは靴だ。どこ行っちまったんだろう。たしかに二階から持ってきたはずなのに。ねえ、ガスを止めるのを忘れないでおくれよ。あたしゃ靴を探してこないと」おばさんはドタドタと別の靴を探しにいった。
アンナは、よかった、と思った。だれもわたしのことなんか気にしていない。わた
しがきげんがいいかどうかを心配して時間を無駄にする人もいない。昼食のときに不
機嫌だったことはもう忘れられて、今はビンゴとドミノの話で持ちきりだ。ペグさん
夫婦にはそういうところがあった。忘れたふりではなく、ほんとうに忘れてしまう。
だからアンナも自由でいられる――自由に自分をほかから切りはなすことができる。
ペグさん夫婦からも、スタッブズさん親子からも、ほかの人たちからも。いつもいつ
も見張られて、心配されているわけじゃないと思うと、気が楽だった。もっとも、ど
うせあすまでには、ペグのおばさんも、アンナとサンドラのあいだに起こったことを
くわしく知ることになるだろうけれど……。

おばさんがいちばんいい靴をはいて、えっちらおっちら二階からおりてきたとき
(ちなみにいちばんいい靴というのは、ふだんの靴となにからなにまで同じで、ただ
ひとまわり小さいだけだった)、アンナは窓の外をながめていた。おばさんがようや
く玄関までたどりついて「さあ、これでやっと出かけられる。お茶はもし飲みたかっ
たら自分でいれるんだよ」と言うと、アンナはその場でふりかえり、あらたまった口

調で礼儀正しく言った。「いってらっしゃい」

これでアンナはひとりになった。化粧台の上の置き時計がチクタクいい、こんろの上では鍋がプツプツとやさしく音を立てている。アンナは「夕飯」を見つけた。ベークトビーンズがひと山と、そのわきにニシンの燻製《くんせい》がひと切れ。砂糖をまぶしたべとべとの菓子パンもある。アンナは、静かでだれの手も届かない、この気楽な空気につつまれながら、夕飯をまじめに食べ進めた。食べ終えるとガスを止め、お皿を洗って水切り板に置いてから、また外に出た。

日がかたむいて、潮が満ちていた。夕飯を食べているうちに、たちまち満潮になったのだろう。今ではなめらかな銀の水面《すいめん》が舟着き場をおおい、土手から一メートル足らずのところにまで潮がせまっている。杭《くい》にゆわえつけられた小さなボートが、岸辺から三十センチと離れていない浅瀬で水にゆられていた。昼間見たときは、あんなところにボートなんかなかった、とアンナは思った。引き潮のときだったら、あそこは水辺からうんと離れていたはずだから、ボートは地べたに横たわっていただろう。見のがすはずがない。それは小さな美しいボートで、新品に近く、みがきあげたクルミの色をしていた。

アンナは近づいて中をのぞいてみた。

銀の錨《いかり》がへさきに置かれ、錨に結びつけられた白いロープは、とぐろのようにきれいに巻いてあった。オール受けにはオールが一対はめてあり、まるでだれかがちょっと岸にあがって、またすぐもどってこようとしているみたいだ。アンナはさっとあたりを見まわしたけれど、人っ子ひとり見あたらなかった。十分ほど前から、道を歩いてくる人もいない。いれば、ぜったいに姿が見えたはずだ。それでいて時間がたてばたつほど、このボートがほかの小舟みたいにほったらかされているのではなく、だれかを待ってるように思えてくる。しっかりつながれていなくて錨はへさきに置かれたままだし、ロープも杭に二回くるくると巻きつけてあるだけ。なんだか、アンナのことを待ってるように見えなくもない。

もう一度あたりを見まわしたあと、アンナは運動靴をぬぎ、あれこれ考えずにボートを引きよせて、乗りこんだ。急な動きでロープが引っぱられてほどけた。アンナはすわってロープをボートの中にたぐりよせ、つぎにオールを手に取った。ボートをこいだことは一度もない。でもボーンマスに旅行に出かけたとき、ミスター・プレストンといっしょにオールをにぎったことならある。そのとき、ボートの上ではけっして立ちあがらないよう、念をおされたこともおぼえている。ほかにはオールをさわった経験はないけれど、なぜか今、自信たっぷりだった。

アンナは片方のオールをそろりと水におろし、つぎにもう片方もおろしてみた。それからそっと静かに両方のオールを動かすと、ボートは杭を離れ、岸にそってうまく進みはじめた。湿地屋敷のほうへ。自分でも気づかないうちに、ボートをそちらに向けていた。

水面は波ひとつなく、まるで夢の中にいるみたいだった。アンナはこぐのを忘れてオールの上に身を乗りだし、夕映えが赤い縞《しま》になって水平線をそめているのを見つめた。イソシギが——ほんとうにイソシギなのだろうか？　——湿地の向こうで「ピティー・ミー！」と鳴き、もう一羽が「ピティー・ミー、オー、ピティー・ミー！」と答えた。

そのとき、こいでいないのにボートが動いていることに気づいて、アンナははっと背をのばした。左側の土手の景色がみるみるうちに流れていき、ボートは早くも湿地屋敷の正面を通りすぎようとしていた。二階の窓に明かりがともっている。そのとき、アンナはあわててオールをにぎった。ふりむいてみると、塀が水の中までつきだしているところがあり、ボートがそちらに向かってまっすぐ進んでいることに気づいたからだ。急がないとぶつかってしまう。左のオールを水につっこんでボートの向きを変えようとしたけれど、オールが平らに水を切ってしまい、アンナはあお向けにひっっくりかえりそうになった。そのとたん、耳もとかと思うほど近くで声がした。子どもの高い声が、笑いをこらえるようにふるえている。

「早く！　ロープを投げて！」

9　女の子とボート

アンナがロープを投げると、ロープがまっすぐにのびて、ぐいっと引っぱられる感じがした。ボートは引きよせられ、やがて塀にそっとぶつかった。

アンナは目をあげた。高いところにだれかが立っている。よく見るとそこは塀を削ってつくられた階段で、てっぺんに女の子がひとりいる。前に見たのと同じ女の子だ。丈の長いふわりとした服を着て、金髪をふさふさと肩にたらし、前かがみになってボートの中をのぞいている。

「だいじょうぶ？」女の子は小声できいた。

「うん」アンナはふつうの声で答えた。

「しーっ」女の子は、人さし指を口に当てた。「だれかに聞かれちゃうわ。こっちに来られる？」

アンナはボートをおり、女の子は、塀についている鉄の輪にロープを結びつけた。

ふたりは階段をのぼって、いっしょにてっぺんに立ち、うす明かりの中で見つめあった。これは夢だ、とアンナは思った。この子はわたしが想像でつくりあげたんだから、なにも話しかけなくていいはず。だからアンナは、幽霊を見ているかのように、女の子をまじまじと見た。けれど、この不思議な女の子のほうも、同じようにアンナを見つめている。

「あなたって、本物の人間？」アンナは、とうとう小声できいた。

「ええ。あなたは？」

ふたりは声をあげて笑い、おたがいにさわってたしかめあった。うん、本物だ。服は軽い絹みたいなものでできてるし、さわった腕もあったかくてしっかりしてる。

どうやら女の子のほうも、アンナがまちがいなく本物の人間だと納得したらしい。

「あなたの手、べたべたね」と言い、服のわきで手をふいた。「別にかまわないけど、ほんとうにべたべたよ」そして、不思議なものでも見るような顔でつけたした。「あなた、家のない子？」

「まさか」アンナは答えた。「どうしてわたしが？」

「だって、靴をはいていないもの。それに、髪が黒っぽくて、くしゃくしゃで、あちこちわたり歩いてる人みたいでしょ。名前はなんていうの？」

「アンナ」

「村に泊まっているの？」

「そう、ペグさん夫婦のところに」

女の子はアンナをしげしげと見た。薄れていく光の中では、女の子の顔はよく見えないけれど、目は青く、まつげはまっすぐで色がこいようだ。

「わたし、村の子とは遊んじゃいけないことになっているの」女の子はゆっくり言った。「でも、あなたは泊まりにきた子だものね。まあ、どっちでもいいけど。みんなには、ばれっこないから」

アンナは、ぷいっと背中を向けて言った。「無理することないよ」

すると、女の子は引きとめた。「だめよ、行かないで！　なにばかなこと言っているの。わたし、あなたのことがすごく知りたいのに。あなたは、わたしのことが知りたくないの？」

アンナは返事をためらった。わたし、この不思議な子のこと、知りたいのかな？　自分でも答えがよくわからない。けれどアンナは、まず言うべきことをちゃんと言うことにした。「わたしの手がべたべたなのは、夕食のときに菓子パンを食べたから。髪がくしゃくしゃなのは、けさ、とかしたきりだから。靴はちゃんと持ってて、浜辺に置いてきただけ。これでわかったでしょ」

女の子は笑い声をあげ、アンナをわきに引きよせながら、いちばん上の段に腰をおろした。「ここにすわりましょう。そうすれば、だれかが外を見ても、見つからずにすむわ。でも、小さな声で話さなきゃね」女の子はふりかえって、屋敷のほうにちらりと目を向けた。アンナはその視線を追った。「みんな、あそこにいるの」女の子はひそひそ言った。「明かりがついているのは応接間よ」

突然、ふたりのちょうど真上で窓があく音がした。女の子は身をかがめ、アンナの肩に手を置いて、いっしょにかがませた。ふたりでそっと一段おり、頭を低くしたまま身をよせあう。女の子はアンナの腕をぎゅっとつかんでいる。真上で女の人の声がした。「夜の湿地って、なんてきれいなんでしょう。ここになら、いつまでもすわっていられるわ」女の子は、緊張のあまりぶるっとふるえ、ますます身をかがめた。ふたりは手をにぎりあって、声を立てずに笑った。暗がりの中で光っているおたがいの白い歯だけが見える。

「窓を閉めておくれ」上のほうから男の人の声がした。部屋の奥から音楽が聞こえ、そのあとどっと笑いが起こって、別の人たちの声がつづいた。だれかが呼びかけている。「マリアンナ、こっちでダンスをしよう」それから真上で、さっきの女の人が言った。「ええ、すぐに行くわ。それにしても、あの子はどこにいるのかしら」

　女の子が片腕をアンナの腰にさっとまわし、ふたりは息をひそめた。アンナがおぼえているかぎり、こんなにだれかに身をよせたのははじめてだ。そのとき、さっきの男の人が言った。「ベッドの中だろう。そう願いたいものだよ。ほらほら、窓を閉めて」カチリという音を立てて窓がまたしまると、静けさがもどった。灰色がかった茶色の鳥の「ピティー・ミー、オー、ピティー・ミー」という鳴き声が、ふたたび湿地から聞こえた。そよ風が水面にさざ波を立て、ボートがふたりの下でおだやかにゆれている。女の子がアンナの手をはなした。

「さっきの人たちが言ってたのは、あなたのこと？」アンナは小声でたずねた。女の子は声を立てずに笑いながらうなずく。「じゃあ、どうしてそんな服を着てるの？パーティーに出るはずじゃなかったの？」

「それは、もっと早い時間の話。今は遅いから、ベッドにいることになっているの。そう言っていたでしょ。あなたは夜どおし起きていていいの？」

　アンナは首をふった。「ううん。どっちにしても早くもどらなきゃ――」そう言ったところで口ごもった。どこを通って来たかを思い出したのだ。「あれって、あなたのボート？」アンナはひそひそたずねた。

「ええ、もちろん。あなたのために、わざと置いておいたの。でも、まさかこげないとは思わなかったわ！」ふたりは暗がりの中でくすくす笑いあった。アンナは急に、このうえなく大きな幸せを感じた。

「わたしがこのへんにいるって、どうしてわかったの？」アンナはきいた。「わたしを見かけたことがあった？」

「ええ、しょっちゅう」

「でも、あなた、来たばっかりでしょ？」

女の子はまた笑い声をあげ、とたんに片手で口をふさいだ。アンナのほうに身をよせて、耳もとでこそこそ言ったので、アンナはくすぐったくなった。「ばかね、もちろんちがうわよ。わたしは長いこと、ここにいるわ」

「どのくらい？」アンナもこそこそ言いかえした。

「少なくとも一週間」女の子の声には、からかうような響きがあった。「しーっ。ほら、下までおりるわよ。わたしがこいで、送ってあげる」

ボートに乗ると、アンナは言った。「わたしを見張ってたの？」

女の子はうなずいた。「静かに！　水の上って、声が通るのよ」

アンナは声をひそめた。「見張ってるような気がしてた。だれが見てるんだろうと思って、あたりを見まわしたことだってあったんだから。あんなに探して探して——なのに、あなたはどこにもいなかった」

女の子はふっと笑った。「いたわよ！」

「どこに？」

女の子はオールにかぶさるように身を乗りだして、上のほうを指さした。「わたしの部屋の窓辺に。あのいちばんはしっこよ」

アンナはゆっくりうなずいた。「うん、そのはずよね。わたし、よく考えたら知ってた。そこにいるのを見たから。そう、きのうの夕方、あなたを見たの。髪をとかしてもらってた」

「わたしもあなたを見たわよ」

アンナは驚いた。「でも、あなたは横を向いて立ってたんだから、見えたはずないのに。そんなそぶりだって、ぜんぜん見せて——」

「そぶりなんて見せるわけないじゃない——しーっ。大声を出さないで」アンナは小声で話しているつもりだった。「わかっていないの？　あなたはわたしの秘密だってこと。あなたのことは、だれにも言っていないし、これからも言うつもりはないわ。もし言ったら、みんなに台なしにされちゃうだけだもの」女の子は前かがみになり、アンナのひざにふれた。「わたしのことも、だれにも言わないって約束して。ぜったい言わないって」

「うん、ぜったい言わない！」

アンナは、頼みごとをされてうれしかった。ここには、まさしくアンナのような子がいる。これは、いかにもアンナがしそうなことだ。秘密の友だち、ほかのだれも知らない友だちを持つこと。ほんとうにいるのに、なんだかほんとうとは思えない友だちを……。

「けさは湿地でなにをしていたの？」女の子は夢見るような面持ちできいた。

「アッケシソウを摘んでた。もしかして、けさも見てたの？」

「ええ。シーラベンダーをつんでいるのかと思って……わたし、シーラベンダーが大好きで……」女の子の声が小さくなりすぎて、アンナには最後の言葉がほとんど聞きとれなかった。

ボートがきしんだ音を立ててそっと岸辺の砂の上に乗りあげると、アンナは飛びおりた。少しのあいだ、さよならを言いたくない気持ちで、だまったまま、へさきをつかんでいた。薄手の服を着て、暗い入江や湿地や葦《あし》を背にしている女の子の姿が、今では小さくて青白い幽霊のように見える。あたりはもうまっ暗だ。どこもかしこも静まりかえり、アンナの足もとにやさしく打ちよせる水の音しか聞こえない。アンナは目をあげ、星がちらばる広大な空をあおいだ。ああ、やっぱりこれはみんな夢だ……。

そのとき女の子が、声を少しふるわせて言った。「あなた、幽霊みたいよ。そこに、そんなにじっと立っていると。アンナ――アンナ、あなたって、まちがいなくほんとうにいるのよね？」

アンナはほっとして笑った。すると女の子も笑った。

「ちょっと来て」女の子が言った。

アンナがボートの上に身をかがめると、女の子はアンナのほっぺたにさっとキスをした。「さあ、これであなたがほんとうにいるってわかったわ。早くボートをおして。また幽霊に変わっちゃう前にね！」そこでアンナがボートをおしだすと、女の子は、くすくす笑っているような低い声で呼びかけた。「こんど、ボートのこぎかたを教えるわね！　さようなら――靴を忘れないで！」

アンナは暗い岸辺を探り、靴を見つけだした。女の子が言ってくれなかったら、忘れるところだった。ということは、やっぱりあの子はほんとうにいるんだ！　アンナは喜びにふるえながら、家へ向かって走った。あの家族が来ても、ぜったい知り合いにならないとちかったのに、今では、はじめて同い年の子に会ったかのようにうれしかった。

けれど、あの子はほかとちがう。どこか魔法めいたところがある。アンナは、女の子の名前すら知らないことにふと気づき、かけ足をやめて少しのあいだ歩いた。いったいどうして、きかなかったんだろう、と不思議でたまらなかった。ひょっとして時間がなかったのかも。思い出せない。わかるのは、なにかすごいことが起こったみたいだってことだけ。

アンナは家に向かって小道を走った。遠くのほうから、ビンゴをしていた人たちの声が聞こえてきた。みんな帰るとちゅうで、笑ったり、しゃべったり、おやすみを言いあったりしながら、ひとりふたりと、それぞれの門の奥へ消えてゆく。アンナは先を急ぎ、台所のドアをおしあけた。中ではこうこうと明かりがともり、こんろの上でやかんのお湯がわき、サムおじさんがココアのカップを並べおえていた。そこはまるで別世界のようだった……。

10　アッケシソウの酢づけ

つぎの日の朝食のとき、アンナは、おばさんが困ったような顔で見ているのに気づいた。そのとたん、ビンゴのことを思い出した。スタッブズのおばさんもビンゴに行ったはずだから、ペグのおばさんは、わたしとサンドラのことを聞いたのかもしれない。

でも、今はそのことは考えないようにしよう。それよりずっと楽しいことが頭の中にあるんだから。アンナはもくもくと朝食を食べながら、きのうの夜の冒険を思い出してにっこりした。不思議な女の子、かわいい小型のボート……。あの子、今夜も入江に来るかな。ああ、きくのを忘れた！　アンナはがっかりし、口に運びかけていたフォークを止めてじっと見つめた。フォークの先にはひと切れの揚げパンがあり、そこに小さなトマトのかけらがうまい具合にのっている。そしてつぎの瞬間、女の子がこんどボートのこぎかたを教えると言っていたことを思い出し、またにっこりしてフォークを口に入れた。顔をあげると、おばさんと目が合った。

「まあ、なんにしても、朝食は気に入ってるみたいだね」おばさんが言った。「ひと安心だよ」

アンナはわれに返った。「うん、ありがとう。とってもおいしい」

おばさんは首をかしげ、まじまじとアンナを見た。「きのうの朝にあたしが頼んだことは、忘れちまったのかい？」

アンナは身がまえるように顔をあげた。たしかにおばさんからサンドラと仲よくするように言われ、そうしようとして、うまくいかなかった。けれど、そのことを気にしているそぶりを見せるつもりはない。

「別にたいしたことじゃないんだけどね」おばさんは話しつづけている。「ただ、あんたが出かけたあと、サムが言うもんだからさ。『おお、ちょうどアッキシの酢づけをまた少しばかし食えたらと思っとったところだ』って──」

するとサムおじさんが、なんの話かはっと気づいて口をはさんだ。「いやいや、嬢ちゃんの好きにさせておあげ、スーザン。アッキシなんぞ、ほしけりゃ、わしが自分でつめるんだから。ひょっとすると、この子は別のことで頭がいっぱいだったのかもしれん。なあ、嬢ちゃんや」

うわのそらで話を聞いていたアンナは、ぼんやりと目をあげた。この人たち、なんの話をしてるの？　アッケシソウのこと？　そうだ、思い出した。サンドラに会ったあと、物置の裏に置いて、そのまますっかり忘れてた。アンナはなにも言わずに立ちあがり、アッケシソウを取りにいくと、家の中まで持ってきて、ドアのすぐ内側に置いた。

「こりゃまあ、驚いた！」おばさんはすっかり笑顔になった。「あたしら、てっきり忘れたのかと思ってたよ。瓶のことをミス・マンダーズにきくのも、忘れてたわけじゃないのかい？」

アンナは、ドアのそばに立ったまま用心深く言った。「うん、瓶のこともきいた。あとで探してみるって」おばさんの顔を見たところ、表情に変化はなく、まだびっくりしながらも喜んでいる。「なんなら、今から取りにいってくる。お酢もいっしょに」アンナは、不機嫌にも、ごきげんとりにも聞こえない、ただふつうの声になるように気をつけた。

おばさんは、そりゃあほんとにありがたいけど、先にやることがいろいろあるから、急がなくていいよ、と言った。でもアンナは、むしろすぐに行きたかった。そこで、ドアのうしろのかけくぎから、網でできた手さげ袋を取って出かけた。残されたふたりは、にこにこしながら首をふりあった。いやあ、あの嬢ちゃんは、ほんとに変わった子だねえ。

どうやら、おばさんはまだ知らないようだ。なんでだろうとアンナは思い、そのあと、別にどうでもいいじゃない、と自分に言いきかせた。言いきかせておいてよかった。おばさんが、もどってきたアンナといっしょに瓶を袋から出しているとき、いきなりこう言ったのだ。「今晩、角《かど》っこのうちに行くから、ひと瓶持ってってやろうかね。スタッブズの奥さん、アッキシの酢づけが好物だったはずだから」

「ビンゴのとき、スタッブズのおばさんに会ったの？」アンナはできるだけさりげなくきいた。

おばさんは首をふった。「いいや、部屋のあっちはしと、こっちはしにいたからねえ。ただ、あとになってドアのところで声をかけられたよ。『あしたの夜、うちに来てよ。会って話したいことがあるから』って。おそらく、あの人の姉さんがキングズ・リンから持ってきた例の生地の見本のことだろうよ。あの椅子のカバーに使うやつ。だいぶ前から見せてくれるって言ってたから。けど、あの奥さん、なんだかおもしろくなさそうな顔してたねえ。最初にさそわれたとき、あたしが行かなかったからだろう。なんにしても、今晩行くって言ったから、ちょっと遅くなるけど、あんた、かまやしないよね？」

うん、とアンナははっきり答えた。ぜんぜんかまわない。ひとりでいるのは大好きだから。それを聞いたおばさんから驚きの目をちらりと向けられたことに、アンナはまるで気づかなかった。

夕方、アンナが入江へ行ったときには、あたりはうす暗くなっていた。おばさんは午後のあいだ、アッケシソウを洗ったり酢につけたり、ずっと忙しくしていた。今は、いちばんいいブラウスに身をつつみ、中身をつめてふたをした瓶を持って、角っこのスタッブズ家へ行っている。アンナは、おばさんを見送りながら、いま自分が危うい立場にあることを心から締め出した。なにしろ気の毒なおばさんは、小さなプレゼントを手に、これっぽっちの疑いもなく出かけていったのだ。アンナの失礼なふるまいについて、スタッブズのおばさんから文句を言われるだけだというのに。昔々のアンナだったら、前もって遠まわしに注意する方法をなにか見つけていたかもしれない。けれど今夜は、その方法を考えるつもりさえなかった。

アンナは最初、ボートが見えなくてがっかりした。入江に着いたとき、水はまだ舟着き場のとちゅうまでしか来ていなかった。そう言えば、今夜はあと一時間近くしないと、満ち潮にならない。アンナは時間をつぶそうと、土手の斜面にすわったり、浜辺で貝がらやウニを探したりした。けれど見つかったのは、ぼろぼろになったコルクと、タールをぬったロープ、割れた瓶の口だけだった。やがて、あたりが暗くなってきた。

アンナはしょんぼりして、きのう小さなボートが結びつけてあった杭《くい》によりかかり、あの子は来ないんだと自分に言いきかせた。すでに水はじわじわと岸辺をおおい、杭の根もとのまわりでゆったり、うずまきはじめていた。やっぱりあの子はわたしが想像でつくりあげただけだったのかも。もしかしたら、なにもかもばかげた夢だったんじゃないかな……。そのときふいに、オールが水をかくやわらかい音と、オール受けが一定のリズムでギーギー鳴る音が聞こえ、あの女の子が、まちがいなくほんとうに、どんどん近づいてきた。アンナはパシャパシャと水に入って女の子を迎えた。

「ここにいないんじゃないかって心配したわ」女の子は言った。「早く飛び乗って。ボートをこぎにいくわよ」

「来ないかと思った」アンナも言った。

「でしょうね。満ち潮の時間が遅いことを忘れていたの。別の場所を通って来るわけにもいかなかったし。窓の前を通るときに見られちゃうから」

女の子はボートの向きを変え、岸から離れて上流へ向かった。

「おしゃべりはやめましょ。理由はあとで話すけど、まずは、こぐ練習をしないと」

アンナがオールを持つと、女の子は向かいあわせでボートのおしりのほうに腰かけ、前かがみになってアンナの手を取りながら教えた。ときどきアンナの顔を見あげては、静かに笑って手をはなした。そうされるとアンナは、やはり自分がうまくこげていないことに気づいた。けれどまもなく、どうにかひとりでオールをあやつれるようになった。

アンナはこぎながら、まっすぐ前を見つめた。まばたきもせずに目を大きく見ひらき、友だちになった子をすみからすみまで知ろうと、暗がりの中で必死になった。女の子は今夜、さらさらの金髪を三つ編みにしている。長い二本のお下げが肩にかかって、前にかがむたびにゆらゆらゆれている。カーディガンの下に着ているのは、また長くて白い服で、すそが足もとにまで届きそうだ。ほかの子が着ていたらきっと変なのに、この子だとなんだかしっくりくる。この子は、なにかのおとぎ話の登場人物みたいに見えてあたりまえな気がするから。

入江の奥に着き、それ以上進めなくなると、ふたりはだまってオールをボートの内側にしまった。イグサやからまりあった水草《みずくさ》にほぼ一面かこまれながら、かすかな夜の音にじっと耳をすました。土手にいるカエルの鳴き声、葦《あし》からしたたりおちる水の音、小さな魚が水面まで浮かびあがっては沈むときのポチャンという響き。あまりにも静かにじっとしていたので、ふたりともひとりきりでいるかのようだった。そのとき、女の子が身を乗りだし、ささやくような声で言った。「さあ、どうしておしゃべりはやめましょうと言ったか、理由を話すわ」

11　質問は三つずつ

　アンナが近よると、女の子はささやき声のまま言った。「おぼえてる？　きのうの夜、あなたはわたしの秘密だって言ったこと」

　アンナはうなずいた。「どういう意味かは、よくわかった。あなたも、わたしの秘密だから」

「やっぱり、そうよね！　そこのところを台なしにしないようにしましょ。ぺちゃくちゃしゃべりあったり、どっさり質問したり、言い争ったりしたあげく、喧嘩《けんか》して終わりなんてことにならないように、今のままでいるの」

「うん――うん、わかった！」アンナは答えてから、ためらいがちに言った。「でも、わたし、まだあなたの名前も知らない」

「マーニーよ」女の子は驚いているようだった。「知っているかと思ったわ」アンナは、ううんと首をふった。「あのね、わたし、あなたのことをなんでも知りたいの。

どうしてこの村にいるのか、どこに住んでいるのか、なにをして一日過ごしているのか——そんなことをね。でも、そのくせ、なんにも知りたくないのよ」マーニーは言葉を切り、ちょっと笑った。「ううん、ちがうわ！　やっぱりすごく知りたい。でも、少しずつ、自分で、いっしょにいるうちにわかっていきたいの。言っていること、わかる？」

うん、よくわかる、とアンナは思った。だって、わたしが感じてることといっしょだもの。

「これからどうしていくか話すわね！」マーニーは言った。「ひと晩にひとつずつ、おたがいに質問することにしましょう。おとぎ話の願いごとみたいに」

「願いごとはふつう三つじゃない？」アンナは首をひねった。

「いいわ、じゃあ、三つ。わたしからはじめるわよ。質問その一。あなたはどうしてこのリトル・オーバートンにいるの？」

これって、おもしろい。アンナは深く息をすってからマーニーに話した。学校にもどるかわりに、ペグさん夫婦のところに泊まりにきたこと。お医者さんのブラウン先生にそのほうがいいだろうと言われたのと、やせすぎていたのが理由だったこと。マーニーがいかにもおもしろそうに聞いていたので、そのあともアンナは、「やろうとすらしない」の話や、ミセス・プレストンがアンナの将来を心配している話をした。

「でも、それだけじゃないよ。わたしが知ってるなんて、あの人たちは思ってもいないけど、わたしをちょっとのあいだ、やっかいばらいしたいっていう理由もあったの。わたしは、あの人たちにとって、悩みの種みたいなものだから」

「まあ、かわいそう！　でも、たしかなの？　ときどきそんなふうに感じるのはわかるけど、実際にはちがうものよ」

「ううん、ぜったいたしか。なんでたしかなのか、そのうち教えてあげるけど、きょうはだめ。こんどはわたしの番ね？」マーニーはうなずいた。「あなたの兄弟は何人いるの？」

「わたしの？」マーニーは目を丸くした。「ひとりもいないわ。どうしているなんて思うの？」

「じゃあ、ひとりっ子？」アンナは、驚きをかくせない声で言った。がっかりだ。紺色のジーンズとトレーナー姿の子たちはなんだったんだろう？　てっきりあの子たちも湿地屋敷に住んでると思ってたのに……。

マーニーはアンナをひじでちょんとつついた。「どうしたの？　わたしだけじゃ足りない？　あ、今のは質問のうちに入らないから」

アンナは笑った。「わかってる。でもわたし、あなたのところは大家族なんだって、ずっと思ってた」

「まあ、ある意味で大家族と言えるわね……」マーニーは指を折ってかぞえはじめた。「わたし、リリー、エティ、ナン、お母さま、お父さま……」そこでいったん口ごもった。「あと、プルート」

ふいにマーニーの顔がくもった。アンナはそれを見て、なにか急いで質問したほうがよさそうだと思った。「プルートってだれ？」

「だめだめ、ずるをしちゃ！　こんどはわたしの番よ。質問その二。あなたもひとりっ子？」

アンナは考えた。レイモンドは兄弟って言えるのかな？　ほんとうのお兄さんじゃないし、いとこでも、親戚《しんせき》ってわけでもないけど。「まあね」とアンナはようやく答えた。

「まあねって、どういうこと？」

「こんどはあなたがずるしてる！　つぎはわたしの番でしょ。プルートってだれ？」

「うちの犬よ」マーニーは急にまじめな顔になった。「秘密をひとつ教えてあげる。わたし、プルートが大きらいなの。大きくて、黒くて、ときどきすごくほえるのよ。

たいていは外の犬小屋にいるわ。いい遊び相手になるだろうってお父さまは言っていたけど、ぜんぜんそんなことない。わたしは子ネコがほしかったの。かわいくて、小さくて、ふわふわで、ひざにのせてなでられるような子ネコが。なのにお父さまは、自分が留守のときにプルートに家を守ってもらうこともできるって言うの。子犬のときからかなり大きくて、乱暴だったけど、それでもあのころはまだましだった。でも今は、とんでもない。生の肉を食べるんだから。考えてみて！　だれにも言わないでほしいんだけど、ほんとうはわたし、あの犬がこわいのよ」マーニーは、ぶるっと小さくふるえたかと思うと、いきなりまた楽しげになった。「こんどはわたしの番よね。ペグさん夫婦の家での生活って、どんな感じ？」

アンナは、口をひらいて答えようとしたとたんに気づいた。驚いたことに、どんな生活か思い出せないのだ。マーニーが言ったことを考えたり、夜にときどき聞こえるほえ声はプルートのなのかなと思ったりしていたせいかもしれない。ペグさん夫婦の家での生活って、どんな感じだっけ？　なにひとつ思い出せない。だれかが黒板をスポンジでふいたときみたいに、頭の中からきれいさっぱり消えてしまった。ほんとうはいないような気がしてたマーニーが、今じゃ、ペグさん夫婦よりもはっきり、いるって感じられる。不思議。

アンナはマーニーに目を向けた。マーニーは、ぼんやり考えごとをしながら答えを待っているようだ。足先を立ててひざをかかえ、ボートのおしりのほうにすわっている。うつむいていて、顔は影にかくれている。

アンナはもう一度試した。おじさんとおばさんのことを思い出さなくてはいけない。さもないと、ふたりのことをマーニーになにも教えてあげられない。目をとじると、最初はかすかに、それからはっきりと、台所や、こんろの上のやかんが見えてきた。ドアの向こうの部屋のすみには、スプリングのこわれたサムおじさんのひじかけ椅子もある。ペグさん夫婦とその家が、また現実のものに思えてきた。ほっとして目をあけると――いない。マーニーが消えた！　アンナはひとりきりでボートにいた。

えっと声をあげて、勢いよく立ちあがると、足もとでボートがゆれた。それと同時に、うしろのほうから、マーニーのびっくりしたささやき声が聞こえてきた。「アンナ！　どうしたの？　どこにいるの？」

「いなくなったかと思った！」アンナは言った。「そんなところでなにしてるの？」

マーニーはアンナのうしろの土手に立っていた。こんなふうに長くて白い服を着て、すっとのびた葦《あし》にまわりをかこまれ、あわい色の金髪を月明かりに照らされていると、ますますおとぎ話の登場人物のように見える。近づいてきたマーニーは、ひどくおびえた顔をしていた。

「もう、びっくりするじゃないの！　逃げちゃうなんて。わたし、あなたを捜しに出たのよ。葦の茂みにかくれているんじゃないかと思って」マーニーは、アンナの手をしっかりつかんで自分の体をささえ、ボートの中にもどった。「あんなこと、二度としないで、アンナ。ね？」必死に頼むような声だった。

「そんな、わたし、してない！　なんにもしてないのに！」

マーニーはまた腰をおろし、ひざの上で両手を組むと、つんとして「いいえ、したわ」と言った。「あなたは、わたしをからかったのよ。あんなの、ずるい。質問したのに、ぜんぜん答えてくれないんだもの。それどころか、逃げていって、かくれちゃうなんて――」

「あっ、そうだった！　でも、わたし、逃げてなんかいない。あなたの質問は、ペグさん夫婦のことと、そこでの生活がどんなかってことだったよね。ええと、今から答える。あそこでは……」アンナは口ごもった。「あそこでは……」また忘れてしまった。こんなの、ぜったいにおかしい。

マーニーは明るく笑った。「まあ、いいわ！　ペグさん夫婦のことなんて、わたしにはどうでもいいもの。だって、どんな人たちなのかも知らないんだから。もともと、つまらない質問だったわね。なにかもっと身近なことを話しましょ。あなた、時計をしている？」

「ううん。どうして？」

「そろそろ帰らないといけない気がするから。出発したのが、遅かったでしょ。わたしがいないこと、ばれちゃうかもしれないわ。ボート、わたしがこぐ？」

アンナはうなずいた。ふたりは席をかわり、葦の茂みからこぎだした。

「あなた、最後の質問をしていないわね」マーニーが言った。

「うん。でも、あなたの質問に答えられなかったから」アンナは、まだ不思議に思っていた。

「あら、そんなこと、かまわないのに！　じゃあ、別の質問をするわ。アンナの家はどこにあるの？」

「ロンドン」アンナはすばやく答えた。「エルムウッド・テラス二十五番地」

マーニーは満足そうにうなずいた。「今の質問には、とりあえず答えられたわね。さあ、最後の質問をしていいわよ」

アンナは心の中で、たくさんある質問のどれにしようかと考えた。マーニーが着てる服のことをきいたほうがいいかな？　ううん、きっと大人向けのディナーパーティしかなにかに出てたに決まってる。じゃ、家族のことをきく？　だめ、どうせ大人しかいないもん。それよりアンナは、飼い犬がこわいというマーニーの告白がまだ気になっていた。そこで、ようやくこう質問した。「ほかにこわいものはある？　地震みたいな、こわくてあたりまえのもの以外にってことだけど」

マーニーは真剣な顔で考えた。「雷が鳴る雨はちょっと……ひどいときだけど。それから――」ふりかえり、畑の向こうを見た。ひとりで番をしている見張りのように、風車小屋が空を背にして黒々と立っている。「あれがこわいときもあるわ」マーニーはふるえながらすばやく言った。

「風車小屋が？　でも、どうして？」

「まにあわなかったわね！　その質問は、つぎのために取っておいて」マーニーはまた笑ってから、さっきよりもっと真剣な顔でつけたした。「これってやっぱり、あんまりいいゲームじゃなさそう。あなた、なんだかおかしな質問ばかりしていたし。あの古びた風車小屋みたいな、気味の悪いもののことなんて、わたし、ふだんは考えないのよ。それにこっちも、おかしな質問をしちゃったわ。だって、あなたはひとことも答えられなかったし、それどころか逃げ出して、わたしをおどかしたんだから」

「言ってる意味がわかればいいんだけど」アンナはまだ気になっていた。「わたし、ほんとに動いてないの」

「そんな、動いたわよ！」マーニーは目を丸くした。「よくそんなことが言えるわね。わたし、アンナが答えてくれるのをずっとずっと待っていたのよ。なのに顔をあげたら、あなたはいなくなっていた。それでわたし、ボートから飛びだしたんだから」

「ちがう、いなくなったのはあなたでしょ！」アンナはむっとして言った。

マーニーはため息をついた。「あなたはわたしがいなくなったと思っていて、わたしはあなたがいなくなったと思っている。こんなことで喧嘩《けんか》をするのはやめましょ。もしかしたら、ふたりしていなくなったのかも」

「それか、ふたりともいたのかも」アンナの怒りは、すっと消えていった。どうせたいしたことじゃない。マーニーと喧嘩するのは、ぜったいにいやだ。アンナはすかさず、別の話をした。「あなたって、めぐまれてるのね。こんなボートをひとりじめできるんだから」

「そうよね。ボートはずっとほしかったの。それで今年、誕生日にもらったのよ。乗った人は、わたし以外では、あなたがはじめて。うれしい？」たしかにアンナはうれしかった。

ふたりは岸に近づいていった。「ここでおりてちょうだい」マーニーは言った。「水の中を歩いていける？　まだ深すぎるかしら」

　アンナはボートのへりから片足をおろした。水の高さは、ひざのすぐ下まであった。

「だいじょうぶ。わたしなら、ってことだけど」アンナは、マーニーの服のことを考えながら言った。

「『わたしなら』って、どういう意味よ！」マーニーは、わざと怒ったふうに言った。

「わたしの背は、あなたと同じくらいでしょ」そして、いきなり笑いだした。「ああ、このパーティードレスのことを言っているのね！　それと、男の子の服を着ている、かわいそうな自分のこと！　わたしみたいな服だったらいいのにと思っているの？」

　この子、わたしをからかってるんだ。アンナはそう思って答えなかった。けれどマーニーは、くすくす笑ったままボートの向きを変え、もうこぎだしていた。

「さよなら」アンナは、さびしさのこもった小声であわてて呼びかけた――まにあわなくなってしまう前に。

「さようなら！」マーニーはまだ笑っている。くすくすと声をもらしながら、暗がりにすっかり飲みこまれそうなところまで行った。見えなくなる瞬間、かすかな、でもとてもはっきりした声が、水の上をわたって聞こえてきた。

「ばかね、この服は寝巻きよ！」

12　ペグのおばさん、ティーポットを割る

ペグのおばさんが、敷物を裏庭でこれでもかとふりながら、ときどきアンナに言った。

「あたしは思ってたんだよ――せめて口をつつしむことくらい、あんたにもできるだろうって。ましてや、愛想をよくするように言ったあとなんだから――」バサッ、バサッ。「ほんとに怒ってるんだからね。あたしは――」おばさんはそこで息をつまらせ、敷物をごみ箱の上にほうりなげて、エプロンのはしで目をぬぐった。アンナはてっきり、おばさんが泣いているのだと思ってぞっとした。けれど、つぎの瞬間、自分の目がちくちくしているのに気づいた。せまい裏庭はほこりだらけだ。

おばさんは顔を赤くしてアンナのほうを向いた。「ねえ、なんであんなことしたんだい。いったいぜんたい、なにが気にさわったんだか」

「向こうが先に悪口を言ったから」アンナはつぶやいた。

「おや、向こうが先なのかい。どんな悪口だったんだね」おばさんはたちまち期待するような顔になったけれど、アンナはかたくなに口をとじていた。おばさんはアンナにつめよった。「そもそもあたしは、他人のいさかいに耳をかすような人間じゃないんだ。やっちまったものは取り消せないしね。けど、今すぐあたしに教えたほうがいいよ」

「あの子に言われたの。あんたは——『ただの、あんたそのもの』だって」アンナは答えた。例の言葉が、むっとしたつぶやきとなって、ひとかたまりに転がりでた。

「なんて言われたって？」

「ただの、あんたそのもの」アンナはくりかえした。

「やだよ、まったく、それのどこが悪いっていうんだい！」おばさんはあきれたように両手をふりあげ、腹立たしげに家の中へずんずんもどっていった。そのあと食堂から、そんなに怒ることじゃないだろうと、サムおじさんがやんわりおばさんをさとしている声が聞こえた。おばさんは、がみがみ言いかえした。どうぞどうぞ、あんたはなんとでも言えばいいさ。だけど、もしこれまでをふりかえってくれたら、あたしがずっと言ってたことを思い出すんじゃないかね。やっかいなことになるから、スタッブズの奥さんと仲たがいするわけにはいかない、祭りが終わるまでは、って。

「あんただって、よくわかってるだろうに。あたしが噂話や口げんかに耳をかすような人間じゃないってことを。だけど、あの奥さんはかんかんなんだし、ケーキの屋台をやるのを、あたしが手伝うことになっちまってるし――」そのとき、なにかがこわれる音がして、おばさんの声がふるえだした。「いやだ、あたしの大事なティーポットが！　ああ、もう、かんべんしておくれよ――」そのあと、まちがいなくすすり泣きがはじまった。

アンナは、もう聞いていられなかった。

堤防ぞいをずっと歩いて浜辺まで行った。アマリンボーはいないようだったけれど、どっちにしても今は、アマリンボーさえじゃまに感じただろう。だれのことも、なんのことも考えたくない。マーニーのことさえも。おばさんが怒りつづけるだけなら、別にどうということはなかった。でも、あのティーポットを落としたとき……。アンナはあわてて頭の中から記憶を追いはらった。なにも考えず、なにも見ず、ひたすら歩いた。そしてとうとう、砂丘までやってきた。

ここは、アンナがだれにも会わないと自信を持てる場所だった。もしだれかがふらっと浜辺にやってきたとしても、遠くの小さい点にしか見えないうちから気づくことができるし、相手が通り過ぎるまで身をふせていることもできる。もう何度もここで午後を過ごしながら、砂地のくぼみに寝そべって、聞こえる音に耳をかたむけていた。風が草のてっぺんをサラサラとゆらす音、遠くで鳴くカモメの声、おだやかな海のざわめき。ここにいると、まるで自分が世界の果てにいるような気がしてくる。カモメたちは、ときどき近づいてきたかと思うと、潮だまりにいる小さな魚をめぐって、さわがしい喧嘩《けんか》をくりひろげる。はるかかなたの浜辺で悲しげに鳴いていることもある。そんなときアンナは、自分も泣きたくなった。実際にではなく、声を出さずに、心の中で。カモメの声はさびしげで、きれいで、どこか懐かしく、なにかあたたかいものを思い出させてくれるようだ。アンナがかつて知っていたのに、なくしてしまい、そのあと二度と見つからなかったなにかを。けれどそれがなんなのか、アンナにはわからなかった。

こうして午前中は、砂丘で数時間過ごした。ペグのおばさんのことも、サンドラのことも、スタッブズのおばさんのことも考えず、頭がからっぽになってからマーニーのことだけを考えた。そしてふと、今夜はかなり遅い時間まで満ち潮にならないことを思い出した。たしか十一時すぎだったはず。どうやってマーニーに会いにいこう？

昼食の時間に家へもどりながら、アンナははっきりと答えを出した。マーニーが寝巻きで出かけられるなら、わたしにだって同じことができるはず！　今夜はおじさんとおばさんより早くベッドに入って、あとからぬけだそう。それと午後、引き潮のときに、マーニーに持っていくシーラベンダーをひと束つむことにしよう。

家にもどると、ミセス・プレストンから手紙が来ていた。書いてあるのは、知らない人たち、おそらく近所の人たちの最近の様子ばかりだ。けれど、ロンドンの家を思いうかべようとしても、今の現実から遠く離れすぎていて、まだそこにミセス・プレストンが住んでいるとはとても思えない。いちばん下の追伸には、こう書いてあった。

「近いうちにぜひまた手紙をちょうだい。浜辺に行ったことくらいしか教えてくれないわよ。においのこともあれきりだし。ちゃんと説明してね」

アンナは驚いた。におい……においって？　もしかして、別の言葉の読みまちがい？　そう思って字をよく見たけれど、やはりまちがいではなかった。こんどは宛名を書いて切手を貼ったハガキが入れてあったので、また忘れないうちにすぐ返事を書くことにした。ペグのおばさんが動きまわってテーブルを用意しているあいだに、アンナは「浜辺は、なんのにおいもしません」と書いた。これはもちろん、うそだ。浜辺はとてもいいにおいがする。けれど「ちゃんと説明してね」という言葉で、デイビソン先生の作文の授業を思い出し、さからう気持ちがわきあがっていた。どっちにしても、浜辺のにおいなんて、どう説明すればいいの？　海とか、海草のにおいがするだけだし。もっとも、風向きが悪くて、自然がいじわるをしたときには、死んだアザラシのにおいがすることもある。でも、死んだアザラシのにおいのことなんて、だれもハガキに書いてほしくないよね。そう思ったアンナは、かわりに天気のことと、この数日の潮の様子（このときいちばん気になっていたこと）をくわしく書いた。

昼食後、アンナはまた外に出た。潮がじゅうぶんに引くのを待ってから、パチャパチャと歩いて、シーラベンダーを摘みに湿地へ向かった。

すでに切手が貼られて、出すばかりになっていたハガキは、暖炉の上に置きっぱなしだった。ペグのおばさんは、それを見て舌打ちをした。まったく、あの子はそのうち、自分の頭も忘れていきそうだね！　出かけるときにハガキを投函《とうかん》するようにって、わざわざ言っておいたのに。おばさんはハガキを手に取ると、右に左に向きを変えながら、じっくり見た。

「なんだい、これ！　あたしは勉強なんてぜんぜんできなかったけど、それにしても――ほら、読んでごらんよ」おばさんはサムおじさんにハガキを手わたした。「なんて書いてある？」

サムおじさんは、つっかえつっかえ読みあげた。「浜辺は――なんの――においも――しません」

「だろ？」おばさんは、勝ちほこったように言った。「そう書いてあると思った！」

「そりゃあ、浜辺なんて、なんのにおいもせんだろう」

「ああ、しないよ。月が青いなんてこともないし、牛がダンスをするなんてこともない。それに、一部の人間はろくに物を考えたことがない。サム・ペグ、あんたもそのひとりだ。子どもの手紙がそんな書き出しだなんて、おかしいと思わないのかい？」

「なあるほど！ まあ、おそらくあの子は、別のことでも考えとったんだろう」

「おそらくね」おばさんは、なんだかわけがわからないという顔で首をふった。「おそらく、あたしに言わせりゃ、いつものことだけど」それから外出してハガキを投函し、それきり忘れてしまった。

　その日の夕方、おじさんとおばさんがひと息ついて、いつものテレビ番組を見はじめると、アンナはすぐに本を持ってきて、ふたりのそばにある低い丸椅子で読みだした。そしてまもなく、あくびをはじめ、横に本を落とした。本に退屈してもテレビにあきてもおかしくないと――できることなら――思ってもらえるくらい長くいたあと、立ちあがってまたあくびをした。それから、イースト・アングリアのどこかの農業会館から放送している大吹奏楽団の演奏に見おくられ、わざとらしいほど静かに、しのび足で階段へ急いだ。

自分の部屋に入ると、服をぬいで、寝巻きに着がえた。そして、ショートパンツをはき、その中に寝巻きをたくしこんで、上にいつものタートルネックの服を着た。これで準備完了だ。アンナは、潮がだいぶ満ちてきたと思えるまで待つと、シーラベンダーの花束を持ち、部屋のドアをあけて耳をすました。そのあと、まだ聞こえるテレビの騒々しい音にまぎれ、そっと階段をおりて台所の裏口からぬけだした。

ちらちらする青い光を受けて、じっとすわっているおじさんとおばさんは、まるでふたつ並ぶ大昔の石像だった。ふたりはアンナに背中を向けたまま、ふりむきもしなかった。

13　家のない子

ボートは待っていた。アンナは乗りこんでロープをほどいた。オールを水につけるかつけないかのうちに、湿地屋敷のほうへどんどん流されはじめた。こぐ必要はほとんどない。ボートが行き先を知っているようだ。

もうすぐ屋敷の向かい側に着くというとき、すべての窓に明かりがついているのに気づいて驚いた。どういうことだろう？　それに、音楽が水の上をわたって聞こえてくる！　アンナは、オールをこぐ手を止めて息をのんだ。これこそ、夢見ていたこと——湿地屋敷でのパーティーだ！　乗っている小さなボートが屋敷の前をゆっくり流れていくとき、まばゆいばかりに輝く大階段と、中で動きまわる女の人たちのドレスのあざやかな色が窓ごしに見えた。暗い水面には、想像していたとおり、屋敷がそっくり映っている。窓からふりそそぐ明かりが、ちらちらゆれるいくつもの点となって、ボートのへりすれすれにまで届きそうだ。

ボートはいつしか、屋敷の前を通りすぎていた。アンナがふりかえると、暗がりの中、つきでた塀の上に小さな白い人影が立っていた。マーニーが待っていてくれたのだ。

アンナがロープを投げ、マーニーが受けとった。ボートはまたゆっくり引かれて階段に横づけになった。アンナがボートからおりると、マーニーが手をつかんでくれた。

「ああ、来てくれて、ほんとうにうれしいわ」マーニーはひそひそ言った。「音楽は聞こえた？」

「うん。明かりも見えた。水の上から見るとすごくきれいで、夢を見ているのかと思った！」

「パーティーをやっているの。わたし、アンナに会えたらって、ずっと思っていたのよ。何度も外に出ては、あなたを捜していたんだから」

「今夜は来られないかと思った。すっかり遅くなったから。でも、ほら……」アンナは、ショートパンツの中から寝巻きを引っぱりだした。「あなたのまねをしたの。寝る支度を先にしたってわけ」そのとき、マーニーの着ているものに気づいた。白い本物のパーティードレスで、ゆったりしたスカートの腰まわりにリボンが結んである。

「しかたなかったの」マーニーは申しわけなさそうに言った。「ほんとうは大人向けのパーティーなんだけど、わたしも出なくちゃいけなくて。ひとりかふたり、かなり若い人がいるから。でも、その人たちも、わたしたちよりうんと年上なのよ」マーニーはアンナの片手をにぎり、自分のほうに引きよせた。「あなたが来てくれて、ほんとうにうれしい。いっしょに中に入れたらいいのに……」そこで言葉を切り、考えこみながらアンナを見ると、突然笑いだした。「そうよ！　アンナも中に入ったらいいんだわ。あなたがだれかなんて、どうせみんなにはわからないんだから」

「そんなの、無理」アンナはことわった。「寝巻きと運動靴なんだから」下を向くと、どろのすじがついた寝巻きが見えた。「無理」アンナは悲しくなってくりかえした。

「どっちみち、どろだらけだし」

「無理じゃないわよ！　どろだらけのほうがいいんだから。わたしに考えがあるの。あなたは頭からショールをかぶるだけでいいわ。そうすれば、家のない子に見えるでしょ」そのときマーニーは、アンナの持っているシーラベンダーの花束に気づいた。

「まあ、アンナ、シーラベンダーを持ってきてくれたのね！　ちょうどよかった。あなたは家のない花売りの子で、パーティーのお客さまたちにシーラベンダーを売りにきたの。幸運を願って、って。そうしてくれる？　ちょっと待っていて。ショールを取ってくるから」マーニーは返事も待たずに、通用口から屋敷の中へかけこんだ。残されたアンナは、塀の上にひとりで立っていた。

こわくはなかった。別に緊張してもいない。これからどうなるかをはっきり思い描いていたわけでもないし、どういうわけか、やるかやらないかを自分で決めようともまったく思わなかった。マーニーといるといつもそうだけれど、結局はできるはずのことしかしていない気がする。なにもかも、あらかじめ決まっていることなのだ。とにかくアンナは待って、なりゆきを見守るしかなかった。だからこんども、どろのついた寝巻きを綿《めん》のショートパンツの上にかぶせて、運動靴をはいたまま待っていた。うしろの屋敷から流れてくる音楽を聞きながら、ひそかにわくわくしはじめていた。

古い茶色のショールを手に、マーニーがかけもどってきた。

「さあ、どうぞ。ちょうどいいでしょ」マーニーは、ショールをアンナの上にぱっと広げ、うしろの髪がかくれるようにかぶせて、両はしを胸の前で交差させた。それから一歩さがり、できばえをたしかめるようにアンナを見た。「いい感じだけど、寝巻きがほんのちょっぴり長すぎるわね。ちょうどひざ下くらいじゃないと」マーニーがアンナのショートパンツの腰まわりで寝巻きをたくしあげると、ふたりはいっしょになってくすくす笑った。

「ほんとに行っていいの？」

「もちろんよ。ああ、これって楽しい！　つぎは、その靴ね――」

マーニーはかがむと、シーラベンダーの小枝を一本ずつ、靴ひもの穴におしこんだ。そうやってひもをかくしてから、アンナのちょうど耳の上に来るように、別の小枝を髪にさした。

「さあ、これでおかしなところはないわ！」マーニーはうしろにさがって、ほれぼれとアンナをながめた。まるでアンナのなるべき姿があらかじめ見えていて、それを細かいところまでまねしたようだ。「じゃあ、いい？　なにも言わないで、ただわたしの言うとおりにして。まずわたしが中に入って、みんなに知らせるわ。あなたは入口にいてね。行くわよ」

ふたりは通用口から中へ入った。「待ってて」マーニーは暗い廊下をかけていき、つきあたりのドアを勢いよくあけた。まばゆい光と色が一気にあらわれる。黒い軍服やつややかなドレスを着た男女が、あちらこちらへ動いている。輝く宝石に、きらめく金モールが見えた。ワイングラスや、赤とクリーム色のバラが入った銀の花瓶を、明かりがきらきらと照らしている。背景をいろどっているのは、深紅のカーテンだ。

廊下は、話し声や笑い声や音楽でたちまちいっぱいになった。

マーニーを見ると、腰の白いリボンをひらひらさせながら、軍服を着た背の高い男の人のところにかけよっていくところだった。男の人は、ワイングラスを手に、ひとつのグループの中心に立っている。マーニーは、その人のそでの金モールを引っぱった。男の人がかがみ、マーニーがなにか耳もとでささやく。男の人は一瞬とまどった顔をしたあと、笑いながら背すじをのばして手をたたいた。

「みなさん、聞いてください！　マーニーが、お客さまがいらしたと教えてくれました。家のない花売りの少女が、シーラベンダーを売りにドアまで来ています。幸運を願ってシーラベンダーを買いたいかたはいらっしゃいませんか？」男の人は、にこやかに笑いながらドアのほうへ向かい、廊下の先を見やった。けれど、マーニーが走って男の人を追いこし、アンナの手をつかんで部屋に引きこんだ。

　明かりがとてもまぶしく、人もあまりに多いので、アンナはすっかり目がくらんだ。黒っぽい巻き毛を少し顔にたらしたまま、ドアを入ってすぐのところに立ちつくした。片方の手には茶色のショールの結び目、もう片方の手にはシーラベンダーをしっかりつかんでいる。

「おいで」男の人がやさしく言った。「こわがらなくていい。名前は？」

　答えようと口をあけたのに、ひとことも出てこない。いつのまにか口がきけなくなったみたいだ。そのとたん、自分の名前も忘れてしまっていることに気づいた。アンナは男の人を見つめ、ゆっくり首を横にふった。ほかの人たちがまわりに集まってきて、アンナに問いかける。どこから来たんだい？　あなたはだれ？　どうやってここへ？　けれどアンナは、どの質問に対しても、ぼうっとしたまま首を横にふることしかできなかった。

「まるで小さな魔女だね！」若い男の人が大声で言った。「小さな魔女さん、どうしてしゃべらないんだ？　きみはだれなのかな？　ほうきの柄に乗って飛んできたのかい？」みんながいっせいに笑った。青いドレスを着た女の人が、アンナのほうへかがみこんできた。アンナのすぐ目の前で、きらきら光る長いネックレスがゆれている。

「かわいそうに」女の人は言った。「この子、口がきけないんですわ。あれこれ質問して、いじめないでくださいな」それからアンナに向かい、ほんの少しふざけているような声でやさしくつづけた。「このかたたちのことは気にしないでね。シーラベンダーをいくらかもらえるかしら？」

アンナは重々しくうなずき、花束をそのままわたした。

「あら、これでは多すぎるわ！」女の人は両手をふりあげ、おおげさに驚いてみせた。「わたくし、幸運を願って、ひと枝だけほしいの。それにあなたは、お金をもらわなくては。そうよ、もちろん、お金をもらわなくてはだめだわ」女の人はあたりを見まわし、うったえるように両手を広げた。「わたくしのお花代、どなたが払ってくださるかしら？」

すぐに四、五人の若者が前へ飛びだし、手に持った銀貨をアンナにおしつけようとした。けれどアンナは首をふり、受けとるのをことわった。

「いや、わたしが払おう」そでに金モールをつけたあの背の高い男の人が言い、若者たちをはらいのけた。男の人は、銀の花瓶からまっ赤なバラをひと束取ると、アンナのひざの上にのせた。アンナはまた首をふったのに、男の人はもう背中を向けている。アンナはバラを一輪手に取り、残りをテーブルのすみに置いてから、バラをショールの結び目にさした。とてもいいかおりがする。

青いドレスの女の人は、シーラベンダーを小分けにし、幸運を願って一本ずつ取りにくるようにみんなに言った。自分用には、ひと枝取って髪にさした。それから、全員が身につけなくてはならないと言いはり、残りを男の人たちの服のボタンホールや、女の人たちのドレスにさした。

アンナがそれを見ていることに、だれも気づかなかった。大人たちは、アンナのことを忘れてしまったようだ。大笑いし、からかいあい、今ではなにかのゲームを楽しんでいるらしい。残ったシーラベンダーをだれかが高くほうりなげると、ほかの人たちが受けとめようとかけだした。部屋じゅうで投げあいがはじまり、かわいた花から灰色の花粉が床にふりそそぐのが見えた。

ピンクのほっぺたをした白髪頭の大きな男の人が、アンナのもとへやってきて、グラスに入った赤ワインをすすめた。

「かわいいラベンダー娘さん、きみの健康を祝して！」男の人はそう言って深々とおじぎをした。あんまり頭をさげたので、アンナには、ピンクの頭のてっぺんと、まわりにかんむりのように生えた白い巻き毛しか見えなかった。

アンナがグラスを受けとってにっこりすると、男の人はいなくなった。アンナは飲むべきかどうか、悩んだ。マーニーを捜したけれど、どこにもいる様子がない。

ふたたび音楽が鳴りだし、みんなはダンスをはじめた。アンナの目に、またマーニーの姿が見えた。部屋のずっと向こう側にいて、金髪で背が高い、十六歳くらいの少年とワルツを踊っている。まだほんの子どもなのに、マーニーがとても上手にダンスをしているので、アンナは驚いてしまった。こんななじみのない別世界にいると、マーニーさえも知らない人になってしまったように思える。

だれかがアンナのために椅子を置いてくれた。ダンスをしている人たちがさっと通りすぎ、女の人たちのふんわりしたドレスがアンナの足をかすめた。アンナはワインをひと口だけ飲んだ。きつくて甘い味がする。ワインを飲むのははじめてなので、おいしいのかどうかはわからなかった。もうひと口飲んでみる。あざやかな色のドレスがくるくると通りすぎていく。音楽を聞いているうちに、頭がふらついてきた。あたりには、わくわくする不思議なにおいが漂っていた。ワインと、タバコのけむりと、香水のにおいが、バラのかおりとまざりあっている。

グラスからもうひと口飲むと、ねむくなってきた。あのピンクのほっぺたと白い巻き毛の大きな男の人が、ワインをもう一杯持ってアンナのそばへやってきた。なにか言いながら、グラスを差し出しているけれど、音楽のせいでよく聞こえない。そのとき、あの青いドレスの女の人がすばやく割りこんできて、男の人の手からグラスを取りあげながら言った。「だめだめ。この子はまだほんの子どもですわよ。さあ、わたくしとダンスをしにいきましょう」女の人は、男の人をさっと連れていった。そして男の人をくるっとまわしながら、アンナにも聞こえる声で笑った。長いネックレスをうしろになびかせ、青いスカートをふわふわと……ふわふわと……。いくつものあざやかな色がとけあい、音楽が高まっては弱まるなか、アンナは自分が眠りに落ちていくのを感じた……。

14 パーティーのあと で

「そろそろ帰らないといけないんじゃない？　家にいないって、ばれているかも」

あれからどれくらいたったのか、気がつくとマーニーがうしろにいて、耳もとでささやいていた。アンナは体をぶるっとふるわせて目をさまし、まぶたをこすりながら上半身を起こした。もう音楽はかすかにしか聞こえず、どこか遠くで鳴っているようだ。お客たちはもう、深紅のカーテンの向こうの別室へうつっている。ここには今、アンナとマーニーしかいない。

「帰らなくちゃいけない？　何時？」

「わからないけど、潮が変わってきている気がするの。今帰るなら、ボートで送っていくわ。でも、ぐずぐずしていられないわね。潮が引いたら、ぬかるんだ舟着き場を歩いて帰ることになるから、すぐに出発しないと。さあ、だれも見ていないうちに行きましょ」

「わかった」アンナは立ちあがって、ふらふらと部屋をぬけだし、マーニーにつづいて廊下から通用口へ出た。外はすずしくて静かだった。ピチャピチャという水の音が聞こえ、さわやかな潮のかおりがする。湿地の向こうからは、海のざわめきと、遠くの浜辺で波がくだける音も聞こえる。

階段のてっぺんに着いたとき、うしろでドアがあく音がして、ふたりはふりかえった。あの背の高い金髪の少年が、細長いドアからもれる明かりを背に、黒い影となって立っていた。だれかを捜しているのか、きょろきょろとあたりを見まわしている。マーニーがアンナの手をつかみ、ふたりは身をかがめた。「しーっ。あの人に見つからないようにして」

ドアがまたしまった。ふたりは階段をおりてボートに乗りこみ、だまってこぎだした。マーニーがそっと笑った。「あの人、うるさいの。わたしがいたずらしないように、いつもついてまわっているのよ。見つからなくてよかった」

「どうして？　あの人のこと、きらいなの？」アンナは、いい感じの少年だと思っていた。けれど、マーニーがきらいと言ったら、なるほどとうなずくつもりだった。

マーニーはいらいらした様子で答えた。「そんなことはないわ。いい人だもの。でも、わたしの面倒を見るのが自分の仕事だといつも思っているから、うんざりすることがあるの。ほら、着いたわよ。ここでおりてくれる？　そうしたら、ボートを砂の上にのせなくてすむから」

アンナはボートからおりた。片方の手に靴を持ち、もう片方の手で首に巻いたままのショールをつかんでいた。

「さようなら、家のない花売りの娘さん！」マーニーが笑いながら言った。

「あっ、忘れてた！」アンナはショールの結び目をほどいた。すると、なにか小さくて黒っぽいものが水の中に落ちた。「わたしのバラが！」とさけんだけれど、遅かった。バラは、暗がりのほうへ漂って、手の届かないところへ行ってしまっていた。

マーニーは、がっかりしているアンナを見て笑った。「たかがバラひとつじゃないの。あんなの、いくらでもあるわ」

アンナはボートの中へショールをほうりこみ、「さよなら」と言った。「ほんとにすてきなパーティーだった。想像もつかなかったくらい……」それからふと思い出して、動きを止めた。「あしたは――満ち潮がすごく遅いんだった……」

「ええ、残念よね！」マーニーは何度もうなずきながら考えこんだ。「心配しないで。また会えるわ――いつか、どこかで。それがいつで、どこなのかは約束できないけど、わたしをいつも捜していてね――お願い」そして、はっとふりむいた。湿地屋敷をこえたどこかで、犬がうるさくほえはじめたのだ。「プルートだわ。もう帰っていくお客さまがいるみたいね。わたし、行かなくちゃ」マーニーはオールを持ち、同じ言葉をくりかえした。「わたしをいつも捜していてね。それと、忘れないで。だれにも言わないって約束したこと――ぜったいによ」

「もちろん、言わない！」

ボートはすでに動きだしていた。アンナは水ぎわに腰をおろし、耳をすましました。チャプンチャプンというオールのもの静かな音が、しだいに遠ざかっていく。やがて、岸辺に打ちよせるさざ波のやわらかい音しか聞こえなくなった。

それにしても、なんてすてきな夜だったんだろう！　今夜はとてもねむれそうにない。あのうっとりするながめや音がまだ頭から離れないのに、家にもどって、ベッドの上でごろごろするなんて、ばかみたいだ。夜の空気の中に、今もパーティーのあれやこれやがあふれている気がする。ピアノの軽やかな響き、どっとわきおこる笑い声、あざやかな色に、きらめく宝石、マーニーの声、マーニーが暗い廊下を走っていくときにひらひらする白いリボン……。

けれど、いくらじっとすわって、うっとり思いかえしていても、音楽はだんだん静まり、金モールの軍服やあざやかな色のドレスを着た陽気な大人たちは、幽霊のように薄れて消えていった……。アンナはひざに顔をのせた。さすらう夜の風が髪を持ちあげて、ほてったほっぺたを冷ました。

「おや――おやおや！　だれかと思ったら」

アンナはびくっとして目をあけた。大きな三つの人影が、騒々しい声をあげながらアンナを見おろしている。

「あらまあ、ペグさんとこに来た、嬢ちゃんじゃないの！」

「嬢ちゃんが夜中になんでこんなところにすわってるんだい！」

アンナはあわてて、ぱっと立ちあがった。

「ほらほら、落ちついて、あたしらだよ。丸石屋敷のビールズのおじさんとおばさん。さあ、いっしょにうちへ帰ろう。あたしら、ペグさんちのすぐそばを通るからさ。ペグの奥さん、あの子はどこへ行っちまったんだろうって思ってるだろうねえ」長まくらのように丸くてしっかりした、太くてあたたかい腕が、アンナの肩をだいた。気がつくとアンナは、三人のあいだにはさまれて道を進んでいた。「嬢ちゃん、だいじょうぶかい」ビールズのおばさんが心配そうにきいた。「あらあら、その足、かわいそうに！　靴はどこへやったんだい」

「ちゃんと持ってます。ありがとうございます」アンナはぎこちなく言った。「はだしで歩くのが好きなんです。足を引きずってるのも、ただじっとすわってたからで。今って――今って、もうだいぶ遅いんですか？」

「遅いなんてもんじゃないよ、たぶんね」ビールズのおばさんはそう答えてから、アンナの頭ごしに、いっしょにいた友だちに言った。「スーザン・ペグは、いったいどんな夢を見てるんだろうねえ――夜のこの時間にさ！　うちのシャロンなんか、寝てから四、五時間たつよ。まあ、もっとも、スーザンは子どものことなんかひとつも知らないけどね。だってほら、自分の子を持ったことがないから」おばさんはアンナのほうへかがみこみ、大声でなぐさめるように言った。「あのね、嬢ちゃん、もし夜、さびしくなったら、いつでもうちへ来てテレビを見ていいんだよ。角っこのサンドラ嬢ちゃんなんか、しょっちゅうそうしてるんだから。おっかさんが委員会やらなんやらに出て、いないときはね。あんたもこれからそうしてみないかい」

アンナはお礼を言った。ぜったいにいやだと思ったけれど、口には出さなかった。

ペグのおばさんは戸口にいて、牛乳瓶を外に出しているところだった。アンナを見ると、ぎょっとした顔になった。

「いやだ、あんたはもうとっくに寝てると思ってたよ！　おまけにメアリー・ビールズ、エセル、それと、ビールズのだんなさんまで！　みなさん、こんばんは。うちのアンナは、いったいどうしちゃったんだい」

「入江をくだったところでぐっすり寝てたんだよ。うそなもんか。ねえ、エセル？　あたしら、トランプの会に行って、帰りにアリスんとこによって、そのあと、すずしい空気に当たりがてら舟着き場をまわってきたんだけど、そしたらこの子がいて――」

ペグのおばさんはアンナのほうへかがんだ。「早く中へお入り。牛乳を一杯、飲むといい。もう十二時すぎだよ。テレビだってとっくに終わってる。娘っこが外にいる時間じゃないんだからね」

アンナは家へかけこみ、食料置き場から牛乳を一杯持ってきた。あけっぱなしの戸口からは、まだひそひそと話しつづける大人たちの声が聞こえていた。ひどく驚いているような声だった。「ほんとにぐっすり寝てたんだよ。うそなもんか。水ぎわにすわりこんで――しかも、はだしでさ。あの子、だいじょうぶなのかい？　子どものやることにしちゃ、ちょっとおかしいんじゃ――」

けれどアンナは気にしなかった。なんとでも好きなだけ言えばいいし、知ったことじゃない。だって今のわたしには、ほかに友だちがいるんだから。

アンナは夢見心地のまま、暗くてせまい階段をかけあがり、自分の部屋の掛け金をはずした。暗がりの中、椅子の下に靴を置きにいき、そのときになって片方しかないことに気づいた。帰るとちゅうで落としたんだ。まあ、いいや……。アンナは、上に着ていた服とショートパンツをぬいでベッドに転がりこみ、あした靴を探しにいこうと考えた。朝早く、だれもまだ起きないうちに。そのころには潮がまた引いているはずだから……。

アンナは、耳に残る海のざわめきを聞きながら眠りについた。それから少しすると、低い窓枠すれすれにまで月がのぼり、ひとすじのまっすぐな光が床をこえて、片方しかない運動靴を照らした。靴ひもの穴にはまだシーラベンダーの小枝が一本ささっていた。

15 「またわたしを捜してね！」

アンナは片方の靴を見つけたけれど、それはつぎの日の遅い時間だった。結局起きたのが遅く、浜辺を昼間ぶらぶらして、夕方に帰ろうとしたときに靴を見つけたのだ。靴は、以前マーニーのボートがつないであった杭《くい》のてっぺんにのっていた。メモはなく、だれが見つけてくれたのかを示すものはなにもなかった。もしかしたらマーニーが置いてくれたのかもしれない。でも、知りようがない。

アンナが夜遅くまで外出し、ビールズ夫婦に送ってもらったことについて、家ではなんの話も出なかった。その日も、つぎの日も、アンナはおとなしく過ごしながら、せめられたり、しかられたりするのを覚悟していたけれど、なにも言われずに終わった。アンナには、その理由がだんだんわかってきた気がした。そうか、おばさんは、もうわたしのことなんて心配しても無駄だと気づいたんだ。そしてこれが——なんにも言わないでいることが、こういうときのおばさんのやりかたなんだ。おばさんは、わたしにうんざりしてる。だって、いっしょうけんめいやさしくしてきたのに、その甲斐《かい》がちっともないから。それで、もう「ほったらかしにする」ことにしたんだ。

　実際はちがったけれど、アンナにそのことがわかるはずもなかった。ロンドンの家では、なにごとも長々と引きずる。だれも口に出さなくても、ふんいきでわかる。アンナは、ミセス・プレストンが心配そうな注意深い目でちらちら見てきたり、そのときの大事な出来事の話をわざとしないように気をつかったりするたびに、かえってよくないことが起こっていると思いしらされた。でも今回、ペグのおばさんは、椅子用の新しいカバーをつくる準備のためにせっせと客間の大掃除をしながら、こう言っただけだった。「さあ、どいたどいた、嬢ちゃん。あたしは、めちゃくちゃ忙しいんだからね」アンナは、念には念を入れてうたがった。けれどおばさんには、心配そうにちらちら見る様子も、気をつかってわざとほかのことを明るく言っている気配もなかった。どうやらほんとうに気にしていないようだ。ということは、やっぱりわたしは見捨てられたんだ、心配する値打ちもないくらい悪い子だから、とアンナは思った。

　そこで遠慮し、ますますおばさんたちをさけ、口数もへらして、長く外にいるようになった。今のアンナはもう、これまで以上に「ちっとも手がかからない子」だった。かえってよかった、と舟着き場をぶらぶらしながらアンナは自分に言いきかせた。

もしペグさん夫婦がアンナのことを気にするのをやめるなら、アンナのほうも、ふたりのことを気にするのをやめやすくなる。

三日前の夜のパーティー以来、アンナはマーニーを見かけていなかった。湿地屋敷は静まりかえり、今見ても、暗くて、眠っているようだ。突然、あの家族は知らないうちにいなくなったのかもしれない、という考えが頭に浮かんだ。アンナはうろたえながら、いつも水面より高い位置に横だおしになっている、打ち捨てられた舟のほうを向いた。あそこなら、だれにも見られずに何時間でも寝ころんでいられそうだ。よじのぼって、中へ飛びおりると――そこにマーニーがいた！

マーニーは舟の底にあお向けに寝ころんでいた。青い麻のワンピースを着て、白い靴下とサンダルをはき、両手に頭をのせて、アンナのびっくり顔をまっすぐ見つめている。そして「こんにちは」と言い、ふっと笑った。

「マーニー！　どこかに行っちゃったかと思った」

「ばかね。わたしはここに住んでいるわよ」

「だって、ぜんぜん姿が見えないから」

「今は見えているでしょ」それを聞いてアンナが笑うと、マーニーは片手でぱっとアンナの口をおおった。「しーっ。声を聞かれたら、捜しにこられちゃう」

ふたりは舟の底に身をよせあってねころび、声を低くして話した。

「すごくさみしかった」アンナは、自分がそう言ったことに驚いた。だれかに気持ちを打ちあけるなんて、めったにないことだ。

「かわいそうに。でも、わたしもさみしかったわ」

「あなたも？　あんなに楽しい人たちが家にいっぱいいるのに？」

マーニーは、驚いた顔で青い目をアンナに向けた。

「ああ、あのパーティーにいた人たちのことを言っているの？　みんな、とっくの昔に帰ったわよ――少なくとも二日前にね。だから今はひとりぼっち」

「あの大きなお屋敷にひとりってことはないでしょ？」

「まあ、そうね――つまり、お手伝いの人たちはべつ。あの人たちは、いるうちに入らないわ。ナンはあんまり役に立たないし。わたしの面倒だって、ろくに見られないの。ほとんど一日じゅう台所にいて、お茶を飲んだり、お茶の葉占いをしたりしているのよ。わたしはかまわないけど」

「ナンってだれ？　お姉さんも妹もいないんだと思ってた」

マーニーは楽しそうに笑った。「お姉さん？　妹？　もちろんいないわよ。ナンはわたしのナース」

「ナース？　じゃあ、あなた、病気？　だからここに来たの？　どこか悪いの？」アンナは心配になって、つぎつぎに早口で質問した。意外なことに、マーニーはさっとアンナのほうを向き、突然怒りだした。

「どこか悪いって、どういう意味よ、失礼ね！」

アンナは、はっとして身を引いた。「そんなにかっかしないで。病気だとしても、それはあなたのせいじゃないんだから。わたしだって、病気になったことはあるし――。ただ、面倒を見てくれるナースがいるって、あなたが言うもんだから」

マーニーはまた笑った。「いやね、またおかしなこと言って！　看護師さんの意味のナースじゃないわよ。どうしてそんなふうに思うの？　ナースって言葉には、ふたつ意味があるでしょ。わたしが言ったのは、ばあやって意味のナース。服を用意したり、髪をとかしたり、散歩に連れていったり、そういうことをする人よ。でも、だからって、ナンがわたしをいつも散歩に連れていってくれるわけじゃないわ。そんなこと、実際はめったにないの。まあ、わたしはかまわないけど」

アンナはほっとした。さっき怒ったと思ったら、もう笑うなんて、わけがわからないけれど、マーニーは少なくともまだ仲よくしてくれている。それに、これではっきりわかった。この不思議な女の子はとてもお金持ちで、本で読むことはあっても、実際にはぜったい会えないような子なのだ。アンナは、胸が痛むほどのうらやましさをおぼえながら、アマリンボーの舟からマーニーの姿をはじめて見たときのことを思い出した。屋敷の二階の窓辺で、髪をとかしてもらっていた姿を。まさか、服の用意までしてくれるばあやがいるなんて！

マーニーは、アンナの考えていることがわかったのか、アンナのショートパンツをまじまじと見た。

「どうしていつもそれをはいているの？」

「だめ？　すごく楽だけど」アンナはそう言って、自分もマーニーのワンピースを見た。心の中で、よそ行きの服みたいだと思った。「マーニーもはいてみたら？」

「許してもらえるはずないもの」マーニーは、残念そうな顔をしたかと思うと、急に顔をあげてつんとした。「とにかく、そんなのは、ちゃんとしたかっこうじゃないわよ」そして、いきなり立ちあがった。「いやね、もうっ！　ベルの音だわ。わたし、行かなくちゃ」

「わたしにはなにも聞こえなかったけど」

マーニーは、うそばっかりと言いたそうに笑った。「聞きたくなかっただけでしょ。うちの食事のベルは、入江のまん中あたりにいても聞こえるのよ」それから、まだ舟の底に片ひじをついて寝ころんでいるアンナを見おろした。「行かなくてすめばいいのに。またわたしを捜してね！」マーニーは小声ですばやく言うと、舟のへりを乗りこえて行ってしまった。

それからアンナは、言われたとおりマーニーを捜した。毎日、あの打ち捨てられた古い舟をのぞき、舟着き場に目をこらし、湿地屋敷の窓を見あげた。マーニーはどこにもいなかった。一度、堤防ぞいの草むらに青いものがちらっと見えた気がして、マーニーの青いワンピースにちがいない、と走りだした。けれど近づいてみると、青い包み紙が一枚、小さな茂みに引っかかって風にゆれているだけだった。別のときには、遠くの湿地にいるのがマーニーだと思い、潮だまりを飛びこえながら、ぬかるみの中を急いで進んだ。けれど、青いビニールのレインコートを着た小さな男の子が、どろをかためて、ちょろちょろと流れる水をせきとめているだけだった。男の子のお母さんがそばにすわって雑誌を読んでいたので、アンナは、そのお母さんが顔をあげて話しかけてくる前に、向きを変えて走り去った。

そんなある日、アマリンボーの舟で浜辺へ行った。アマリンボーが砂浜を歩きながら流木を集めているあいだに、アンナは水ぎわまで行って腰をかがめ、波がつけた線にそってウニを探しはじめた。すると突然、そばにマーニーがあらわれた。

アンナはびっくりし、かんだかい声をあげて飛びあがった。「いったい――いったい、どこからわいて出たの？」

「あそこ」マーニーは、アンナのそばで笑い声をあげながら、ぬれてかたくなった砂の上をはだしではねまわった。「砂丘の上にずっといたの。あなたがここに来たときから、あそこにいたのよ。でも、あの人に会いたくなかったから」マーニーは、遠くにいるアマリンボーのほうにぐいっと顔を向けた。「これって、おもしろいわね！　靴下と靴は、砂丘のくぼみに置いてきちゃった。はだしでいるのって、なんてすてきなのかしら」そこで言葉を切り、アンナの顔をのぞきこんだ。「泣いていたのね」

「ちがう」

「いいえ、泣いていたわ。まあ、別にかまわないけど。なにをしていたの？」

「ウニを探してただけ。でも、みんな割れてた」アンナは持っていたウニの殻をにぎりつぶし、海にほうりなげた。「あれがいちばんよかったけど、それでも割れてたの」

「おかしな子ね。でも、まさかウニが割れていたから泣いていたわけじゃないでしょう？　ちがう理由があるはずよ。なんなのか話して」

アンナは首をふった。「わからないの、ほんとに。ほんとだってば」

「このあいだの夜に言ったことじゃないの？　家の人たちがあなたをやっかいばらい

したがっていたってこと。その理由は自分でわかっていると言っていたけど、秘密の話みたいだったわよね」

アンナはとまどった。秘密？　そうだった？　とにかく今は、こんなことを話しているときじゃない。アマリンボーがもうこっちへもどる準備をはじめている。「見て」アンナは砂浜ぞいを指さした。「あの人、木をまとめてしばってるでしょ。もうすぐロープで引きずってくるはず。だからもう、しゃべってられない」

「いやね、ほんとうにいや！」マーニーはむすっとした。「浜辺はわたしたちだけのものだと思っていたのに」そしてアンナの手をつかむと、引っぱりながら砂丘のほうへかけだした。「あした、またどこかで会いましょ」早口で言った。「朝早く出かけられる？」

「うん、もちろん！　わたし、キノコ狩りに行くつもりだったの」

「いいわね。どこへ行くの？」

「湿地ぞいの、風車小屋のほう」マーニーの顔が、一瞬くもった。「サムおじさんが言うには、そこがいちばんいいって。だから、あっちの堤防をくだって行こうと思ってたんだ」

「わかったわ。じゃあ、わたしが来るまで堤防にいて。そうすれば、きっと会えるから。わたしは原っぱをこえて行くわね。さあ、走って。あの人がもどってこないうちに！」

マーニーは踊るように斜面をのぼり、手をふってから砂丘の中へ消えた。アンナはこっそり笑いながら、水ぎわに向かって走った。そのときアマリンボーが、ロープを肩にかけて下を向き、のそのそとやってきた。アマリンボーはマーニーをちらりとも見ていなかった。

16　キノコと秘密

つぎの日、アンナは早起きをした。こんなに幸せな気持ちで目ざめたのは、すごくひさしぶりだ。そしてペグのおばさんが起きだす前に、そっと家をぬけだした。今日はマーニーといっしょにキノコ狩りをする日だ！

風に髪をなびかせて、海ぞいの道をかけていく。十字路をぬけ、牛たちが乳しぼりをされている農場のわきを通り過ぎる。思わず息をのむくらい、すばらしい朝だ。太陽はきらきらかがやき、南西から強くあたたかい風がふいてくる。ここちよくさわやかな風に、はだをさすような冷たさはない。ただ海と草と湿地のにおいがするだけだ。

小さな家が立ち並ぶ通りにやってきた。どの家の窓も、まだカーテンがとじられている。アンナはちょっと立ちどまって、息をととのえた。低い柵《さく》から身を乗りだして、庭で風にゆれているダリアやグラジオラスを見ていると、急に風がやみ、その家から時計が七時を知らせる低い音がひびいてきた。心地のよい、家の中の音だ。アンナは思わず、日曜日の午後を頭にうかべた。お茶の時間に用意されたゆでたまご、あつあつのスコーンとはちみつ――。一瞬、自分がどこにいるのかわからなくなった。そのときまた、風がふきはじめた。あたたかくてうきうきする、勢いのいい風。息のつまる家の中なんかに、とじこめられてなくてよかった。アンナはそう思いながら、またかけだした。

遠いほうの堤防――海までのびている、芝草でおおわれたもうひとつの長い土手――までやってくると、アンナは走るのをやめてマーニーを捜した。けれど、それらしい人影はない。

あたりを見まわしながら、堤防にそって歩いた。田舎の景色は平らで、はるか遠くまで見わたせることに、アンナはびっくりした。右側には、ずっと遠くの牧草地で草を食べている牛たちの姿が見える。まるで茶と白とか、黒と白とかのブチ模様にぬられた、小さな木製の牛のようだ。左側ではずいぶん向こうに、くっきりした色のおもちゃみたいな風車小屋が、朝日に照らされて光っている。目の前に広がる湿地からは、ゆらゆらとかげろうが立ち、その先に青い線のような海が見えた。

でも、マーニーの姿はどこにもない。

アンナはがっかりした。堤防をおおいつくすように生えている草や野花の中に腰をおろして、遠くの草原にじっと目を向けた。こうしていれば、もし小さな青い点が見えたらすぐに気がつくはず。青い点は草原をやってくるマーニーの青いワンピースだから、それが見えればもうだいじょうぶだ。マーニーがここまで走ってくるのに、十分はかかると思うけど、そんなことはかまわない。約束を守ってくれたってことだから。

すぐそばの草の中で何かがゆれる音がして、くすくす笑っているような、かすかな声が聞こえた。下を見ると、すぐそばでマーニーの顔がこちらを見あげて笑っていた。

「そんな目でじっとながめるなんて、まじめな顔したおばかさんみたいよ。なにを探しているの？　空にキノコでもあるの？」

「わあ！」アンナはびっくりした。「いったいどうやって来たの？　魔法みたい！」

きっとマーニーは、土手の反対側の草の中に寝ころんでいたんだとアンナは思った。それで腹ばいになったまま、わたしをびっくりさせようとして、こっそり土手をのぼってきたんじゃないかな。それにしても不思議。マーニーっていつも思ってもみないときに、すぐそばにあらわれるんだもの。

「のろまさん、さあ、キノコ狩りに行くわよ！」マーニーがアンナの手を取り、ふたりは草原へかけだした。髪がうしろになびき、耳は風がざわわしてよく聞こえない。

こっちからふいたかと思うと、あっちからふいてくるので、ふたりはあやうく転びそうになった。まるで大きな動物かなにかに、からかわれているみたいだ。マーニーはキノコが見つかるいい場所をぜんぶ知っていた。しばらくすると、アンナが持ってきたふたつの紙袋は、キノコでいっぱいになった。

ふたりは笑いながら、また土手にごろんと寝ころんだ。

「キノコがどこに生えてるか、なんであんなにちゃんとわかるの？　わたしなんて、すぐそばに行くまで、あのちっちゃいボタンみたいなキノコに、ぜんぜん気づかなかった」

「あら、わたしがキノコの場所を知っているのは、あたりまえよ。だって長いこと、ここに住んでいるんだもの」

「いいなあ」アンナはうらやましそうに言った。「いつごろからいるの？」

「生まれてこのかた、夏はいつだってここよ。おぼえているかぎりでは、ってことだけど」

マーニーの顔をじっと見ているうちに、アンナは気がついた。マーニーの目は海と同じ色をしている。顔にかかる髪はあわい金髪で、土手の枯草をもっとうすくしたような色だ。こんなにかわいい女の子は見たことがない。わたしの黒い髪と日焼けしたはだなんて、ぜんぜん気に入らない。マーニーとくらべたら、まるで魔女みたい。アンナは自分にうんざりした。

「急にゆううつな顔して、どうしたの？」マーニーは土手の斜面をすべりおりて、くぼみの中に入りこんだ。「こっちへいらっしゃいよ。ここなら風も来ないわ」

ふたりは並んでくぼみの中に寝そべって、草のくきの先っぽを吸った。風は髪をかすめるだけで、頭の上をふきぬけていく。急におとずれた静けさの中で、アンナはつぶやいた。

「あなたはめぐまれてる。わたしもあなたになりたい」

「どうして？」

だって、あなたはかわいくて、お金持ちで、やさしくて、わたしが持ってないものをぜんぶ持ってるんだもの、とアンナは言いたかったけれど、急に言葉が出なくなった。こんなことを言ったら、すごくばかげて聞こえるかもしれない。アンナはしずんだ顔で草のくきをすいながら、だまりこんだ。

「ねえ、教えて。あなたをやっかいばらいしようとした人ってだれなの？　それに、どうして？　ご両親はあなたを愛していないの？」

アンナは首を横にふった。「お父さんもお母さんもいないの。わたしは、ええと、養子っていうのかな。プレストンさん夫婦といっしょに暮らしてる。ふたりのことはおじさん、おばさんって呼んでるけど、血のつながったおじさんとおばさんじゃないの」

「まあ、かわいそうに！　その人たち、あなたにひどいことをするの？」なんだかマーニーの声は、そうならいいと思っているように聞こえた。

「ううん。ふたりともすごく親切にしてくれる。少なくともおばさんはね。おじさんとは、あんまり会わないの。いつも忙しい人だから。でも親切だと思う。すごくいい人」

「それで、あなたのほんとうのご両親はいったいどうしたの？」

「お父さんはうちを出ていった。どこへ行ったかは知らないけど。お母さんは別な人と結婚した」アンナは一本調子でつづけた。「それから、そのふたりで休みに旅行へ出かけて――わたしはそのとき、おばあちゃんのところにいたんだけど――お母さんたちは交通事故で死んじゃった」

「まあ、かわいそうなアンナ！」マーニーは急に気の毒そうな顔になった。「なんてひどいこと。家族を亡くしたなんて。すごくショックだった？」

「ううん、ぜんぜん。おぼえてもいないし。言ったでしょ、おばあちゃんと住んでたって……」

「それで?」

「で、そのあと、おばあちゃんも死んだ」アンナは淡々と言った。

「まあ、でもどうして?」

アンナは肩をすくめると、また別の長い草を引っこぬいて、歯でぎゅっとかんだ。

「わからない。おばあちゃんは体の具合が悪いからって言って、どこかへ行ったの。すぐにもどるって約束したのに、もどってこなかった。それどころか死んじゃった。

ミス・ハネイの話では、そういうことみたい」

「ミス・ハネイって、だれなの?」

「ときどきわたしに会いにくる人。わたしに会わなくても、ミセス・プレストンに会いにきて、わたしの話をするの。ほら、わたしみたいに養子に出されたりした子どものところへ行って、様子を見るのが仕事だから。ミス・ハネイはわたしにも会わなきゃいけなくて、学校のことやなんかをたずねるわけ。すごくいい人なんだけど、わたし、いつもなにを話したらいいのかわからなくて。一度、おばあちゃんのことをたずねてみたの。おばあちゃんのことは、ちょっとおぼえてるから。そしたら死んだって言われた」アンナは口をつぐみ、それからつっぱねるように言った。「でも、だからなによ！　おばあちゃんのことなんて、どうでもいい」

マーニーはひどく驚いた顔をした。「でも、おばあさまのことは大好きだったんでしょう？」

アンナは少しのあいだだまったまま、まゆをひそめて地面をにらんでいた。それからむっとした顔で、吐き出すように言った。

「ううん、おばあちゃんなんてきらい。それにお母さんもきらい。みんな大っきらい。それだけよ……」

マーニーは困ったような目でアンナを見た。「だけど、お母さまが事故で亡くなったのは、お母さまのせいじゃないわ」

アンナはけわしい顔になった。「だってお母さんは死ぬ前に、わたしを置いてったんだよ」アンナは言いかえした。「旅行に出ちゃったんだから」

「それに、おばあさまが亡くなったのも、しかたのないことじゃないかしら」マーニーはさらに、もっともなことを言った。

「おばあちゃんもわたしを置いていった。出ていったの。もどるって約束したくせに、もどってこなかった」アンナはちょっとすすりあげてから、むきになってつづけた。

「わたしをひとりぼっちにしていなくなるなんて、ひどい。ずっとそばにいて、面倒を見てくれなかったのもひどい。置き去りにするなんて、ずるいよ。ぜったい許せない。おばあちゃんなんて大きらい」

マーニーはアンナをなぐさめようとして言った。「でも考えようによっては、あなたは養子に出されてよかったのかもしれないわ。わたし、これまで心の中で何度も、自分は養子なんじゃないかって想像したことがあって――だれにも言わないでね――今でもそうならいいのに、なんて思うことがあるのよ。だって、もしそうなら、わたしのお父さまとお母さまはとっても親切な人だってことになるでしょ? 身よりがなくてまずしい赤ちゃんだったわたしを、もらって育ててくれたんだもの」

こんどはアンナが驚く番だった。「わたし、だれだってほんとうのお母さんとお父さんがいいんだと思ってた。どんな人かちゃんと知ってればの話だけど」アンナは、心の中にしまいこんでいる、もうひとつの悩みに思いをめぐらせていた。そして、考えながらマーニーのほうを見た。

「すごい秘密を教えてあげたら、だれにも言わないって約束してくれる?」

「もちろんよ! わたしたち、いつも秘密を打ちあけあっているじゃないの。ぜったいだれにも言わないわ」

「あのね、プレストンさん夫婦のことなの。ふたりとも親切な人だって話はしたでしょ？　ほんとうにそのとおりなんだけど、あのふたりがわたしの世話をして、いろいろやってくれるのは、わたしを自分たちの子どもみたいに思ってくれてるからだと思ってた。でもちょっと前に、知っちゃったんだ」アンナは声を落として、ささやくように言った。「あの人たち、わたしの世話をするためにお金をもらってるって」

「まあ！」マーニーは目を見ひらいた。「ほんとうに？　どうしてわかったの？」

「手紙を見つけたの。食器棚の引き出しに入ってた。印刷された手紙で、市がわたしを育てるための手当てをふやすことにした、みたいなことが書かれていて、小切手もいっしょに入ってた」

「まあ！」マーニーは息をのんだ。「それで、どうしたの？」

「ミセス・プレストンが帰ってきたとき、きいてみようと思ったの。手紙を読んだとは言えなかったし、言いたくなかった。でもとにかく、まずはきいてみたくて。それで、わたしを育てるにはすごくお金がかかるんじゃないかとか、新しい冬のコートはすごく高かったんじゃないかとか、そんなことをたずねたんだ。だけどミセス・プレストンは、自分たちがしたくてやってることだから、そんな心配はしなくていいって言うばかりだった。もし自分がいつもお金がないって言うのを聞いて、心配になったのなら、そんなの本気にすることないって。みんなお金がないって言うけど、それは口ぐせみたいなものだからって」

アンナはひと息ついて、すぐに話をつづけた。

「それからも、お金のことを何度もきいてみた。これはいくらかかるのか、あれはどうかって。何度も何度も。ミセス・プレストンがほんとのことを話すチャンスを、できるかぎりつくってあげたの。でも話してくれなかった。ただわたしのことを愛してるとか、心配することはないとか言うばかりで。それからしばらくして、引き出しを見たら、あの手紙がなくなってた。ミセス・プレストンがかくしたんだよ。それで、やっぱりあれは本物だったとわかったわけ」

マーニーはじっと考えこんでいた。「だけど、お金をもらっていると、ミセス・プレストンはあなたを愛していないってことになるのかしら」

「ある意味で愛してくれてると思う、たぶん」アンナはできるだけ公平になろうとして言った。「でも、お金をもらっているのと、もらっていないのとでは、ちがうの。わかるでしょ？　自分を愛してくれるためにお金をもらってるなんて、どう思う？　とにかく、そのときミセス・プレストンは、わたしがお金のことを知ってるって気づいたみたい。それからは、まるで心配してるみたいにわたしを見て、なんでいつもお金のことを聞きたがるのか、たずねるようになった。それに、わたしを喜ばせようとして、いろんなこともしてくれた。だけど、もう前と同じようにはいかなかった。そんなの無理だった」

マーニーが思いついて言った。「ミス・ハネイにきいてみたらどう？」

「だめ！」アンナは驚いた顔をした。「そんなの、ひきょうじゃない。それにどっちにしても、ミス・ハネイには話せない。だってあの人のこと、ほとんどなにも知らないんだから。あの人はわたしのことならなんでも知ってるけど、わたしのほうは、あの人のことをなんにも知らないの、ほんとに。プレストンさん夫婦にかくれてあの人にきくのも、ひきょうだと思うしね。どっちみち、わたしはもうほんとのことを知っちゃったんだから。自分で発見したことを、わざわざミス・ハネイにきくこともないでしょ？　ただ――」アンナの声が急にかすれて、鼻のわきをひとつぶの涙が流れおちた。「ミセス・プレストンには、どうしてもほんとうのことを話してほしかったの。わたし、あんなに何度もチャンスをあげたのに」

マーニーがそばによって、アンナの髪をなでた。「大好きなアンナ、これまで知りあったどの子よりも、わたしはあなたがいちばん好き」マーニーはアンナの涙をぬぐった。それから急に、また楽しそうな調子にもどって言った。「どう？　ちょっとは気分がよくなった？」

アンナはにっこり笑った。そう、ほんとうに気分がよくなっていた。まるで重いものが取りのぞかれたような気持ちだった。マーニーといっしょに草原を走ってもどりながら、アンナの心は空気みたいに軽やかだった。そしてマーニーと別れたあとも、キノコを手に、家へ向かってひとり走りながら、アンナはただうれしくて、にこにこと笑っていた。

曲がり角で、サンドラが二、三人の子どもたちと立っているのが見えた。

「変な子だ！　変な子だ！」アンナに気づくなり、サンドラがはやしたてた。「うちのお母さんが、アンナは変な子だって言ってたよ。浜辺でぶつぶつひとりごとを言ってるって。それに、まだちっちゃいあたしのいとこを、こわがらせたって。この子はなんにもしてないのに。湿地でこの子に向かって、すごい勢いで走ってきたんだって。おばちゃんが言ってた。どうかしちゃったみたいな走りかたして、ずいぶん変だったってさ」

サンドラは、そばに立っている、青いビニールのレインコートを着た男の子にたずねた。「ナイジェル、あの子でしょ？」

男の子はまじめくさった顔でうなずいた。でもアンナは、そんなことには構いもしないで、どんどん走っていった。

小道へ入っても、まだサンドラのさけぶ声が聞こえた。

「変な子！　変な子！」

それでもアンナはぜんぜん気にしなかったし、腹も立たなかった。

17 世界一めぐまれた女の子

アンナとマーニーは、ほとんど毎日いっしょに過ごすようになった。浜辺で会うこともあれば、砂丘で会うこともあった。キノコ狩りにも、もう一度朝早く出かけた。ただ、行ったのは前とちがう場所だった。というのもマーニーが、あの気味が悪い風車小屋の近くへ行くのはいや、と言ったからだ。アンナが理由をたずねると、マーニーは聞こえないふりをして、かけていってしまった。

ふたりは砂丘をあちこちはいまわってウサギを探したり、潮が引いたあとのかたい砂の上を走りまわったりし、そうこうするうちに、おたがいのことをますますよく知るようになった。アンナは自分の家のことをなんでもマーニーに話した。もっとも、ペグさん夫婦のことはやっぱりうまく話せなかった。マーニーといっしょのときはいつも、なぜかペグさん夫婦のことをすっかり忘れてしまうのだ。

マーニーも自分の両親のことをアンナに話してくれた。お父さんが海軍にいて、あまり家にはいないこと、お母さん――あの青いドレスを着ていた人――はリトル・オーバートンにいるより、ロンドンにいるほうが多いこと。マーニーはたいてい、ばあやのナンとふたりのお手伝いさん、リリーとエティのいる湿地屋敷で、ひとりぼっちで過ごしている、と教えてくれた。

「だからね、ナンとリリーとエティが台所で噂話や占いに夢中になっているときは、運がいいの。だって、あの三人はわたしがいなくなっても気づきもしないから、わたしは外へ出られるんだもの」

マーニーはそう言うと、どんなに自分が自由で幸せなのかを見せつけるように、砂の上でおおげさにスキップしてまわった。アンナは思わず笑ってしまった。

「それでね、お父さまやお母さまが帰ってくると、それはもう楽しいの。お母さまはすごく美人。みんながそう言っているわ。わたしの自慢のお母さま。お父さまはとってもハンサムで、とってもやさしい人。ふたりがどんなにやさしいか、あなたには想像もつかないでしょうね。ときどき思うの、わたしは世界一めぐまれた女の子だって」

「ほんとうね」とアンナは言った。

「でも、今ではあなたもいるんだから、わたしはますますめぐまれているってことね！」マーニーはアンナの腰に両手をまわした。「いっしょに遊べるあなたみたいな友だちが、ずっとほしかったの。どんなにほしかったか、あなたにはわからないと思う。アンナ、ずっとずっと友だちでいてくれるわよね？」ふたりは砂の上に、自分たちをかこむようにぐるりと輪をかき、手をにぎりあって、永遠に友だちでいる誓いを立てた。そうしてはじめて、マーニーは満足した。アンナはこれまで、こんなに幸せだと感じたことはなかった。

ある日、マーニーが言った。「変だとは思うんだけど、ときどきわたし、あなたが来るのを何年も何年もここで待っていたような気がするの」

アンナは顔をあげた。砂地にはいつくばって、ちょろちょろ流れる水の方向を変えようとしているところだった。「わたしも。何年も何年もここに来るのを待ってたような気がする。ねえ、この川はどっちに流す？」

「こっちに流してちょうだい」そう言ってマーニーは、つくりかけている砂の城の横をたたいた。「そうしたら、庭のまわりを川が流れるようにできるでしょ。これ、わたしたちの家なの」マーニーは半分笑いながら、でも半分はまじめな声で言った。「ふたりで住むためにつくっているのよ。わたしとあなただけの家」

ふたりがいるのは、湿地のいちばんはしっこだった。このあたりにはシーラベンダーや湿地の雑草は生えていなくて、かたい砂地になっている。潮が引くと、ふたりはここで何時間も、小さな流れの方向を変えたり、どろと砂で小さな村をこしらえたりして過ごした。マーニーはいつも、家ができあがる前から庭づくりに取りかかろうとした。シーラベンダーの小枝を集めて茂みをつくったり、庭へつづく細い道にそって、イトシャジンの花を並べたり。つぎの日になって、それがすっかり潮に流されてしまっていても、マーニーは少しもがっかりすることなく、また最初からはじめる。けれどアンナはいつも、家がなくなってしまったことをちょっと残念に思うのだった。

「わたしたち、ふたりだけでここに住むの」マーニーは城のてっぺんに屋根をつくりながら言った。「それで、お手伝いさんは置かないことにする」

「リリーとエティってどんな人？　教えてくれる？」アンナがたずねた。

マーニーはしゃがみなおすと、顔をしかめた。「別にいいわよ。リリーはとてもやさしい人。ときどき、フライドポテトをつくって、ベッドまで持ってきてくれるし。でもエティはあんまりやさしくないわ。おこりっぽくて、人をこわがらせるのが好きなの」

マーニーはしめった砂で煙突をつくると、たおれないようにうまく屋根の上に立てた。それからため息まじりに言った。「前はリリーもエティも、とっても楽しい人たちだったのよ。だけど変わっちゃった。エティには軍隊にいる友だちがいて、よくその人から手紙をもらっていたの。あのころのエティはすごく明るかったわ。でも、今はもう、手紙は来なくなったみたい。その軍人さん、エティじゃなくてリリーに手紙を書いているんじゃないかと思うんだけど、ほんとうのところはわからない。今のエティはいつもいらいらしていて、すぐに怒るのよ。エティとリリーが食堂で喧嘩《けんか》して、ふたりが泣いているところに、ナンが二階からおりてきたことがあったの。リリーはエティが髪を引っぱったって言って、エティはリリーが自分のボーイフレンドをとったって言っていた。ほんとうにこわかったわ」マーニーは目を大きくひらいて、アンナのほうを見た。それからまたシャベルを手に取った。

「それで？　それからどうなったの？」

「そうね、ふたりはかんだかい声でののしりあっていた。それでナンが、静かにしないなら、お達しが来るようにしてやるよって言ったの。お母さまが帰っていらしたときに、このことをお知らせして、首にしてもらうってこと。でもナンはエティをやめさせたくないのよ。エティはお茶の葉占いで、いいことをたくさん言ってくれるから。そしてわたしは、リリーにやめてほしくない。だってベッドにフライドポテトを持ってきてくれるとき、たまにお話をしてくれるから。だからわたし、思わず言っちゃった。『だめよ、リリーをやめさせないで！』って。ばかよね。だって、ぬすみ聞きをしていたことが、ナンにばれちゃったんだから。わたし、階段のいちばん上にかくれていたの」マーニーは話をやめて、ぶるっと体をふるわせた。

「それで？」

「ナンはものすごくおこったわ」マーニーの顔は苦しそうにゆがんでいた。アンナはそんな顔をこれまで見たことがなかったので、いったいなにがあったのだろうと思った。

「どうして？　ナンはいったいなにをしたの？」

「いつもどおりのこと。だれにも言わないわよね？　ぜったい言っちゃだめよ」アンナはうなずいた。「ナンはわたしの腕をつかんだの。ものすごい力でぎゅっと、痛いくらいに。それで、お父さまとお母さまがもどってきても、このことを話そうなんて考えるんじゃありませんよ、話せば自分にはわかるんだからって言って、わたしに約束させた。それから二階へ連れていって、わたしの髪をとかしはじめた。いつもそうするのよ。ものすごく乱暴にとかしながら言うの。『話すんじゃありませんよ、わかってますね？』って。ブラシをわたしの頭にたたきつけるようにしてとかすから、ものすごく痛いの。ときどき、ブラシに髪をぐるぐる巻きつけたりもしてね。そうやって髪をからませれば、もっととかしていられるから。そんなふうだから、ナンがわたしをわざと痛い目にあわせていることはだれも知らないの。わかるでしょ？　でもわたしだけは知っている。わんわん泣いてしまうこともある。だってすごく痛いんだもの」

アンナはぞっとした。「でも、わたしが見たときは、そんなことしてなかったでしょ？」

「ええ、していなかったわ。あのときはそうする理由がなかったから。あれをするのは、怒っているときだけなの。それか、なにか口止めしたいとき」

「口止めされてもしゃべっちゃうことはある？」

マーニーは首をふった。「今はしゃべらない。でも小さいころは、うっかりしゃべってしまったこともあったわね。それで、なんでお仕置きされているのか、思い出せなかったりしたの！」マーニーは声をあげて笑った。「さあ、つづきをつくりましょ」

マーニーはさっと立ちあがった。そしてどんな庭にするか計画を立てはじめ、しばらくぺらぺらとしゃべっていたけれど、アンナは聞いていなかった。マーニーがアンナの肩をゆさぶった。「アンナ！　お願いだから、庭づくりをしましょうよ。この貝がらで小道をつくるのはどう？　家の裏側は、つまらない海のかわりに、芝生と花だんにして――」

「え？　マーニーは海が好きじゃないの？　わたしはいつも、あんなに海がすぐ近くまできてる家なんて、いいなあって思ってたのに」アンナはびっくりして言った。

「わたしは海より庭のほうがいいわ。もちろん表には庭があるけど、でもあれはちがうもの。ただの車回しだし、プルートもいるし。わたしが好きなのは、芝生や花のある、ちゃんとした庭」

「表って？」アンナにはなんのことだかわからなかった。「舟着き場に面してるほうが表じゃないの？」

砂の上に花だんの絵をかいていたマーニーは、その手を止めてふりむき、びっくりしてアンナを見た。「あっちが表？　そんなはずないでしょ、ばかね。だったら潮が満ちているとき、どうやって家に来るの？　みんな、あなたみたいに、わたしの小さなボートに乗って、家に来ると思っていたの？」

マーニーは声をあげて笑った。マーニーが言ったとおりのことを考えていたアンナは、はずかしくなった。たしかにボートで家に出入りするわけがない。それがわからなかったことに、自分でも驚いた。

「わたしの部屋は裏側にうつされちゃったの。うるさくないようにって」マーニーはつづけた。「はじめは追いやられたような気がしていたんだけど、今は気に入っているわ。だって、もし表の窓から外を見ていたら、あなたを見つけられなかったもの。そうでしょ?」

「ねえ、教えてほしいんだけど――」アンナははっきりさせておきたかった。「表側ってどっちを向いてるの?」

「大通りよ。プリチェッツの向かい」プリチェッツは古い店で、今は荒れた空き家になっている。

アンナは通りのそのあたりをいっしょうけんめい思いうかべた。道の一方の側にはレンガづくりの高い塀がずっとつづいていたっけ。そのとちゅうに高い鉄の門があった。一度、門の中をのぞいたら、イチイの木の並ぶ暗い車回しが、カーブしながら左へのびていた。

「見た目がぜんぜんちがう」アンナはゆっくり言った。「わたし、まさかあれが……」けれどマーニーは聞いていなかった。「考えてもみて! もしわたしがいつも窓から見ていたのがあのつまらない車回しで、あなたが舟着き場にいることなんて、ぜんぜん気づきもしなかったらって」まるで自分が屋敷にとじこめられていたかのような口ぶりだった。

「でもあなた、外に出てきたかもしれないじゃない」とアンナは言った。

「ひょっとしたらね」マーニーはため息をついた。「だけど今みたいにあなたを見つけようとはしなかったと思う。だってあなたがいるってことを知らなかったはずだもの。わたし、かなり長いこと部屋にこもっていなくてはいけないのよ。ほら、勉強もしなきゃならないし」マーニーはいらいらしたように肩をふるわせると、集めてきたものの山から、若草色の海草を選びだした。「もうこんな話はやめましょ！　見て、これなんか芝生にするのにぴったりよ。ほらほら、なにをぼんやりしているの？」

アンナはたった今聞いた話について、あれこれ考えているところだった。

「うるさくないようにって言ってたけど、それってどういうこと？」

「言葉どおりよ」マーニーは言った。「うるさくないように、みんながわたしを家の裏側へうつしたの。そうすれば静かにねむれるからって」

「前は静かにねむれなかったってこと？」

マーニーはうなずいた。「パーティーがあって、お客さまが帰っていくとき、夜中によく目をさましていた。プルートのほえる声がするの。この話、前にしたわよね？」マーニーは声をひそめた。「ときどき夜中にプルートがほえて、それが聞こえると、こわくて目がさめちゃうの。ほんとうは、こわがることないって、わかっているのよ。あの犬はくさりにつながれていて、逃げ出せないんだもの。でも……」

マーニーは話を変えたいとでも言うように、また貝がらを投げてよこした。「ねえ、これで小道をつくってちょうだい。それでわたしが果物の木をつくるっていうのはどう？　ほら、やりましょうよ、ぼんやりさん！」

太陽が水平線すれすれまで沈み、オレンジ色の光が湿地の潮だまりを照らすまで、ふたりはせっせと小さな家をつくりつづけた。帰り道、アンナはあまりしゃべらなかった。マーニーがなぜかとたずねると、アンナは答えた。「わたし、ずっと考えてたんだけど――あなたはめぐまれてるって、みんなが思ってるでしょ？　たしかにそう見えるし、みんながほしがるものをなんでも持ってる。でもほんとうは、ちがうんじゃない？」

「あら、もちろん、わたしはめぐまれているわ！」マーニーは驚いて言った。「とってもめぐまれている。あなた、なにを言っているの？」

ふたりがカーブを曲がると、湿地屋敷が見えてきた。

「ほら見て！　明かりがついている。お父さまとお母さまが帰ってきたのね！」

マーニーがしきりに指さすので、アンナも見ると、すべての窓が光っていた。

「あれはただ、夕日がうつってるだけでしょ？」

「ううん、みんなが帰ってきたのよ！　それにエドワードもきっと来ているわ」マーニーは走りだした。いくつもの小さな流れを飛びこえて、あちこちにある、ぬかるんだ場所を軽々とかけぬけていく。アンナはあっというまに数メートルもおくれてしまった。

「エドワードって、だれ？」マーニーに追いつこうと、息をはずませて走りながら、アンナはたずねた。

マーニーがふりむいて、肩ごしにさけんだ。「ほら、あなたも会った男の子よ。パーティーで。いとこみたいな人。泊まりにくるの」

アンナはおくれてしまった。追いつこうとしてもしかたがないし、もう無駄な気がした。でも結局、つぎの流れでマーニーは足を止めて、アンナが来るのを待っていた。

「エドワードが来ること、あなたに話すのを忘れていたわ。自分でもそんなこと、すっかり忘れていたの」マーニーはちょっと前かがみになって、まるで自分よりずっと小さな子をなだめるように言った。

「大好きなアンナ、わたしがいっしょにいたいのは、もちろんエドワードよりもだんぜんあなたよ。だけどエドワードはいとこだし、とってもいい人なの。もう走って帰らなくちゃ」

マーニーはすばやく、自分のほっぺたをアンナのほっぺたにくっつけると、走っていってしまった。

アンナはそれで満足するしかなかった。マーニーがいちばん好きなのはわたしで、いっしょにいたいのもわたし。それってわたしがいちばん聞きたかったことだもの。アンナは足をぬらしながら、入江をバシャバシャと横切った。湿地屋敷の窓は、やっぱり暗いままだった。でもだからといって、みんながいなくなったわけではない。ただ屋敷の表側にいるというだけだ。

アンナはうす暗い車回しや、大通りに面したいかめしい表門を思いうかべた。エドワードやほかのお客さんは、みんなあの門を使っているんだ。そう思うとうれしくなった。わたしとマーニーが使ってるのは、わたしのいちばん好きな裏側。ひっそり静かな裏側は、はじめて水ぎわに立ってあれこれ想像していたとき、わたしのことに気づいてくれたみたいだった。そしてずっと昔から、そこにあったように見えた……。

18　エドワードが来てから

エドワードが来てからも、ほとんどなにも変わらなかった。マーニーがいちばんいっしょにいたい人は、やっぱりアンナのようだった。けれどときどき、いつものように浜辺で過ごしていると、マーニーがさっと立ちあがって、「行かなくちゃ。エドワードがわたしを捜しているかもしれないわ」と言うことがあった。するとアンナも帰る時間になっていることに気づき、ふたりで舟着き場のほうへ引きかえすのだった。

一度、マーニーとエドワードが遠くの浜辺でいっしょに歩いているのを見かけたとき、一瞬アンナはつらくなった。でも一分後にはマーニーが、ひとりで砂丘をかけあがってきた。そしてアンナを見ると、まるでこの世にはふたりだけしかいないと思っているように、うれしそうな顔をした。

「足が速いね！　ついさっきまで、あんなに遠くの浜辺にいたのに」とアンナは言った。

マーニーは声をあげて笑った。「浜辺にいたのはずうっと前よ。ほんとにぼんやりしているんだから！　いねむりでもしていたんじゃないの？」

ありそうなことだった。すっかり暑くなり、このごろひとりでいると、アンナはうとうとしてしまうことがよくあった。ただマーニーといるときだけは、はっきり目がさめている気がした。

「この暑い空気が、あんたの頭ん中まで入りこんじまったみたいだねえ」ある晩、帰ってきたアンナを見て、ペグのおばさんが言った。お日さまをたっぷり浴びて、すっかりねむくなって、アンナのまぶたは、今にもとじてしまいそうだった。

あまりにねむたくて、返事もできない。アンナはあくびをした。その日は一日じゅう外にいた。浜辺を歩きまわり、砂丘でマーニーがあらわれるのを待って、日が暮れると湿地をぶらぶら横切って家へ帰った。マーニーを見かけることは一度もなかった。それでもアンナは、また同じ場所へ行けばマーニーに会えるはずだと思った。

つぎの日、同じ場所へ行ってみると、マーニーがいた。

「いったいどこにいたの？　わたし、ずっと待っていたのよ」マーニーが言った。

「それはわたしのほう。きのうはずっと待ってたのに」

「なにを言っているの？　そんなはずないじゃない」マーニーが砂の上を指さした。

野の花がちらばっている。

「忘れちゃった？　これ、きのうわたしたちがここへ置いていったでしょ？」

「それはおとといの話じゃない。それとも、その前の日だった？」アンナは自信がなくなってきた。この花は少しも、しおれていないように見える。マーニーの言うことが正しいのかもしれない。

「いつだったかなんて、どっちでもいいことじゃない？」マーニーが言った。「きのうも、その前の日も、すぎたことなんだから。こんなことを言いあって、きょうを無駄にするのはやめましょ」

けれど、同じことがまた起こった。約束の場所で何時間も待ったあげく、家へ帰るとちゅうでマーニーがあらわれると、アンナは腹が立った。ついこの前まで、マーニーはこんなことをしなかったはずだけど。どうだったかな。でもなんだかマーニーは、わたしとかくれんぼをしてるみたい。

「きょうは家をつくる約束だったでしょ？」一度アンナはそう言ったことがあった。

「約束なんかしていないわ。なにをそんなに怒っているの？」

「怒ってなんかいない。ただ、あなたがそう言ってたから。わたし、一日じゅう待ってたの」

「まあ、かわいそうなアンナ！　でもわたしだって、いつでもどこにでもいることはできないのよ。だけど今はここにいるでしょ？　ねえ、仲直りしましょう」

やさしく言われても、アンナはそれですませる気にはなれなかった。「こんなのずるい。あなたがわたしといっしょにいたいと思うよりも、わたしはもっとあなたといっしょにいたいんだもの」

「なにを言っているの。わたしだって、あなたといっしょにいたい。わかっていないのよ。わたしはあなたみたいに自由じゃないってことが。大好きなアンナ、もう喧嘩《けんか》はやめましょ！」するとアンナの腹立ちはすっと消えた。そしてふたりはまた、楽しい時間を過ごした。

ある日、砂丘をぶらぶらしていたアンナは、流木とマーラム草でつくられた小さな家を見つけた。はって入れるくらいの大きさだったので、中へ入ってみた。マーニーに見せたらすごく喜ぶだろうな、とアンナは思った。

ところが、その家のことを話すと、マーニーはこう言った。「知っているわ。きのう、わたしとエドワードがつくったんだもの」アンナはそれを聞いて、なにも言えなかった。深く傷ついたし、腹立たしかった。マーニーと出会ってはじめて、アンナは「ふつうの顔」をした。もっともマーニーは、アンナがそんな顔をしているわけにすぐ気がついた。

「アンナ、ねえアンナ。わたし、あなたにあの家を見せようと思っていたの。ほんとうよ。お願いだから、そんな顔しないで。わたしのそばから、いなくならないで」

それを聞いたアンナは、またやさしい気持ちになって、マーニーのことを許した。

とはいえアンナは、あまりマーニーをあてにしてはいけないと思いはじめていた。ぜったいに会えるはずだと思うときにかぎって、マーニーはあらわれない。まるで、アンナに自分をあてにさせまいと決めているかのようだった。

それでもときどきは、また前と同じように、ふたり楽しく過ごすこともあった。

ある日、アンナは遠いほうの堤防で寝ころんでいた。はじめてマーニーといっしょにキノコ狩りをした場所の近くだ。するとあのときと同じように、急にマーニーが隣の草の中にあらわれた。アンナははっとして体を起こした。この場所に来たのは、もう少し遅い時間にならないとマーニーには会えないだろうと思っていたからだ。

「エドワードと出かけてると思ってた」

「そのつもりだったけど気が変わったのよ。エドワードが風車小屋を見にいくことにしたから」マーニーはアンナの隣にすわった。「なにを読んでいるの？」

読んではいなかったものの、アンナは漫画の本を持っていた。ミセス・プレストンがときどき忘れずに送ってくれるものだ。アンナはマーニーに本をわたした。「これ、持ってる?」

マーニーは首を横にふった。「漫画は禁止。でもお手伝いさんたちが持っているこ

とはある。大人向けのものだけど、漫画は漫画。それで、ときどき読ませてくれるの。

わたしにじゃまされたくないとか、どこかへ行っていてもらいたいときなんかにね」

「もしほしかったら、それあげる。でも今は読まないでね。お手伝いさんが持ってる

漫画ってどんな感じ?」アンナはこれまで、大人向けの漫画を見たことがなかった。

マーニーはアンナの隣の草の上にねそべった。「すごくドキドキするの」マーニー

の目がかげり、秘密めいて見える。「怪奇ミステリーって言うらしいんだけど、そう

いうのがいっぱい。尼さんが塔にとじこめられたり、赤ちゃんがさらわれたり、悪い

男たちが出てきたり。わたしがじつは養子なんじゃないかと思ったのも、そういうの

を読んだせいね」

「まるで養子だったらいいって口ぶりね。前にあなたがそう言ったときも、わたし、

なんでそんなことを言うんだろうって思った」

「そう?」マーニーは考えこむようにアンナを見た。「うまく説明できないんだけど。

ただ——そうね、もしわたしが養子なら、お父さまとお母さまがどんなにいい人かっ

てことが、はっきりするでしょ？　わたしになにもかも、すべてのものをあたえてくれたうえに、養子だってほのめかすこともないんだもの。でも、これはぜったい秘密なんだけど、じつはひそかに、わたしはほんとうに養子なんじゃないかと思っているの。だれにも言わないって約束してね」

「もちろん。第一、だれに言うって？　ねえ、漫画の話をもっと聞かせて」

「そうね、恋愛の話とか、そういうのもあるわ」マーニーは口ごもった。「ただ、恋愛の話って、やたらにしめっぽいと思わない？」アンナもそう思うと言った。「でもね――」マーニーは期待にみちた顔でアンナを見た。「わたし、大人になったら恋に落ちて、結婚したいの。あなたは？」

アンナには、まだよくわからなかった。「わかんない。わたしは、自分を愛してくれない人のことを好きになるかも。そんな気がする。恋に落ちるかわりに、犬を飼うことにしようかな。犬小屋をつくって」

「まあ、やめて。わたしはそんなの、ぜったい、いや！」マーニーは漫画をパラパラとめくった。「大人のものよりおもしろそうね。これ、いただくわ」そう言って本をとじ、わきに置いた。「わたしの秘密、もうひとつ教えてあげる」マーニーはまじめな顔で言った。「わたし、大人になりたくないの。ぜったいに。どうすればお母さまやその友だちみたいにちゃんとした大人になれるのか、わからないから。ずっといつまでも、今のわたしのままでいたい」

「でもマーニー――」アンナは驚いた。「まさかあなたがそんなこと言うなんて。わたしはてっきり――」ばあやにいじめられているという話を思い出して、アンナは言葉を切った。

「ええ、あなたが考えていることはわかる。だけどわたし、ああいうことにはもう慣れっこなの。それに、もしこわいことがあっても、逃げればいいことはわかっているし」マーニーは顔を動かしてちらりと風車小屋のほうを見た。「たとえば、あのおそろしい場所とかね。でも大人になるってことについては、わたし、なんにも知らないし、だれも教えてくれないもの」

「いったいどうして風車小屋がこわいの？」アンナはたずねた。「わけを教えてくれる？」

マーニーは目をそらした。「どうしてかしら。ずっと前からこわいのよ。だからエドワードともいっしょに行かなかった」

「風車小屋がこわいってこと、エドワードに話した？」

マーニーはどうでもいいふりをして、肩をすくめた。「話そうとはしたんだけど、わかってもらえなかった。最初はわたしのことをからかっていたんだけど、そのうち、もしほんとうにこわいなら、それにちゃんと向きあわなきゃいけないって言いだしたの。一生こわいものから逃げてまわることはできないんだって」

「人に勇ましいことを言うのは簡単よね」アンナは言った。

マーニーは、さっとアンナのほうを向いた。「そうよね。エドワードって、ときどききびしすぎるのよ」そこでにっこりして言う。「だからあなたが好きなの、アンナ。わたしに、ああしろこうしろって言わないから。わたしだって、そろそろ風車小屋へ行ってみるべきだと思っているのよ。行けるってことを証明するために。でもずっと前からこわかったから――あのときから……」

「あのときって？」

「ああ、何年も前のこと。わたしが言うことを聞かないとき、エティがよくこう言ったの。『言うことを聞かない子は、さらわれて、風車小屋にとじこめられちゃいますからね。ゴーゴーうなる風の音しか聞こえませんよ。そしたらおじょうさまも、悪いことをしたって思うでしょうよ』」マーニーは笑っていたけれど、その顔は前にアンナが見たのと同じように、苦しそうにゆがんでいた。「そのとき、わたしはまだほんの小さな子どもだったのに、エティはものすごくおそろしそうに話した。そういう人なの。人をこわがらせるのが好きなのね」　マーニーはため息をついて、また肩をすくめた。

「それからあるとき、お父さまがお出かけになる前に、なにかほしいものはあるかって、きいてくれた。赤い風船がほしいって答えたら、お父さまはナンに、バーナムへ行ったときに買ってきてやりなさいって言ったの。でもナンが買ってきたのは、風船じゃなくて紙でできた風車《かざぐるま》だった。ほら、風が当たるとくるくるまわるのがあるでしょ？　こっちのほうが長持ちしますよって言ってね。わたし、ものすごくがっかりして、わんわん泣きわめいた。そうしたらナンはすっかり怒って、こう言ったの。『わかりましたよ、おじょうさま。わたしの買ってきた風車がそんなに気に入らないなら、エティに頼んで、もっといい風車のところへ連れていってもらいましょう』って。それで、エティにわたしを散歩へ連れだすように言ったの。バーナムへ行ったあとで、自分はつかれていたものだから。

ナンが本気でわたしを風車小屋へ行かせたいと思っていたのか、それはわからない。たぶんこわがらせようとしただけなんでしょうけど。でもエティはほんとうにそうしたの。キンキン声をあげながら、わたしをずっと引きずるようにして風車小屋へ連れていった。わたし、ほんとうに風車小屋にとじこめられると思ったわ」

マーニーはまたにっこりしたけれど、こわばった、かすかなほほえみだった。「今なら、ばかみたいに聞こえるのはわかっている。でもわたし、ものすごくこわかった。そして、風車小屋に着いたとたん、空がまっ暗になって、すごい雷が鳴って、雨がふりだしたの。それで、エティまでこわがってしまったのよ。よかったのか悪かったのかはわからないけどね！」マーニーはいやな思い出をふりはらおうとするように、声を立てて笑った。「あー、やだやだ！　もっとちがう話をしましょ」

でもアンナはすっかりいやな気分になった。「そんなひどい話、聞いたことがない！」アンナは怒って言った。「エティって人、わたし大っきらい。雷に打たれて死んじゃえばよかったのに」

マーニーはびっくりしてアンナを見た。「あなたっておかしな子ね。わたしがこういう話をすると、どうしていつもそんなに怒るの？　これまで、あなたをこわがらせようとした人はいないの？」

「大人ではいない――わざとはね。いないに決まってるじゃない！」アンナはひどく腹が立って、さけぶように言った。

マーニーはつぶやいた。あんまり小さな声だったので、草の上をふきわたる風の音かと思うほどだった。「あなたはめぐまれている。わたし、あなたになりたい」

アンナはマーニーのほうを向くと、急に静かな声で言った。「それ、わたしがあなたに言ったことよ。この前ここへ来たときに」

「そうだった？」

「うん。おぼえてない？　ああ、かわいそうなマーニー！　わたし、あなたが大好きよ。これまで知りあったどの子よりも、あなたがいちばん好き」アンナはマーニーの髪をなでようとして、ふとその手を止めた。「そして今のは、前にあなたがわたしに言ったことだった」アンナは驚いた顔で、ゆっくりと言った。「なんて不思議！　まるでわたしたち、入れかわっちゃったみたい」

19　風車小屋

夕方、日がくれはじめると、アンナはそっと家を出た。その日、マーニーがアンナを堤防に残して帰ってしまってから、ずっと風車小屋のことを考えていた。アンナは風車小屋のほうを向いた。あそこへは一度も行ったことがない。サムおじさんがときどき、そのうち連れていってやろうと言っていたけれど、まだ行っていなかった。今、アンナの頭には、ある考えがあった。

ひとりで風車小屋へ行ってみよう。行かないなんて約束はしていない。マーニーがこわがるようなものがほんとうにあるのかどうか、行ってみればわかるはずだ。ぜったいそんなものはないと思うけれど、どうしてもたしかめたい。こんどマーニーに会ったとき、「風車小屋にはなにもないよ。行ってたしかめてきたの」と言えたら、マーニーはきっと信じてくれる。エドワードも同じことを言うかもしれないけど、エドワードとわたしはちがう。だってエドワードは、マーニーを臆病者《おくびょうもの》と言ったんだから。

今回だけは、エドワードにできないことを、わたしがマーニーにしてあげられる。風車小屋をこわがる理由なんかどこにもないってことを、はっきりさせよう。この考えに、アンナはひそかにわくわくした。

外はふだんよりも早く、うす暗くなっていた。空には雲がどんよりたれこめて、強い風がふいていた。「とうとう天気が変わっちまったようだな」夕食のとき、サムおじさんがそう言っていた。入江の水は風にかきまわされて、暗い緑色のさざ波を一面に立てている。たとえ潮が満ちても、こんな夜にマーニーがボートを出すのは無理だろうとアンナは思った。

陸では、カモメたちが怒ったような声でけたたましく鳴きながら、飛びまわっていた。歩いているアンナの頭の上を、つぎつぎにこえていき、遠くの風車小屋のまわりでも飛びかっているのが見えた。だんだん暗くなる紫色の空に、白いつばさがひらめいている。アンナはもっと早い時間に来ればよかったと思いはじめていた。けれど、ここで引きかえすわけにはいかない。そんなことをしたら、ほんとうの臆病者になってしまう。

だいぶ暗くなって、いくらかこわくなってきたけれど、こんなときにひとりで風車小屋まで行ければ、あしたの明るいうちにマーニーをときふせてあそこまで連れていき、中を案内することだってできるかもしれない。たぶんリトル・オーバートンで、まだマーニーが知らない場所は、風車小屋だけ。そして今、マーニーよりも先にわたしがそこへ行く！

空はいよいよ暗くなり、なにか冷たいものがピチャリと手に当たった。アンナは走りだし、ほこりっぽい道に大つぶの雨が落ちはじめたとき、風車小屋にたどりついた。見あげると、風車小屋は空高くそびえたっていた。黒くて、とてつもなく大きい。一瞬、自分のほうへかたむいて、たおれてくるような気がして、アンナはぞっとした。なんだかくらくらしながらも、ドアを見つけておしあけた。きしんだいやな音をたてて、ドアがひらいた。

小屋の中はまっ暗だった。アンナは息をはずませたまま、暗やみに目が慣れるのを待った。そのとき、自分のはあはあという息づかいにかぶさるように、別な音が聞こえた。まっすぐ上から聞こえてくる。はっと息をのむ音、つづいてのどをつまらせるような音。上にだれかいる。

あまりのおそろしさに動くこともできず、アンナはただじっと立ちつくした。マーニーが風車小屋をひどくこわがっていたこと、幽霊の話、お手伝いさんの漫画にあった塔にとじこめられた人の話が、つぎつぎと頭に浮かび、急に自分が息をしていないような気がした。あらためて息をすいこむと、それはあえぐような音となって、いつまでも長々とつづいた。

一瞬、あたりがしんとして、おびえきったか細い声が真上から聞こえてきた。

「だれ？　ああ、いったいだれなの？」

アンナはほっとして、体がじんわりあたたかくなった。それでもまだ、足は紙でできているように力が入らない。「マーニー！　そんなところでなにしてるの？　ああもう、びっくりさせないでよ！」

目が慣れてきて、さっきよりもよく見える。床からのびているはしごが、はねあげ戸をとおって二階へつづいていた。アンナはふらつきながら、はしごをのぼった。てっぺんの穴の横で、マーニーがうずくまっている。マーニーはアンナを見ると、強くしがみついてきた。アンナはどうにかはしごをのぼりきって、マーニーと並んだ。

「マーニー！　いったいどうしたの？　こんなところでなにしてるの？」

マーニーは歯がガチガチ鳴るせいで、うまく話すことができなかった。

「ああ、アンナ、とってもこわかった！　だれかが外を歩きまわっている足音が聞こえたの。あんまりおそろしくて、死ぬかと思った。そうしたら、あなたが来てくれて――」どうしていいのかわからないというように、マーニーはしくしく泣きだした。

「でも、どうしてあなたがここに？　なんで来たの？」

マーニーはふるえるような小さなため息をついた。「今となっては自分でもわからないんだけど――勇敢になろうって思ったのね、たぶん――エドワードも勇気を出さなきゃいけないって言っていたし。ああ、アンナ――！」

「ほら、しっかりして。下へおりて、うちへ帰ろう」アンナは自分もこわかったので、ことさら元気よく言った。二階はうす気味悪いところで、なにかがほえているようなおそろしい音が聞こえる。マーニーは動こうとしなかった。「ねえ、行こう！」アンナはもう一度うながした。「ところで、あれはなに？　なにかがほえてるような、おそろしい音」

「風よ。風がほえてるの。お化けがほえてるみたいね！」マーニーはいたってまじめな声で言った。ふたりとも笑う気にはなれなかった。

アンナはマーニーを自分のほうへ引きよせた。「さあ、しっかり。下へおりよう。ここまで来たんだから、マーニーはすごく勇気があると思う。でも、もうおりよう」

マーニーは泣きそうな声で言った。「だめなの。だから困っていて――」

「どうして？」

マーニーは床にあいた穴を指さした。アンナは穴のふちから下をのぞきこんで、マーニーの言っている意味がわかった。のぼってくるときは、なんでもなかったはしごなのに、そのいちばん上の段が届かないくらい遠くに見える。あのぽっかりあいた暗い穴の中へ、おりていかなきゃいけないなんて。

アンナはぶるっとふるえて、うしろへさがった。マーニーの恐怖がアンナにも取りついていた。

「わたし、さっきからずっと、ここにいるの」マーニーはすすりあげた。「もう三十分はいる。ちょっとあがるだけのつもりだった。そうしたら、ちゃんとここに来たって言えるでしょ？　あとはさっさと走って家へ帰ろうと思っていたの。でも下を見たら、もうだめ。おりられなくなっちゃった！」

「だったら下を見なければいいじゃない」アンナはぴしゃりと言った。それから立ちあがって、壁のほうへ二、三歩進むと、下やうしろは見ないようにして、円形の壁を伝って歩いた。こわくてたまらない気持ちをなだめる時間が必要だ。マーニーは、はいはいのようにアンナのあとをついてきた。「どうすればいいの？」マーニーが半泣きでたずねた。

アンナは答えないで、ひたすら気持ちを落ちつけようとした。それから少しすると、くるりとうしろを向いてひざをつき、手さぐりで穴のほうへもどりはじめた。頭はあげているけれど、目はそらしたまま四角い穴のふちを探りあて、そのままふちにそって手をすべらせた。穴の中を見ないようにしながら体を乗りだし、ふちから下へ手をのばす。はしごがあるはずだ。四角い穴の一辺のはしからはしまで、二回手をすべらせた。それから体をもどしたとき、アンナはガタガタとふるえていた。

「なに？　どうしたの？」マーニーがたずねた。

「はしごが見つからない。なくなってる」

「え、うそ！」

「ほんと。はしからはしまでさわってみたけど、ないの。はずれちゃったかなにかしたんだと思う」アンナの声はふるえていた。

「わたしたち、いったいどうするの？」マーニーはアンナにしがみついて泣きだした。

「教えて、どうしたらいいの？」

「わからない。ちょっと待って、考えてみるから」アンナはしがみつくマーニーを引きはなした。まずはこの、こわくてたまらない気持ちをなんとかしなくちゃ。でもマーニーはおびえて、アンナから離れようとしない。「そんなふうにしがみつかないで」アンナは声のふるえをおさえて、つきはなすように言った。「そんなことしても、ますます困ったことになるだけでしょ。わたしたち、勇気を出してなんとかしなくちや」

「そうよね！　あなた、人のために勇ましくなるのは簡単って言っていなかった？　あなたがわたしのために、勇ましくなってくれるのね？」

「簡単じゃないし、勇ましくもなれない。わたしだってこわいんだもの。ただ、こわがるまいとしてるだけ。そしたらわたしたち、下へおりられるでしょ？」

なにかつかまるものさえあれば、とアンナは思った。しっかりつかめるようなものが——すると「よきものをつかめ」という言葉が、まるでずっと昔におぼえたわらべうたのように、頭に浮かんだ。そして思い出した。いまの自分の部屋の壁にある、額《がく》の言葉だ。あそこに刺繍《ししゅう》されてたのは錨《いかり》。でも今は錨なんて役に立たない。ここでつかまるのにいちばんいいものといったら、はしごしかない。だけどはしごは消えてしまった。そのうえマーニーがわたしをつかんでる！

突然、アンナは大きなかんちがいをしていたことに気づいた。はしごはちゃんとあった。ただし穴の反対側に。恐怖でなにがなんだかわからなくなっていたので、壁づたいに歩きすぎていたのだ。アンナはマーニーにはしごを見せた。こわがることなんか、ぜんぜんない。ただはしごにつかまって、一段一段気をつけておりればいいだけだ。

「ほら、ぜんぜん危なくなんかないから。ただしっかりはしごにつかまって、うしろ向きにおりればいいだけ。わたしが先に行ったほうがいい？」

「いや、だめよ！　置いていかないで！」マーニーがあえぐように言った。

「わかった。じゃあ、あなたが先に行って」

「だめよ、できない。できないの！　そう言ったじゃない」

アンナはマーニーに、どうにかはしごをおりさせようとしたが、無駄だった。マーニーはおびえきって、どうすることもできなくなっていた。そのうえ、こうしているあいだにも、あたりはますます暗くなっていく。

「すごく寒いわ。ものすごく寒い」マーニーはそうくりかえした。寒いと言っては泣きながらふるえ、また寒いと言った。

アンナは思いつくかぎりのことをしてみた。「ほんのちょっとだけわたしから手をはなして、やってみて。あなたがつかまらなきゃいけないのは、わたしじゃなくて、はしごなの。わたしがかわりに、はしごをおりてあげるわけには、いかないんだから。ね、お願いだから、やってみて。それとも、やっぱりわたしが先に行ったほうがいい？」でもマーニーは聞こうとしなかった。

何時間もすぎたと思われるころ、マーニーはふるえるようなとても長いため息をついて、ぐにゃりとうしろにたおれた。つかれきって、眠ってしまったのだ。アンナは床にちらばっている麦わらをかき集めて、マーニーの頭の下にしいた。それから、そろそろと壁ぎわまで行って、壁にもたれてすわり、目をさますかもしれないと思いながら、マーニーを見守った。けれどアンナも、頭がだんだんさがってきたかと思うと、あっというまに眠りこんでしまった。

20　もう友だちじゃない

風のほえる音が耳の中でどんどん大きくなり、アンナははっと目をさました。なにかが動いている。人の声がして、だれかが歩きまわる重い足音が響く。マーニーがすすり泣きながら話す声が、かすかに聞こえた。「来てくれないかと思った！ああ、エドワード、すごくこわかったの！」アンナは目をあけた。そして自分が今どこにいるのかを思い出した。

ぼうっとしたまま体を起こした。寒さのせいで体がこわばっている。じっと暗やみに目をこらしたけれど、だれもいなかった。人の声はすでに遠ざかり、今はふきあれる風の音と、頭上を飛んでいくカモメのかんだかい鳴き声が聞こえるばかりだ。

マーニーは行ってしまった。わたし、風車小屋にひとりきりなんだ！

マーニーがわたしを置き去りにした。はっきりとそうわかったほかに、なにも考えることができなかった。こわばる体ではしごをおり、気味の悪い風車小屋から雨風のふきあれる暗やみのなかへ飛びだした。けれどアンナの頭の中でガンガン鳴りひびいていたのは、ただひとつのことだった——マーニーがわたしを置き去りにした。マーニーは行ってしまった。あんな場所に、わたしをひとり残して。ひどすぎる。こんなの、許されるわけがない。

あんまり腹が立って、涙も出なかった。アンナは息を切らして走った。道にそってどんどん進み、草原を横切って、どこへ向かっているかもよくわからないまま走った。雨にぬれた背の高い草が、むきだしの足にむちのように当たる。やがてなにかにつまずいた。立てなおそうとしたときにはもう、頭からみぞへつっこんでいた。

どうにか、みぞからはいだすと、草の上に寝ころんで、力なくすすり泣いた。足が痛かった。動かそうとするたびに、つきさすような熱いいたみが、かけぬける。じっと横になったまま、アンナは、ちょっとだけ休んでからもう一度立ってみようと考えた。そしてそれっきり、なにもわからなくなった。

数時間後、アンナは目をさました。そこは自分のベッドだった。横を向くと、そばの椅子におぼんが置いてあるのが目に入った。ゆでたまごがひとつと、小さな茶色のティーポット、それにバターをぬったパンがふた切れのっている。ペグのおばさんがカーテンをあけているところだった。ふりむいて、アンナが目ざめていることに気づくと、ベッドのそばへやってきた。

「ああ、よかった、よかった。よくねむれたかい？　ほら、いい子だから起きあがって、このままベッドで朝ごはんをおあがり。なんにも心配しないで、まずはおいしい赤玉たまごを食べちゃいな」

アンナは体を動かした。そのとたん、いたみに顔をしかめた。体じゅうがどこもかしこも、こわばっている。おばさんは舌打ちした。「ああ、やっぱり風邪をひいたんだねえ。そのうえ見たところ、足首もいためてるみたいだ。連れてこられたとき、まっ赤にはれあがってたもの。あんな夜遅くまで外にいて、ぬれた草の上で寝てたんだからねえ、おばかさんだよ」けれど、そう言うおばさんの声はやさしかった。「なにがあったか、おぼえてないのかい？」

少しはおぼえていた。だんだん思い出してきたところだった。風車小屋――風車小屋にいたマーニー――そしてあの、ほえるような、うめくような、おそろしい風の音が、いつまでも聞こえていたこと。アンナはたよりない顔でおばさんを見あげた。

「あまりよくおぼえてない。なにがあったか、話して」

「うん、あんたは草っぱらにいたんだろう？　そいで、どうやらくたびれて寝ころんだら、そのまますっかり眠りこんじまったみたいだね。あたしもサムも、すごく心配したんだよ。あんたはいなくなっちまうし、空はひどい荒れ模様だし。そしたら、ドアをたたく音がして、ピアスのだんなさんがやってきたんだ。車で走ってたら、角を曲がったところで、たまたまヘッドライトの中にあんたが見えたって。そいですぐさま、うちへ連れてきてくだすったんだよ」そう言えばアンナは、だれかに抱きあげられて運ばれたことと、車のエンジンのうなる音を、うっすらとおぼえていた。でもそれ以上は、なにも記憶がなかった。

おばさんは立ったまま、気づかわしげな顔でアンナを見おろした。「あれはおばかさんのすることだよ。いったいなんだって、あんなことをしたものやら。でもまあ、すんじまったことは、しょうがない」おばさんはカップにお茶を注いで、おぼんをさらにベッドのそばへよせた。「さあ、朝ごはんをおあがり。あとはおとなしく寝てるんだよ。そのあいだにあたしは昼ごはんの支度をすませちまうから。おいしいブラウンシチューにしようと思ってるんだ。ほれ、こんな天気だからね」おばさんはちらりと窓の外を見た。窓枠をガタガタとふるわせながら、強い風が家のまわりをふきぬけていった。「きょうは、のがして惜しいお楽しみはひとつもないってことだけはたしかだね。サムの言うとおりだよ。天気はまちがいなく変わっちまったようだ」

おばさんが行ってしまうと、アンナは前の晩に起こった出来事のあれこれが、どっと頭に流れこむのにまかせた。マーニーの仕打ちがよみがえってきて、心がずっしり重くなった。胸がむかむかした。マーニーは、わたしをひとり風車小屋に残して、行っちゃったんだ。まっ暗な中、おびえるわたしをひとりぼっちにして。それなのにわたしときたら、マーニーを親友だと思ってたなんて！

はじめは、エドワード――だれだかわからないけれど、マーニーを助けにきた人――が、わざとアンナだけを置いていったのかと思った。でもアンナは、自分が壁にもたれてすわっていたことを思い出した。たぶん、気づかなかったんだ。まさかわたしがあんなところにいるなんて、だれも考えるはずがないもの。でもマーニーは、なにも言わずにわたしを置いていった。なんでそんなことができるんだろう？　マーニーのことは、ぜったいに許せない。もう二度と、だれも信じない。

傷ついた心がぎゅっとかたくなった。アンナはおぼんをわきへ押しやって、ふたたび横になった。それから壁のほうを向くと、すべてのことからぴったりと心をとざした。

一階の台所では、おばさんが「おいしいブラウンシチュー」のためにタマネギを炒《いた》めていた。鍋《なべ》の中でまぜるたびに、ジュージューと音がする。ミセス・プレストンと同じく、おばさんもまた、きちんとしたおいしい食事はこの世のどんな傷だって治してくれると信じていた。まもなく家の中に、炒めたタマネギの、あのほっとするおなじみのにおいが行きわたった。においは台所をぬけだして、食堂をそっととおりぬけ、しまった客間のドアにそって、はうように進んでいき、らせん階段をそろりとのぼって、とうとうドアの下からアンナの部屋へ入ってきた。けれど、このタマネギのにおいも――世界一おいしそうな、だれもが腹ぺこになるこのにおいでさえも――アンナを目ざめさせることはできなかった。アンナはこんこんと眠りつづけた。

たっぷり二日間、風は家のまわりでふきあれ、アンナはずっとねこんでいた。足はまだ、あざになってはれていたものの、骨は折れていなくて、だんだんよくなっていた。ただ、アンナはひどい風邪をひいていた。おとなしく寝どこにいるのがいちばんだよ、とおばさんは言った。

アンナは自分がどこにいようと、かまわなかった。なにもかもが、どうでもよかった。たったひとりの友だちだったマーニーが、もう友だちではないのだから。

三日目、アンナは元気のない青い顔で、ようやくベッドから起きだした。おばさんはアンナを食堂の安楽椅子にゆったりすわらせて、買い物へ出ていった。サムおじさんは部屋のすみにある大きなひじかけ椅子で眠っていた。

アンナは、はれぼったいうつろな目で、窓の外をながめた。さしあたり、風はおさまっていた。まだ雨はふっているものの、空はいくぶん明るくなり、入江のほとりで鳴くカモメたちの声が聞こえる。あそこへ行ったのが、もうずっと前のような気がする。風車小屋に置き去りにされたのも、はるか昔のことのようだ。ねこんでいたこの二日で、百年くらいたったみたい、とアンナはしずんだ気持ちで思った。

別にマーニーに会いたいわけではなかった。会いたいはずがない。ベッドで寝ているあいだに、もう二度とマーニーとは口をきかないと心に決めていた。でもマーニーに自分の姿を見てほしかった。窓からのぞいたマーニーに、舟着き場にいるわたしを見てほしい。そして自分がどれほどいじわるで残酷なことをしたのか、思い出してほしい。もしマーニーに会っても、こっちはマーニーの顔なんか見るつもりはない。それでも、マーニーがわたしを忘れることは許さない。人にあんなひどいことをしておいて、それをすっかり忘れていいはずがないもの。アンナは、そう自分に言いきかせた。

今から入江へ行ってみよう。もうじゅうぶん考えたから。アンナはおばさんがひざにかけてくれたウールのショールをどけて、そっと立ちあがった。サムおじさんのわきをこっそり通って台所へ入り、裏口から外へ出た。

外では、光がいつになくまぶしく感じられた。急に新鮮な空気をすったせいで息がつまりそうになり、アンナはちょっとのあいだ柵《さく》につかまっていた。それから変にふらふらして、夢の中を歩いているような気分のまま、足を引きずって小道をくだり、角を曲がって入江へ向かった。

21　窓の向こうのマーニー

水は、にごった鉛色をしていた。潮はもう半分以上満ち、がらんとした舟着き場に人の姿はなかった。湿地の向こうでは、濃い紫色の大きな雲が、海のほうからだんだん近づいてくる。アンナはぞくっとふるえ、もっとあたたかい服を着てくればよかったと思った。

アンナは水ぎわまでおりた。もしマーニーが窓から外を見ていたら、ぜったいわたしに気がつくはず。そう考えて、ゆっくりと歩いた。小石をけったり、ときどきかがんで石や鳥の羽根を拾ったり。拾うものはなんでもよかった。拾うたびに、いちいちじっくりながめたものの、ほんとうはなにも見ていなかった。マーニーに見られているかどうか、それだけを気にしながら、岸にそってのろのろと進んでいった。

雨がだんだん強くなってきた。あの大きな雲が頭の上まで来ていて、大つぶの雨が入江にふりそそぐ音が聞こえた。背をのばすと、そこはもう湿地屋敷の正面だった。

いけないと思う間《ま》もなく、自分でも気づかないうちに、アンナはマーニーの部屋の窓をちらっと見あげた。いる。マーニーがいる。ほんとうに？　たしかめようとして、あわててもう一度見た。そしてそのまま、目をそらせなくなった。

窓の向こうにマーニーがいた。こっちをじっと見つめて、変な具合に顔をゆがめている。それとも、窓ガラスを流れおちる雨のせいで、ゆがんで見えるだけ？　アンナは舟着き場を歩きながらも、目をはなさなかった。マーニーの顔を二度と見ないつもりだったことなど、すっかり忘れていた。マーニーが手をふって、もっと近くへ来て、とさけんでいる。なにかを伝えようとしている。

アンナは土手へ近よって、窓を見あげた。雨はいつのまにか、どしゃぶりになり、ふきつける強風のせいで、水面には荒々しい小さな波が一面に立っていたけれど、そんなことには気づきもしなかった。今見えるのは、窓ガラスにぴったり体をおしつけている、青いワンピース姿のマーニーだけだ。マーニーは両手でガラスをばんばんたたきながら、いつものように親しげでおおげさな調子でさけんでいる。「アンナ！　大好きなアンナ！」

「なあに？」アンナもさけびかえした。

「アンナ！　ああ、あなたのところへ行きたいのに！　行けないのよ！　わたし、部屋にとじこめられているの。それに、あしたになったら、どこかへやられちゃう。あなたに言いたかった――さようならって。でもここから出してもらえないの。アンナ――」

マーニーはガラスの向こう側で、どうしようもなく悲しい顔でさけんだ。「お願い、わたしを許して！　あんなふうにあなたを置き去りにするつもりはなかったの。あれからずっと、ここにすわって泣いていた。ねえ、お願いだから、わたしを許すって言って！」

マーニーの言葉はほとんど風に運ばれてしまい、マーニーの顔は窓の外を川のように流れおちる雨のせいで、ぼんやりかすんでいた。それでもアンナには聞こえていた。ちゃんとわかった。その言葉はまるでアンナの中から出てきたかのように、風や雨などものともせず、はっきりとアンナの耳に届いた。

突然、マーニーに対して感じていた、あのはげしい怒りがすべて、さっととけてなくなった。マーニーはやっぱりわたしの友だちだ。わたしのことが大好きなんだ。喜びでいっぱいになったアンナは、さけびかえした。「もちろん！　もちろん、許してあげる！　マーニー、大好きだからね！　あなたのこと、ぜったい忘れない。ぜったいに！」

ききたいことは、もっとたくさんあった。どこかへ行くってほんとう？　いったいどこへ行くの？　またもどってくる？　けれど、雨は目もあけていられないほど強くなっていた。横なぐりの雨が足につきささり、ぬれたほっぺたに髪の毛をたたきつける。マーニーの顔は、暗い窓の中で、あわいしみのようにしか見えなくなった。

屋敷ばかりを見つめていたアンナは、そのときふいに、冷たい水が足首の上でうずまいていることに気づいてはっとした。あわててふりかえると、潮がすぐうしろまで満ちていた。一面に波立つ灰色の水が大きなかたまりとなって、どんどん広がっている。湿地はもう、ほとんど水でおおわれていた。

アンナはもう一度、屋敷の窓を見た。はげしい雨にさえぎられて、マーニーの顔はすっかり消えていた。それでもアンナは大きく手をふり、にっこり笑ってさよならをしようとした。そして、もう行くね、と細長く残っている岸辺を指さした。岸は今にも水でかくれそうになっている。また屋敷を見たとたん、この屋敷はもともとからっぽだったような気がした。じっとこっちを見ているあの暗い窓の向こう側には、だれもいなかったような気がする。もうずっと前から空き家だったような……。

アンナはすすり泣きながらくるりと向きを変えると、土手のいちばんはしへ急ぎ足で向かった。そこから道路へ出られる。細長く残っていた岸辺はいつのまにか消えて、水が足をすくおうとしていた。潮はとんでもない速さで満ちてきたらしく、水かさはいっそうましている。石ころやとがった小石、舟着き場のふちにたまっていた漂着物のかけらが、足の裏に食いこむのがわかった。背の高い草につかまって土手をよじのぼろうとしたけれど、つるつるしてうまくつかめず、また下へすべりおちてしまった。

アンナは息を切らして、泣きじゃくりながら、必死に前へ進んだ。重たい水をかきわけるように足をおしだすものの、その足は鉛みたいにずっしりしている。水はもう、ひざの上まできていた。雨と涙がほおを流れおち、ぐっしょりぬれた重たい服が、体にはりつく。細長い海草のようになった髪の毛が、顔じゅうにピシピシ当たる。全身ずぶぬれで、こごえそうに寒かった。のどだけがかわいて、焼けるように痛い。

土手に着くのがまにあわなければ、おぼれてしまうかもしれない。そんな考えが頭に浮かんだ。水はもう太ももまであがってきているのに、まだやっと半分しか進んでいない。でも、おぼれるわけにはいかない。みんなわたしに好き勝手なことをすればいい。だけど、わたしがおぼれたくないといったら、ぜったいにおぼれさせることはできない。なんとしても、あの角までたどりつかなくちゃ。

アンナはこれから起こることを思いうかべた。想像の世界で、ずぶぬれのアンナは足を引きずりながら家へ帰り、はうように階段をのぼって、自分の部屋へ向かっていく。あやうくおぼれるところだったけれど、そんなことはだれも知りはしない。いつだってそうだった。わたしにとって大切なことは、だれもなにも知らなかった。わたしがどういう思いでいるか――プレストンさん夫婦がお金をもらっていることや、わたしが変わり者扱いされること、どうしたものか困ったと思われていることを、どう感じているかなんて、だれも知らなかった。マーニーのことだってそう。はじめてできた、わたしだけの親友なのに。そのマーニーはもういない！　アンナはしゃくりあげた。そのとたんによろめいて、息をつまらせながら、灰色にうずまく水の中へたおれこんだ。

22　屋敷の反対側

アンナはもう少しでおぼれ死ぬところだったけれど、そのことに気づいた人がいた。入江で舟に乗って上流へ向かっていたアマリンボーだ。アマリンボーはカーブを曲がったところで、アンナが水へたおれこむのを目にすると、これまで生きてきた中で一度もなかったほどすばやく頭を働かせ、まっすぐアンナのほうへ舟を向けた。すぐさま腰まで水につかって、アンナを抱きあげ、岸へジャブジャブと歩いていった。

あとになってペグのおばさんは、あの驚きといったら一生忘れっこないよ、と言った。おばさんが買い物袋をおろしたとたん、ドスンドスンと大きな足音がして、アマリンボーが台所へ入ってきたのだ。ふりむくとそこに、アンナをかかえたアマリンボーが立っていた。なんのことわりもなく、きれいな台所の床に、入江の水の半分はあるんじゃないかと思うほど大量の水をしたたらせて。

それだけではない。アマリンボーはそのとき、これまでだれも聞いたことがないほどたくさんのことをしゃべった。「嬢ちゃんが、おぼれかけとった。よかったよ、ひでえ嵐で。引きかえしてきたら、嬢ちゃんがまごまごしとってよ。潮がとんでもねえ速さで満ちてきよった」そう言ってアンナをソファーの上におろした。「こんな重てえ獲物は、たぶんはじめてだ」アマリンボーは、かわいそうな嬢ちゃんをまるでタラかなにかのように言って、またドスンドスンと出ていった。おばさんが息をつく暇もなかった。

でも、この話をみんなが知ったのは、ずっとあとのことだ。何日ものあいだ、おばさんは話をする暇なんかぜんぜんなかったし、する気にもなれなかった。おばさんがその日のことを、ひどくおそろしい出来事ではなく、とてもわくわくする笑い話のように語れるようになったのは、ずいぶんたってからのことだった。

アンナは長いあいだねこんだ。熱にうかされてこわい夢を見ては、悲鳴をあげて目をさました。体の骨という骨がズキズキといたんだ。けれど、おそろしい夢を見ていると、いつでもだれかが起こしてくれて、なだめたり、飲み物を飲ませてくれたりした。一度など、ミセス・プレストンがいたので、アンナはびっくりした。部屋着姿のミセス・プレストンは腰をかがめ、水の入ったコップを、かわいてひびわれたアンナのくちびるに当ててくれた。

「おばさん」アンナはかすれ声で言って、にっこり笑おうとした。

ミセス・プレストンはアンナの手をぽんぽんとたたいて、アンナの頭をやさしくまくらにもどしてくれた。そして「ぐっすりおやすみなさい、おりこうさん」と小さな声で言った。

半分もうろうとした中でもアンナは不思議に思った。おりこうさんってわたしのこと？　どうしちゃったんだろう。おばさんの口から、そんな親しみをこめた呼び名なんて、聞いたこともないのに。それからアンナは言われたとおりに眠って、夢も見なかった。

アンナの具合はだんだんよくなって、少しのあいだなら起きていられるようになった。この家に泊まってペグのおばさんを手伝っていたミセス・プレストンは、そろそろロンドンへもどると言いはじめた。「おじさん」が待っているから、と。ただお医者さんは、ここの空気はアンナの体にいいから、できればこちらに残ったほうがいいという考えだった。

「あなたはどう思っているのかしら」ミセス・プレストンはアンナのベッドのはしに腰かけて、心配そうに横目でアンナをちらちら見ながら言った。「わたしといっしょにロンドンへもどるほうがいい？」アンナはなんと答えたらいいのかわからなかった。

「ここでは、楽しく過ごしていたのよね？」ミセス・プレストンはつづけた。「ペグの奥さんからはそううかがってるわ。奥さんもサムも、あなたにここにいてほしいんですって。でも、もしあなたが楽しくないって言うなら、もちろんここに残していくなんて、とんでもないわ。アンナ、あなたはどうしたい？」

「ペグのおばさんは、わたしにここにいてほしい、ってほんとに言ったの？」アンナは信じられない思いで、たずねた。

「ええ。ふたりとも、あなたがここにいる生活が気に入っているんですって。だけど、わたしはあなた自身に決めてもらいたいの」

答えを待つミセス・プレストンがどこか心配そうにしているのに、アンナは気づいた。「じゃあ、わたしはここに残る」アンナは言った。

それを聞くと、ミセス・プレストンはさっと立ちあがって、明るい声で言った。

「これで決まりね。ペグさんたちに伝えてくるわ」

アンナがここに残ることを選んだとき、ミセス・プレストンはずいぶんほっとしたはずなのに、いざ別れのときがやってくると、急に取りみだしたように見えたのが、アンナには不思議だった。ミセス・プレストンはほんの一瞬アンナをきつく抱きしめて、「いっしょに帰ってほしかったのに――まあいいわ、そのうちきっと、わたししたち——」というようなことをつぶやいた。そして最後まで言わないうちに体を離して、アンナのカーディガンのボタンをとめるような仕草をした。けれどボタンはもう、すっかりとめてあった。

別れぎわ、アンナはだしぬけに、さっとミセス・プレストンに抱きついた。それからすぐ、一階からサムおじさんが、駅行きのバスが角をまわってきたぞ、とさけぶ声がした。そしてミセス・プレストンは行ってしまった。

しばらくすると、アンナはまた前のように外へ出られるようになり、以前と変わらないふだんの暮らしがもどってきた。それでも、アンナにとっては、もう前と同じではなかった。

病気になってからというもの、おぼれかける直前に起こったすべての出来事とのあいだに、シャッターのようなものがおりてしまった。なにもかもが、まるでずっと昔に起こったことのような気がする。ときどき、リトル・オーバートンをはじめて見るように感じることさえあった。そんなとき、アンナは決まってマーニーのことを思い出した。

マーニーはいなくなってしまった。それはまちがいない。あれからもう一度、湿地屋敷を目にしたとき、すぐにはっきりとわかった。長いこと屋敷を見つめながら、いったいなにがちがうんだろうと考えたけれど、とくになにも見つからなかった。屋敷は、ただの空き家にしか見えなかった。そのことにアンナはべつだん驚きもしなかった。もう二度とマーニーに会うことはないと、心の中ではわかっていた。ただただ、ひそかにマーニーを思い出して悲しんだ。

もうひとつ前と変わったことは、あたりに人が増えたことだった。ここで夏休みを過ごす人たちの最初のかたまりが、どんどんおしよせてきた。赤ちゃん連れの家族。砂地になっている浅瀬で、はだかんぼうに近いかっこうで水遊びをしているよちよち歩きの子どもたち。ある日、アンナは、そんな子たちふたりが砂の城をつくるのを手伝ってやった。子どもたちのお母さんは、もう少し上の浜辺で友だちとおしゃべりをしている。以前ならこんな小さな子どもたちと遊ぶことなどなかったのに、相手をしながら、アンナ自身、楽しんでいると言ってもいいくらいだった。

ある日の午後、潮の引いた湿地を横切っていたアンナは、年寄りの女の人がキャンプ用の折りたたみ椅子にすわってスケッチをしているのに出くわした。ちょっとのあいだ、うしろに立って静かに見ているうちに、その人が舟着き場と湿地屋敷の絵をかいていることに気づいた。

女の人がふりむき、アンナを見あげてほほえんだ。こんなとき、かつてのアンナなら、すっとその場からいなくなっただろう。でも今のアンナは、にっこり笑いかえしていた。女の人は思ったほど年をとっているわけではなく、せいぜいペグのおばさんと同じくらいだという気がした。

「どう？　ちゃんと描けているかしら」その人は絵の中の屋敷を指さしてたずねた。

アンナは身を乗りだして、絵をじっくりとながめ、「はい、よく描けています」と答えた。

「わたし、あの古い屋敷が大好きなの。あなたも？」

「はい」

女の人はまた絵をかきはじめた。アンナは、その人がもう一度ふりむくかもしれないと思って待っていたけれど、ふりむかなかったので静かにその場を離れた。それでもアンナはうれしかったし、逃げ出さなかっただけで、まるで友だちができたような気持ちになった。

ある朝、アンナは大通りを歩いていた。プリチェッツを通りすぎて、湿地屋敷の表門まで来たとき、鉄の門が大きくあいているのに気づいてびっくりした。少し中へ入ってみると、金づちのカンカンという音が聞こえてきた。そのまま車回しにそってカーブを曲がると、屋敷がすっかり姿をあらわした。アンナは立ちどまってじっとながめた。

こんなふうに見えるなんて思ってもみなかった。入江に面した、あのおなじみの屋敷と同じくらい、とても心がひきつけられる。なぜだかわからないけれど、アンナはずっと表側をなにかぜんぜんちがう場所のように思いこんでいた。それが今になってはじめて、ほんとうは前から知っていたはずのことに気がついた。表側と裏側は、同じ屋敷のふたつの面なのだ。そしてむしろこちら側のほうに、より心がひかれる。思いがけないことに、こちら側には、おとずれた人をあたたかく迎えてくれるふんいきがあった。

もっと驚いたのは、窓がすべてあけはなたれていたことだ。窓枠のペンキはぬりなおされて、あの金づちの音が、二階の部屋のひとつから聞こえていた。玄関のドアも半分あいている。その横ではまっ赤なバラの茂みが壁づたいに広がって、ふさになった花がいくつもポーチの上にたれさがっていた。

アンナがそこに立ったまま、じっと屋敷をながめていると、はしごをかついだ工事の男の人が、家のわきをまわってきた。アンナが走って逃げ出す間《ま》もなく、その人はこちらに気づいて声をかけてきた。「だれに会いに来たんだい？ ここの人たちゃ、まだ来てねえよ」

アンナはなんと答えていいのかわからず、口をあけたまま突っ立っていた。

男の人ははしごをおろすと、近くにやってきた。「どうした、おじょうさん」その人は冗談めかして言った。「はしごをかついだ男を見るのは、はじめてかい？」それから頭をぐいと動かして、屋敷を指した。「この古い家をちょいときれいにしてるとこでね。カンカン音がするから、なにかと思ったんだろう？　ありゃあ大工が床板なんかにあいてる穴を直してる音さ」

それからちょっと口をつぐんで、アンナをまじまじと見た。「あれ？　きみはペグさんちにいる、あのちっちゃい女の子？　いやいや、すっかり大きくなったな！　前に見かけたときの倍くらい大きくなってるよ」

「ええ。わたし、寝こんでたんです。寝る子は育つって言うでしょ」

「なるほど！　そりゃそうだ」男の人はゆっくりうなずいた。「おぼれそうになったんだってな」それから同情するように舌を鳴らした。「噂で聞いたよ。まあ、じきにきみのまわりもにぎやかになるぞ。あの一家が引っこしてくりゃあな」

「あの一家？」アンナはためらいがちにたずねた。

「この屋敷を買った家族だよ。だからこうしてトンカンやってんだ。すごく感じのいい人たちだよ。リンジーさんって夫婦でね。イースターのときにこの家を見にきて、

アンナは自信のない小さな声できいた。「あの――前の家族はどうしたのか、知ってますか？」

男の人はぽかんとした顔をした。「前の家族っていうと？」

「以前ここに住んでた家族のことなんだけど――」ますます気弱な声になった。

男の人は首を横にふった。「前に住んでた家族ってのは、聞いたことがねえな。おれが来てからはってことだが。まありトル・オーバートンにはそんなに長いわけじゃないけどな」

「そうですか。ありがとう」

男の人が屋敷のほうへもどっていったので、アンナもぶらぶらと外へ向かい、車回しのカーブにさしかかったところで、ふりかえった。

同じ屋敷にあるふたつの面……ひとつは大通りを向いていて、もうひとつは裏の入江にのぞんでいる……。そしてわたしは裏側に強く心をひかれるあまり、しばらくのあいだ、そっちが表だとかんちがいしていた。なんで、あんなおかしなことを思ったんだろう。でも、前はいつだって門がしまっていたんだから、無理もない。

突然、表門から車が入ってくる音が聞こえ、アンナはイチイの木のかげにかけこんだ。くさりかけた古い荷箱があったので、そのうしろにしゃがみこんで、車が通り過ぎるのを待った。車は玄関前で止まり、エンジン音が切れたので、アンナはそっと荷箱のうしろをぬけて、車回しの道へ出た。

門へ向かって走りながら、ちらっとふりかえってみると、荷箱だと思ったものが、そうではないことに気づいた。それは横だおしになってくさりかけている、古い犬小屋だった。

23　追いかけっこ

アンナは砂丘に立って、じっと見つめていた。湿地へとつづく砂浜の遠くのほうに、小さな黒い人影が五つ、たしかに見えた気がした。走ったり、飛びはねたり、ばらばらに別れてまたくっついたりしながら、だんだん小さくなっていくところだ。しばらく見つめていたけれど、太陽がまぶしくて、ほんの少しのあいだ、目をはなしてしまった。もう一度見たときには、人影は消えていた。

アンナは砂浜に背を向けた。さっきは一瞬、どきりとした。五つの人影を見て、ここへ来たばかりのころ、湿地屋敷にちょうどあんな子どもたちが住んでいると想像したことがある。でもそれは、マーニーと出会う前のことだ。今ではそんなことはないとわかっている。

砂丘のくぼみの中であお向けになると、ひとりぼっちなのに突然気づき、マーニーのことを思って悲しくなった。遠くで鳴いている、どこか懐かしくさびしげなカモメの声を聞いているうちに、ほんとうに涙が浮かんできた。涙は目のはしからあふれ、首を伝わりおちて髪をぬらし、砂にしみこんでいった。

けれど、泣いているあいだに、はじめて感じる甘い悲しみがひそやかにアンナの心にしのびこんできた。それは、楽しかったことがすっかり終わってしまった悲しみで、なにかがなくなってもう二度と見つからない悲しみとはまたちがう。イソシギが「ピティー・ミー」と鳴きながら、空高く飛んでいった。でもそれは、からっぽな気持ちのアンナをあわれんで鳴いているのではなく、マーニーがいなくなったのをなげいているように聞こえた。

アンナは涙を流したのですっきりして、太陽が涙をかわかすまで、じっと横たわっていた。それから、ごろんと寝がえりをうち、ポケットからおちて砂の上に転がっていたジンジャービスケットを拾って食べた。頭のうしろの髪をパラパラと払って、そこも太陽に当てる。

まもなく子どもたちの声が聞こえ、アンナは体を起こした。もう七月もなかばで、海辺はアンナだけのものではなくなっていた。小さな子たちが岩のあいだでカニを探し、砂丘のあちこちで家族連れがピクニックをしていた。そういう人たちは、ばったり出くわすまでは、姿が見えないけれど、風がそちらの方向からふいてくると、声ははっきり聞こえる。昼食の時間は終わったので、もうすぐもっとたくさんの人が浜へおりてくるだろう。

アンナは砂丘のてっぺんまでのぼると、手をかざして、砂地から湿地へもう一度目を向けた。

いた。あの五つの人影が、またあらわれた。なんてことだろう。今回はだんだん近づいてくる。海のほうへ向かって、砂地を走ったり、飛びはねたり、ジグザグに横切ったりしている。みんな、紺色のジーンズとトレーナーを身につけていた。これは、アンナが半分予想していたこと、そして半分こわがっていたことだった。

本物のはずはない。そんなことはわかっている。アンナが想像していたあの子どもたちを見た人は、村にはだれもいなかった。ペグのおばさんにもう一度きいたときも、知らないと言っていた。郵便局のミス・マンダーズでさえ、そんな人たちは見たことがないそうだ。ミス・マンダーズにはわざわざこちらからたずねた——村じゅうの人を知っているからだ。

アンナはもう少しだけ、その場に突っ立って見ていた。それから、さっきとは別のくぼみに身をかくし、心の中から五人のことを締め出した。見えた気がしたからって、本物だと思いこむつもりはない。ところが、しばらくすると、声が聞こえてきた。草のてっぺんから顔を出してのぞいたところ、あの子たちがさっきより近くにいるのが見えた。砂丘をくねくねとのぼりながら、こちらへやってくる。

アンナはぴょんとはねおきて、全速力で砂丘をくだり、深い小さなくぼみに身をひそめた。やがて頭をあげ、あたりを見まわしたときには、五人の姿はどこにもなかった。

けれど夕方、家へ帰るとちゅうで、アンナはふたたび五人を見かけた。潮が引いていたので、入江の流れにそって、浅瀬をパシャパシャ歩いているときだった。湿地のほうへ目をやると、空を背にした五つの小さな人影が見えた。たて一列になって、こんもりした土手の上を歩いていく。アンナは立ちつくしてまじまじと見つめた。すると急に、みんなより少しおくれて列のいちばんうしろを歩いていた子がふりかえり、まっすぐにアンナのほうを見て、ぴたりと足を止めた。

アンナは走りだした。でもすぐにその子が道をそれ、アンナがたった今までいた場所へ向かって、湿地をまっすぐに、つっきってくるのが目に入った。アンナは入江と湿地をへだてる土手のかげにしゃがみこみ、その姿勢のまましばらくあとずさりした。入江のカーブをまわりこんだあと、土手の下で少なくとも十分間はじっとしていた。

用心しながらこっそり顔を出したときには、だれもいなくなっていた。

つぎの日も同じことが起こった。アンナは五人を目にして逃げ出し、また目にした。つぎの日も、そのつぎの日も同じだった。こちらの姿を見られないように相手を見るのは、一種のゲームのようになり、それがだんだん追いかけっこになった。

五人もアンナを見たにちがいなかった。とくに、長い茶色の髪をしたあの女の子、いちばん年上でもいちばん年下でもない子は、ほかの子たちが気づかないときでも、いつもアンナの姿に気づくようだった。立ちどまってはふりかえり、まるでアンナのことを捜しているみたいに砂丘に目を走らせる。うっかりすると、アンナがくぼみの中で両手両ひざをついて顔だけつきだし、五人が立ち去るのをながめているところを見つかってしまいそうだ。アンナはいつでも頭をすばやく引っこめるようにしていたけれど、それでもあの茶色い髪の女の子には見られた気がした。

こうして見ているうちに、だんだん五人のことがわかってきた。十四歳くらいの大きな男の子がいて、その子がたぶんいちばん年上だ。つぎが金髪をお下げにした女の子で、そのつぎがあの長い茶色の髪をした女の子。この子はアンナより少し年下に見えた。それから七歳か八歳の男の子がいて、いちばん下の子はほとんど赤ちゃんと言ってもいいくらいだ。

金髪をお下げにした女の子は、いちばん下の子といっしょにいることが多くて、手を引いてあげたり、浅瀬を歩くときはだっこしてあげたりしていた。そういうとき、男の子ふたりはよくいっしょにいて、あの茶色い髪の女の子はひとりだった。またあるときは、年上の子たちがふたりでいて、年下のふたりがいっしょにいた。どちらの場合でも、茶色い髪の女の子は、ほかの子たちから少し離れて、おくれがちについていったり、ひとりぼっちで踊るように歩いていたりすることが多かった。

わたしより年下だけど、きっとあの子のことがいちばん好きになるだろうな、とアンナは思った。年上の金髪の子のほうは、あまりにもかしこそうで、大人っぽすぎる。赤ちゃんにはすごくやさしいお姉さんだけど。アンナはよくそう考えては、ぷるっと首をふった。あの五人を本物の人間だと考えそうになっていることに気づくからだ。ほんとうにいるはずはない。ここへ来たばかりのころ、まだマーニーと出会う前に、想像でつくりあげてしまった子どもたちで、アンナ以外に見た人はいないのだから。

しかし、本物でもそうでなくても、五人はあらわれつづけ、意外にもアンナはそれを楽しみはじめていた。そして、なにもないだだっ広い浜辺を横切るより、砂丘のへりにそって歩くようになった。ひらけたところを歩いていると、五人の目で砂丘から見られるかもしれないからだ。アンナはそれまでよりも朝早く浜へ行って、砂丘のてっぺんから見張ることにした。そうすれば、五人が湿地へやって来るのをながめることができる。

ところがある日、おそろしいことに、五人はアンナが見ていないうちにボートでやってきた。そして、裏側から砂丘をのぼり、気づいたときにはすぐそこにいた。アンナは胸をドキドキさせながら走って、またもや五人から逃げ出した。砂丘にある大小のくぼみをすべて知りつくしているのを生かして逃げきれたけれど、危ないところだった。

なんだか自分が想像したものに追いかけられてるみたい。アンナはくぼみの中にねころがって、息をはずませながらそう思った。でも、どういうことだろう？　あの五人はお化けではない。そうわかっているのに、追いかけられたとき、アンナは半分本気でこわかった。追いかけっこはおもしろいゲームだけど、あんなふうにつかまりそうになるのはいやだ。さっきはすっかりあわてて、まるで狩りたてられる野生動物みたいに走っていた。

アンナはマーラム草のすきまからのぞいてみた。五人は反対の方向へ去っていくところだった。とたんにアンナは、安心するどころか、がっかりしてしまった。

くぼみから出て、ひらけたところにわざとすわる。もし五人がふりかえれば、すぐに見つかってしまうのはわかっていた。危険を感じて心臓が口から飛びだしそうになっているのに、なんだかわくわくして、そうせずにはいられない。

そのとき、恐れながらも求めていたことが起こった。五人がふりむいたのだ。だれかが「いた！」とさけぶのが聞こえ、五人そろって、こっちへ向かって走りだした。けれど、こんなときにかぎってアンナは動けなかった。まるで、砂の地面に根をはってしまったみたいだ。五人はどんどん、どんどん近づいてくる！

もうつかまってしまうと思えたそのとき、やっとまた足が動くようになった。そこでぴょんとはねおきて、風のように走った。砂丘をのぼりおりして、向こうはしの、平らな砂地にさしかかろうかというところまで行く。そして、砂丘のふもとにある最後のくぼみへ大あわてで飛びこみ、あたたかいこまかな砂をさらに深くほってかくれた。

心臓のドクドク鳴る音が耳の中で聞こえ、体は興奮にふるえていた。どうか、つかまりませんように！　アンナは頭の中で、何度も何度も言いつづけた。どうか、つかまりませんように！　まだ息を切らしながら、草をかきわけてのぞいてみる。すべてがしんと静まりかえっている。草のくきのあいだから見える海は、深い深い青色だ。ねむたげな平和が、すべての上におりていた。

突然、その平和がこわれた。急にガサゴソという音がして、勝ちほこったさけび声があがり、アンナのまわりの草の中から五人が立ちあがった。取りかこまれてしまった！

「つかまえた！」

ひとりが大声で言った。アンナの足首は、あたたかな力強い手でつかまれた。

24　つかまった！

「つかまえた！」同じ声がもう一度言った。

アンナはちょっとじたばたしてから、動くのをやめた。足首はしっかりつかまれたままだったけれど、なんとかもがいてあお向けになり、おおいかぶさるように立つ大きな男の子を見あげた。そのあいだじゅう、「ふつうの顔」をしていようとした。でも、うまくいかなかった。こちらを見おろしている目があまりにも楽しげで、なのにこわい顔をしようとしているのがすごくおかしくて、思わずにっこりしてしまう。

「それじゃあなたたち、ほんとうにいるんだ」アンナはまだ半分驚きながら言った。

金髪をお下げにした女の子が、腰をかがめてアンナの顔を見た。「まあ、おもしろい、わたしたちもまったく同じことを言ってたの。あなたがほんとうにいるはずがないって！　はなしてあげなさいよ、アンドルー、もうつかまえたんだから」

「逃げないって、約束するかい？」アンドルーがきいた。

アンナはうなずいた。「どっちみち、今は逃げない」

アンドルーは手をはなした。アンナはすわりなおして、足首をさする。「ごめんよ」アンドルーは前かがみになって、自分の指が残した赤いあとを調べた。「痛む?」アンナは首を横にふる。「きみにさんざん手こずらされたから、きょうはにがすわけにはいかなかったんだよ」

「プリシラがあなたを最初に見つけたの」お下げ髪の女の子が言った。「あの子よ」人さし指を向けられたのは茶色い髪の女の子で、なにも言わずに目を丸くしてこちらを見ている。「わたしはジェーン」お下げ髪の女の子はつづけた。「あっちにいるのが、マシュー。そして、これがローリーポーリー」体ぜんぶがうもれそうなほど必死に穴をほっている小さな男の子を、ぽんぽんとたたく。

「こいつのほんとの名前は、ローランドっていうんだ」マシューが言った。「でも、ぼくらは短く……じゃなく、わざとのばして、ローリーポーリーって呼んでるんだよ。なんか、ちっちゃくて丸っこい感じがするだろ」

「そしてこれが、マシューお得意のジョークってわけ」アンドルーが言った。

「あなたを見かけたって、プリシラはずっと言ってたけど」お下げ髪のジェーンが言った。「わたしたちはみんな、プリシラが想像であなたをつくりだしたと思ってたの。

自分たちの目で、あなたを見るまではね。プリシラったら、今でもあなたのこと、本物だとは思ってないんじゃないかしら」

アンドルーがアンナのふくらはぎをつまんだ。「でも、これはじゅうぶん本物だよ。ほら、プリシラ――この子はおまえと同じように、しっかりとした本物だ。年がら年じゅう頭の中で女の子を想像しては、そのつくり話ばっかりしてるから、こんな目にあうのさ」アンドルーはアンナに向きなおった。「それにしても、日焼けしてるなあ！　ここには長いことといるの？　名前は？」

「アンナ」

「ふうん」なんだかがっかりしたみたいな声を出してから、アンドルーは笑った。「ぼくら、きみのために、とってもすてきな名前をいくつも考えてたんだよ。マーガリートに、マーリーンに、マデリーンに――」

「メラニーに、マリアンヌに、マリエッタ」ジェーンがつけくわえた。

「それから、メアリー・アン」とマシュー。

「メアリー・アンは、ちょっと地味だけどね」ジェーンがまぜっかえした。

「でも、どうしてぜんぶMではじまるの？」アンナは興味をそそられてきいた。

「プリシラが言いだしたの」とジェーン。「ぜったいにMではじまる名前だ、って」

プリシラはジェーンを横目で見たけれど、なにも言わなかった。

「プリシラは、きみのためにとっておきの名前を考えてるんだけど、だれにも教えようとしないんだ」アンドルーが笑った。まだひとことも話そうとしないプリシラは、そっぽを向くと、足の親指の先を使ってうわのそらで砂にジグザグの線を書きはじめた。

「アンナに教えてあげたら?」アンドルーが言った。「こうして会ったんだからさ」

プリシラは答えずに、頭をふって髪で顔をかくした。

「プリシラをいじめないで」ジェーンが言った。けれどプリシラは、さっさと砂浜のほうへ行ってしまった。

ほかの子たちとアンナも立ちあがり、いろいろしゃべりながら、同じ方向へのんびり歩いていった。学期が終わる一週間前から学校を休んで、家族そろってここの新しい家へ来られたのは運がいい、とアンドルーたちは話した。まだ大工さんたちが作業をしているけど、母さんは家の中をきれいにととのえるのに、一日じゅう忙しい。だからローリーポーリーがじゃまにならないように、こうしていつも連れて歩いている。父さんは、この週末に来ることになっている。リトル・オーバートンって、すばらしいところだよね、父さんと母さんはイースターにここへ来て、新しい家を見たんだけど、ぼくらはこの家を買ったあと、学期の中休みまで見られなかったんだ、その日はみんなそろって、この家を見にきたんだよ。

みんなが話している「新しい家」というのは湿地屋敷のことだな、とアンナにはわかった。あの屋敷が「新しい」と言われているのは、なんだか変な感じだった。それに、ひらけた場所を、見つかる心配なしにもう一度こうして歩いているのも、変な感じ！　アンナは急に自由になった気がし、砂の斜面をかけおりて、広々とした砂浜へ出ると、くるりくるりと側転をはじめた。

ほかの子たちも、すぐにまねをした。ローリーポーリーまで、まねしようとしたけれど、ぽっちゃりしすぎてできなかった。そこでみんなは、かわりにローリーポーリーの両足を持ちあげ、手押し車の競走をさせてあげようとした。でも、ローリーポーリーはとちゅうでぐにゃりとつぶれ、うれしそうにキャッキャと笑った。ジェーンがローリーポーリーに、あんたはひとりで、でんぐりがえりしてなさいと言いきかせ、ほかの子たちは逆立ちで歩く練習をはじめた。プリシラだけがひとりで水ぎわまで行き、踊るように歩いていた。

アンナは立ちどまって、プリシラを見つめた。プリシラは片足の先を砂につきたて、横向きのおかしな動きで、あちこちへ体をひねっている。アンナがもっと近づいて見ると、プリシラはさっきのように足の親指を使って、なめらかなかたい砂の上に、長くのびるジグザグの線を書いていた。プリシラがものすごく真剣で、夢中になっているので、アンナは不思議に思った。

「あの子、なにしてるの?」アンナは隣に来たジェーンにきいた。

「だれ、プリシラのこと?」ジェーンは水辺へ目をやった。「ああ、たぶん、自分だけの秘密のゲームでもしてるんでしょ。あの子ったら、ここのところ、秘密ばかり──おかしなことを思いつくのは、いつもなんだけど。だからわたしたち、あなたのことも、あの子が想像でつくりだしたと思ったのよ!」

それからジェーンは、海へ向かってよちよち歩いていたローリーポーリーを助けに走った。「ほら、ローリーポーリー、おうちへ帰る時間よ! 帰って、お母さんを捜しましょう」

ほかのみんなも、もう帰る時間だった。そこで、持ち物を取りにぶらぶらと砂丘へもどった。

「あしたも来るかい」アンドルーが、リュックサックにきょうだいのトレーナーや靴をつめこみながらきいた。アンナは、うんと答えた。

「それじゃ、ぜったいに姿を見せてくれよ。より目の妖精《ようせい》みたいに、こそこそ葦《あし》の中にかくれるのは、なしだからね！」

「なんで？　わたし、より目じゃないよ」変なことを言われてこんなに楽しい気分なのは、はじめてだ！

「うん、そりゃ、より目じゃないけど、そうなるかもよ。あんなに長いこと、ぼくらのことを葦のあいだからにらんでいたらさ。まったく、ぼくらのほうがより目になっちゃうかと思ったんだ。こっちのほうで、きみの姿を見かけたと思ったのに、ぱっと向きを変えたら、また別のところにいるんだもんな。プリシラはすっかりきみのことを――ええと、なんて言ってたっけ、ジェーン」

マシューがさけんだ。「ろうれい！」

「うん、それだ――いや、ちがう、ろうれいじゃないよ、ばかめ。ろうれいは、おじいさんおばあさんのことだ。亡霊、って言ってたのさ、プリシラは。不思議な亡霊みたいだ、って。まったくプリシラときたら、近ごろなにを読んでるんだか」アンドルーはリュックサックをぐいっとかついだ。「じゃあ、さよなら。またあした」そして、湿地のほうへ歩いていった。

「またあちた」ローリーポーリーがよろめきながら、大あくびをした。ジェーンがかがみこんで、ローリーポーリーを抱きあげた。

「それに、そのつぎの日もね」マシューがにやりと笑った。そして、ジェーンがローリーポーリーをおんぶするのを手伝った。

「ちゅぎのひもね」ローリーポーリーのまぶたは、もうとろんと落ちている。

ジェーンがあたりを見まわした。「プリシラはどこ？　まだ砂浜にいるのかしら。わたしたちは帰るって、伝えてもらえる、アンナ。ローリーポーリーがこんなにおねむだから」ちょうどそのとき、プリシラが砂丘をかけあがってきた。「ああ、やっと来た。ねえ、急いで」ジェーンは言った。「男の子たちは帰っちゃったわよ」

アンナはプリシラが靴を探すのを手伝った。靴はもう半分ほど、細かい砂にうもれていた。「あそこでなにをしてたの？」アンナはまだ不思議だったので、たずねた。「別になんにも。考えてただけ」プリシラは秘密めいた、はずかしそうなほほえみをうかべて言った。「見たかったら見てもいいよ」

プリシラはジェーンを追いかけて、走っていった。それからくるりとふりかえると、大きく手をふった。そしてほとんど姿が見えなくなるまで、そのまま手をふりながら、うしろ向きに歩きつづけていた。

アンナは幸せな気持ちで深く息をついて、まわりを見た。砂浜は急に静かになっていた。ほかの人たちも、みんな家へ帰ったらしい。アンナはもう一度、水ぎわへ行ってみた。でも、見るものはなにもなかった。砂の上には絵も文字も書かれていなかった。プリシラの名前さえ残っていない。あったのは、プリシラのはだしの足あとと、とぎれとぎれの長いジグザグの線だけだった。アンナは自分がなにを見るつもりだったのかわからなかったけれど、少しがっかりした。

潮が満ちてきた。すべてに、もやがかかったような、湿気の多い夕べだ。アンナが夢見るようにながめていると、さざ波が砂浜に打ちよせて、ジグザグの線のはしっこに届いた。波がひとつ、ジグザグの線の真上にかかって、こわしていく。波が引いたとき、砂の上に残ったのは大きなMの字だけだった。

マーニーのMだ。アンナはそれを見つめながら思った。そうか、ぜんぶMだったんだ。とぎれとぎれのジグザグの線だと思っていたものは、大文字のMがプリシラの歩いたぶんだけ長く列になって連なったものだった。どうして、さっき見たときはわからなかったんだろう。マデリーンのMに、マーガリートのMに、メラニーのMに、そのほかのM。アンナはあの子たちが考えてくれた、たくさんのすてきな名前を思い出して、にっこりした。平凡な「アンナ」じゃ、たしかにちょっと残念だ。

湿地をぬけてゆっくりと家へ帰りながら、アンナは考えていた。わたしが気づいてもいないうちに、ものごとが変わってしまったなんて、すごく不思議だ。この前までは、マーニーが本物で、あの五人はそうじゃなかった。今では、あの五人が本物で、マーニーはちがう。それとも、変わってしまったのは、わたしのほうなんだろうか。

25　リンジーきょうだい

アンナは、今ではマーニーのことをほとんど思い出せなくなっていた。夜、月の光がアンナの部屋の低い窓からさしこんでくるときに、ベッドの中でたまたま目をさましていれば、ふと絵のように浮かんでくるくらいだ。砂丘をかけまわるマーニー。たそがれの中でボートに乗っているマーニー。それに、あのつらい別れの朝に、窓辺で泣きに泣いていたマーニー。それを思いおこすと、アンナも少し泣けてきた。そして、ああ、あのときマーニーを許してあげて、ほんとうによかった、たとえマーニーが本物の人ではなくても、許してあげてよかったと思い、それから安心して眠りにつくのだった。

でも昼のあいだは、マーニーは思い出のまぼろしでしかなかった――そして、すぐに、まぼろしでさえなくなってしまった。

リンジーきょうだいが本物の人なのは、疑いようもなかった。みんな元気いっぱいで、しかも五人もいる。いちばんわかりにくいのはプリシラだとアンナはわかってきた。みんなとゲームをしているまっ最中でも、プリシラはなにか大事な考えごとがあるというふうに、ふらりとどこかへ行ってしまうくせがあった。なのに、ほかの子たちといっしょにいるときには、友だちになりたくてたまらないみたいに、じっとアンナを見つめてくる。まるで、ほかのきょうだいたちと同じようにアンナと気さくに親しくつきあうために、なにか合図をもらうのを待っているようだった。

リンジーきょうだいと知り合ってから数日後のある午後、アンナはローリーポーリーが浅い潮だまりにおもちゃのボートをうかべるのを手伝っていた。さっきまで、全員そろって砂浜でクリケットをしていたけれど、ゲームが終わってアンドルーとマシューは小エビとりに出かけた。プリシラはひとりで砂浜の向こうへ行ってしまった。アンナが見ていると、プリシラは砂にひざをついて、とてもていねいに自分の前になにかを並べているのがわかった。

プリシラは、そばにあるものをときどきつまみあげては、自分の前に並べたなにかにつけくわえていた。それから、しゃがんだままちょっと体を引き、首をかしげて考えぶかげにそれをながめる。いったい、なにをしてるんだろう？　アンナはプリシラのところへ行って、その答えを知りたかったけれど、ローリーポーリーをひとりきりにするわけにはいかない。ジェーンが持ち物を取りに砂丘へ行ったので、アンナはそのあいだローリーポーリーを見ていると約束していた。アンナは立ちあがり、ローリーポーリーをさっと抱きかかえて、いやだと言う前にあそこまでかけていっちゃおうかな、と考えていた。ちょうどそのとき、ジェーンが走ってもどってきた。

「おもりをしてくれて、ありがとう、アンナ。助かったわ。そろそろ連れて帰らなきゃ」ジェーンは砂浜を見わたした。「みんな、どこへ行ったの」

「男の子たちは、入江のほうへ小エビとりに行ってる」

「そう、それじゃ、帰りがけに大声で呼べばいいわね」

「プリシラには、わたしが伝えておこうか？」

「ううん、だいじょうぶ。持ち物のところに、メモを残しておくから。ね、うちへいらっしゃいよ。いっしょにお茶を飲みましょ。うちのお母さんなら、気にしないわ。わたしたちがお客さんを連れてくるの、好きだから」

アンナはためらった。でも、ジェーンは言った。「あら、かたくるしいお茶じゃないのよ――菓子パンとか、そんなものがあるだけ。だから、ぜひ来てちょうだい！」

「そうしたいんだけど――」

アンナはまだぐずぐずしながら、プリシラのほうを見た。

「ああ、あの子のことは気にしないで。プリシラは、じゃまされるのがきらいなの。自分がいいと思ったときに来るわ。メモを残しておけばいいし」ジェーンはちらりとアンナを見た。「プリシラは人に冷たいとか、そういうのじゃないのよ。そんなふうには思わないでね。あの子はただ、ひとりでぼんやりしてるのが好きなの」

「ああ、うん、冷たいなんて思ってないけど」

砂丘へのぼってメモを残してから、ジェーンとアンナはローリーポーリーをあいだにはさんで歩いていった。とちゅうで、遠くにいる男の子たちに、先に帰るよと大声で呼びかけた。

土手の上の小道を歩いて、通用口から湿地屋敷へ入るのは、アンナにとっては変な感じだった。でも、中へ入ると、そこはすっかり別の家のようだった。廊下にはローリーポーリーのベビーカーや三輪車がいっぱいに置かれ、何台もの自転車が壁に立てかけられている。玄関ホールには、いくつもの木箱につめられた本があり、半分ほど中身が出されていた。さまざまな家具が、山のように積みかさなっている。

「見てのとおり、まだちゃんと荷ほどきもできてないのよ」ジェーンはそう言うと、お母さんを捜しに走っていった。

ミセス・リンジーはジェーンそっくりで、ただ少しふっくらしていた。おもしろがるような灰色の目は、アンドルーといっしょだ。ミセス・リンジーは、アンナのことを前から知っていたみたいに、こんにちは、元気かしら、と挨拶《あいさつ》した。そしてもちろん、お茶をどうぞ、と言った。

「でも、ちらかっているのは、かんべんしてね。大工さんが上の部屋をしあげてくれるのを、まだ待っているところなの。きのうの夜なんか、マシューは玄関ホールで寝なくちゃいけなかったんだから」

「そう、あの子、玄関ホールでねたのよね！」ジェーンが言った。「そして、今夜はわたしの番。そうでしょ、お母さん」

ミセス・リンジーはアンナにほほえみかけた。「うちの子たちったら、こういう順番をめぐって、喧嘩《けんか》ばかりするのよ。わたしだったら、寝室のほうがいいけどね！ジェーン、アンナにうちの中を見せてあげて。お茶はいつもみたいに、〈クマ小屋〉に用意してあるから」そう言って、折りたたんだカーテンを拾いあげた。「わたしはこれをつるしてこなきゃ」

ジェーンはアンナの驚いた顔を見て、声をあげて笑った。「〈クマ小屋〉っていうのは、わたしたちの部屋のことなの、すぐに見せてあげる。お母さん、みんなでドーナツを食べてもいい？」

「ええ、もうテーブルに置いてあるわ」

アンナは階段のあがり口の壁にかけられた一枚の水彩画をながめた。舟着き場と入江に浮かぶ何そうものヨットの絵だ。

「それ、ギリーがかいたの」横にやってきたジェーンが言った。

「ギリーって?」アンナは小さな声できいた。

「わたしたちのおばさんみたいな人――お母さんの古い友だちよ。ほんとの名前は、ミス・ペネロピー・ギルっていうんだけど、みんなギリーって呼んでる」

「ギリーの前で、ペネロピーなんて言っちゃだめよ」ミセス・リンジーが笑いながら言った。「ギリーはその名前がきらいなの。なぜだかさっぱりわからないけど。きっと、ギリーが若いころは、はやらなかった名前なのね」それから階段をのぼりかけて、手すりごしに見おろした。「ジェーン、あとのみんなも帰ってくるの?」

「うん、帰ってくるとちゅうで呼んだから」

「ありがとう」ミセス・リンジーはアンナに向かってにっこりした。「好きなだけいていいのよ。おうちのかたは、あなたがここにいることを知ってる?」

アンナは首を横にふり、はずかしそうにもごもごと、だいじょうぶです、帰る時間はとくに決まっていないから、と言った。

「なら、よかったわ」ミセス・リンジーは体をかがめ、あとから階段を一段一段のぼってきたローリーポーリーをかかえあげた。「ほら、いっしょに上へ行きましょう」ぎゅっと抱きしめる。「ジェーン、ほかの子たちがこっちへ来るのが見えたら、ベルを鳴らしなさいな。じゃないと、あの子たち、帰ってくるとちゅうなのを忘れて、道草やらなんやらをはじめちゃうわ」

「あ、そうね！」ジェーンは走っていって、ドアの上の棚から大きなカウベルを取ってきた。「見て、アンナ、すごいでしょ。この家にもともとあったの。ふつうのカウベルの二倍は大きいわ。入江のまん中あたりにいても聞こえるのよ。アンドルーがきのう試したの」

「入江のまん中あたりにいても聞こえるのよ」……ほんのつかのま、アンナは前にもどこかで、たしかにこの言葉を聞いたと思った。でも、どこで？　……いつ……？　思い出そうとすると、頭がまっ白になる。

ジェーンは窓辺でベルを持って入江を見わたしていた。「来た、来た！」

ジェーンがベルを鳴らした。アンナは大きな窓の横にある細い窓から外を見た。ほかの子たち――遠くにいるので、紺色の点にみえる――は、こちらへ向かって入江をかけだした。

26　プリシラの秘密

五分後、リンジーきょうだいとアンナは、〈クマ小屋〉と呼ばれている天井の低い細長い部屋へいっせいに入っていった。壁にそって、ぐるりとしつらえられた棚には、おもちゃや本やボードゲームがぎっしりならんでいる。部屋のまん中には、おやつののった長いテーブルが置かれていた。

ジェーンは台所へティーポットとミルク入れを取りにいった。プリシラは男の子たちより少し先に走りこんできて、アンナのために椅子を引き、自分は隣の椅子にすばやくすわった。そして、目をきらきらかがやかせて、アンナのほうを向くと、にっこりと笑いかけた。

アンナもにっこりした。「砂丘に置いてきたメモ、読んだ？」

「うん、だから走ってきたの」

男の子たちが入ってきて、菓子パンやドーナツにかぶりつきはじめた。ジェーンが紅茶とミルクを注ぐ。みんながいちどきに大声でしゃべった。

「すすめられるのを待ってないで」アンドルーが言った。「ほしいものは、まだあるうちに取らないと、食べそこなうよ。でも、まあ、最初だけは、ぼくがドーナツをすすめてしんぜよう」

さわがしいおしゃべりにまぎれて、プリシラが声をひそめてアンナに言った。「砂浜へもどってきてもらいたかったな。ずっと話したかったんだよ」

「ほんと？」アンナはうれしかった。「言ってくれればよかったのに」

「ほかの子たちのいるところじゃ言えなかった」プリシラはテーブルのまわりに、さっと目を走らせた。「あなたに最初に気づいたの、あたしなんだ。ほかの子たちは、まだだれも気づいてなかった。部屋の窓から見たの」プリシラは声を小さくして、わざとゆっくりきいた。「あたしの部屋がどこだか、わかるでしょ」

アンナはちらりとプリシラを見た。「ああ、二階にあって、入江を見わたせる、あの部屋？」

「そう、いちばんはしっこの部屋」プリシラは秘密めかした満足そうなほほえみをうかべ、ジャムをぬったパンにかじりついた。そしてすぐに、また同じ低い声でささやいた。「こないだ、あたしたちがつかまえたとき、いやだった？　はじめのうち、ちょっとこわがってるみたいだったから、悪かったなって思ったの。ほんとは、あたしひとりでつかまえたかった。ほかの子たちのいないときにね。そのほうがおもしろいと思ったのに、やっぱりアンドルーが先につかまえちゃった。いっつもそうなんだから」

「アンドルーが、いっつも先にどうするって?」本人がテーブルの向こうから大声で言った。「こそこそ話はやめたまえ、そこのおふたりさん。知ってるかい、アンナ、プリシラはきみを自分のものだと思ってるんだよ。出会う前から、きみについての話をつくってた、ってだけの理由でね」

「そうなの?」アンナはプリシラのほうを向いた。「どんな話?」

プリシラはにっこりして、なにも言わなかった。

「プリシラがきみのために考えてた秘密の名前は、もう聞いた?」

「そうそう、教えて!」ジェーンが言った。「なんだったの」

アンナは首を横にふった。「まだ聞いてない」

期待をこめてプリシラを見たけれど、プリシラはひとこともしゃべろうとしなかった。すてきな空想の世界にひたりきっているかのように、ひとりでにこにこしながら静かにすわっている。でも、そのあいだじゅう食べつづけていて、まるで心が別のところにあるように見えるのに、つぎからつぎへと菓子パンを口の中へほうりこんでいく。アンナはびっくりした。プリシラは、リンジーきょうだいの中でいちばんやせているからだ。

アンナ自身も、ふだんよその家へ行ったときよりよく食べた。お茶に呼ばれていって、こんなに楽しかったのははじめてのような気がする。ミセス・リンジーがその場にいなかったので気が楽だったということもあるかもしれないけれど、一、二度部屋へ入ってきたときも、アンナのことをごくあたりまえのように受けいれていたので、アンナは知らないうちにすっかりくつろいでいた。

お茶がすむと、みんなで台所へ行って片づけをした。どこになにがしまってあるのか、アンナにはさっぱりわからなかったけれど、役に立つところを見せたくてうろうろしていた。そのとき、プリシラがかけこんできて、ふきんをわたすふりをしながら、アンナの耳になにかすばやくささやいた。

アンナはよくわからなくて、顔を近づけた。

プリシラがもう一度ささやいた。「砂浜に置いてきたよ」

「なにを?」アンナはとまどった。

「あなたの——あなたにつくってあげたの。いつもみたいにあそこに最後まで残ってて、見つけてくれると思ったんだ。きれいにできたよ」

「あした見るね」

「あしただと、なくなってる。満ち潮になったら、流されちゃうから」

プリシラは期待をこめた目で見つめている。アンナは急いで考えた。満ち潮までは、まだ時間がある。なんであれ、うちへ帰る時間になってから、急いで走っていけば見られるだろう。でも、まだ帰りたくなかった。こんなにすぐには帰れない!

「ここを出てから、海へよって見るね」アンナが言うと、プリシラは熱っぽくうなずいた。「いったい、なんなの?」アンナはほほえんだ。

プリシラはうつむいて、まつげの下からアンナを見ながら、ささやき声で言った。

「あなたの秘密の名前」

アンナがもっと質問する前に、プリシラは飛びはねるようにして向こうへ行ってしまった。それから一時間ほどのあいだに何度か、アンナはプリシラがさっきと同じ、ひとりでわくわくしているような顔でこちらを見つめているのに気づいた。大切に守ってきた秘密をアンナとわかちあえるときが来るのが、すごく楽しみらしい。でもふたりは、もう言葉を交わしはしなかった。

そのうちにマシューが、つづいてプリシラがおふろに入りにいかされ、ミセス・リンジーがやってきて部屋を片づけはじめた。ジェーンは二階へ行って、ローリーポーリーに歌をうたってやっている。ローリーポーリーはちょっと前に眠くて寝てしまったので、今はすっかり目がさめていた。アンナはミセス・リンジーがボードゲームを棚にもどすのを手伝った。そのかたわらでは、アンドルーが窓辺のベンチに腹ばいになって、あくびをしながら窓の外の入江を見ていた。

「さあ、これでよし！」ミセス・リンジーはふりむいて、アンナに笑いかけた。「おうちへ帰る時間よ」やさしく言う。「アンドルーを見てごらんなさいな、ベンチから落ちそう！　ねえ、ぜったいにまた来てちょうだいね。いつでも好きなときに。片づけを手伝ってくれて、ありがとう」ミセス・リンジーはもう一度にっこりすると、アンナの返事を待たないで部屋を出ていった。

アンナは突然言葉が出なくなって、ミセス・リンジーをぼんやりと目で追った。玄関ホールへ行くと、ミセス・リンジーはもう台所で忙しく動きまわっていた。半びらきになったドアから、鼻歌をうたいながら食料置き場の棚を整理するうしろ姿が見えた。アンナは出口がわからなくてちょっとまごついたけれど、通用口を見つけて無事外へ出た。そして、音をたてずにドアを閉め、それからかけだした。

よその家におじゃまするのがこんなに楽しかったことは、ほんとうに今まで一度もない！　アンナが「きょうはお招きありがとうございました」というときになると、いつも声が出なくなってしまうことを、ミセス・リンジーはよく知っているみたいだった。さよならを言う機会もくれなかった。それはまるで、きちんとしたお別れの挨《あい》拶《さつ》をしないことで、アンナが出ていってもドアをあけっぱなしにしておいてくれるようなものだった。好きなときに、ほんとうにいつでも帰ってこられるように。

アンナはほっぺたを赤くし、目をかがやかせてペグさんの家へ帰ると、びっくりしているペグのおばさんに向かって、すぐにもどると言いのこし、もう一度海辺へ行った。

砂浜に着いたときには、もう潮が変わっていた。空はくもり、砂浜はうす暗く人気《ひとけ》がなくて、昼間にクリケットをしたまぶしい場所とはまったくちがっていた。ほかの女の子が砂の上に書いたものを見るためだけに、こんなところまで来るなんてばかみたい、とアンナは思った。それでも、来たかった。プリシラのことが好きだったし、自分と秘密をわかちあいたいと思ってくれていることがうれしかった。たとえ、その秘密が子どもっぽいものだとしても。

水ぎわまで歩いていったとき、アンナはそれを見つけた。貝がらや海草の切れはしがていねいに並べられ、ひとつひとつの文字を形づくっている。そうやって砂の上に書かれた名前は「マーニー」だった。

27　プリシラが知ったわけ

「でも、なんで知ってるの？」アンナはいまだに驚いていた。「どうやってあの名前を思いついたの？」

つぎの日の朝だった。アンナとプリシラは、湿地屋敷の裏の塀についている石段のてっぺんにすわっていた。アンナはプリシラにまた会うのがほとんど待ちきれず、会うなりたずねたのだった。

「あれ、気に入った？」プリシラは知りたがった。「きれいだと思った？」

「うん、うん、すてきだった。でも、どうしてわかったの？」アンナはもう一度言った。

「じゃあ、話してあげる。はじめは、よくわからなかったの――だから、ずっとたしかめたいと思ってた。でも、あなたがあたしの部屋を知ってるって言ったとき、やっぱりねって思ったんだ。きっとそうだろうって思ってたんだけど――どうしてもわからないことが、いくつかあったから。えっと、たとえばそう、これを見て」プリシラは身を乗りだして、塀の外側にぶらさがっているさびた鉄の輪を指さした。「ね、これわれてる——すっかりさびついちゃって。こんなものに、どうやってボートをつないだの？　ほかに鉄の輪はないんだよ。かわりに使えそうなものも、なにもない。あたし、そこらじゅう探したんだから」

「なに——なにを言ってるの」アンナはとまどって、プリシラを見た。

「ええとね、暗いときに——ほら、あなたは寝巻きでボートに乗ったりしてたでしょ——そういうとき、なににボートをつないだのかなって思って。この輪がこんなに——」

アンナは口をはさんだ。「プリシラ、教えて——あなたはそういうことを、どうやって知ったのか」

「ノートに書いてあったから」プリシラはささやき声で言った。

「ノートって？」

プリシラはあたりを見まわして、だれもいないことをたしかめた。「あたしの部屋で見つけたんだ。大工さんが壁の棚をはずしたら——かわりに、しっかりしたつくりつけの小さな洋服だんすをこしらえてもらうんだけど——ノートが棚のうしろにはさまってたの。あたしたち、その日にここへ着いたとこで、大工さんがノートを引っぱりだしたとき、あたしはちょうど自分の部屋にいた。だから、とっておいたの。あたしの部屋だから、あたしの秘密だし」

「どんなノートなの？」アンナは興味しんしんできいた。

「ふつうの古い練習帳。表紙に〝マーニー〟って書いてあって、中は日記みたいな感じ。破れてるページが多いから、書いてあることはそんなにたくさんじゃないんだ。でも、いろんなことがわかったよ。それで、あなたがだれだかわかった、ってわけ。だけど、どうして自分のことアンナって言ってるの」

「それが名前だから。もしかして――わたしのこと、だれか別の人だと思ってた？」

プリシラは顔をくもらせた。「あなた、マーニーじゃないの？」小さな声で言う。

アンナはあわてて首をふった。「ちがう、ちがう、だけど――」

プリシラはぼんやりとアンナを見つめた。「じゃあ、どうしてけさもどってきたの？　なにをしにここへ？」がっかりして腹を立てたせいで、プリシラの目にみるみる涙がたまった。「あなたのこと、マーニーだと思ったのに。きっとそうだと思ったのに」プリシラがすっかりしょげかえってしまったので、アンナはなぐさめてあげたいと思った。けれど、自分の頭の中もぐちゃぐちゃで、きちんと考えるのがむずかしかった。

「そうだ」プリシラが言った。「マーニーって名前じゃないなら、どうして反応したの？　『なんで知ってるの？』ってきいたのは、あなたのほうだよ！」

「あのね」アンナはゆっくり言った。「マーニーなんて人は、いないんじゃないかな。なんていうか――想像上の女の子みたいなもので。わたし、前に、前に――」

「前に、どうしたの」

「前に、想像で女の子の友だちをつくったことがあるの――さびしかったから。今じゃ、ほとんどおぼえてない。なんだか、すごく昔のことみたい……」アンナは水面をじっと見つめた。水は石段のいちばん下に打ちよせはじめていた。「思い出せたらいいのに……」アンナは突然プリシラに向きなおった。「でも、あなたもその子のこと知ってたんだ！　おもしろいね――ふたりで同じ女の子のことを想像してたなんて！」

プリシラはぴょんと立ちあがった。「待ってて！　ちょっとここにいて。見せてあげるから」そう言うと、家の中へかけこんでいった。

プリシラはすぐにもどってきた。なにも持っていないようだったけれど、トレーナーの下になにかを入れて、上からしっかりおさえている。興奮で目がきらめいていた。

「ほかの子たちには見られたくない。下へおりよう」

ふたりは下の段へおり、よりそってすわった。ここなら家の中からはまず見えないはずだ。一瞬アンナは、ずっと前にも、別のだれかとここにすわったことがあるという、奇妙な感じをおぼえた。でも、横を見るとプリシラがいて、その奇妙な感じは消えていった。

「ほら、これ」プリシラはトレーナーの下からノートを引っぱりだし、アンナのひざに置いた。しわがよって破れた、うすいよれよれの練習帳で、灰色がかった緑の色あせた表紙がついている。表紙には大きく〝マーニー〟と書いてあった。「いいよ、読んで」プリシラが言った。

ページをパラパラめくると、子どもっぽい丸い字で、半分ほどうめられている。アンナは数行読んでみた。

　ここに友だちがひとりでもいるといいのに。村の子たちが、ときどきわたしの窓の下の舟着き場へやってきて、リケリスのひも形キャンディを食べたり、ないしょ話をしたりしている。わたしもおりていって、いっしょに遊べたらいいのに。

「これで思い出した?」プリシラがアンナの顔をのぞきこみ、笑いながら言った。「まさか、こんなにいろいろ書いて、ぜんぶ忘れちゃうはずないよね。でも、あたしたちふたりで同じ想像をしてたなんて、おもしろい! あなたがこの子を思いついたんでしょ。だけど、もう忘れちゃったなら、今じゃあたしのほうがこの子をよく知ってることになる。おかしな子だったみたいね」

アンナはノートをじっと見つめて、手の中でひっくりかえした。「でも、わたし、これ書いてないよ。ほんとに、今まで見たこともないし」

「書いてない? 書いたに決まってるよ。ずっと前、まだちっちゃいときにこれを書いて、あの棚のうしろにかくしたきり、すっかり忘れちゃったんじゃない?」

「でも、どうやったらわたしがあの部屋へあがっていって、これを棚のうしろにかくせるの?」

プリシラは口をぽかんとあけた。「だって、ここに住んでたんでしょ」

「ううん、住んだことなんかない」ふたりは驚いて、おたがいを見つめあった。「なんで、わたしがここに住んでたなんて思ったの?」

プリシラは両手で頭をかかえて、指で髪をくしゃくしゃにした。それから、びっくりして、とほうにくれたような顔でアンナを見た。「だけど、あたし、ずっとそうだと思ってたんだよ！　はじめて見かけたときからずっとね。ちょっと考えさせて――そう、うちのみんなでここへ来た日だった。車からおりたとき、あなたが門から走って出てくのを見たの。『あっ、女の子だ！』って言ったんだけど、だれも見てなかった。それから家の中へ入ったら、あたしの部屋に大工さんがいて、ちょうどこのノートを棚のうしろから引っぱりだしたとこだった。そのときは、ちゃんと読む時間がなかったから、パラパラ目を通しただけ。でも、前にここに住んでた人のだな、ってのはわかったから、かくしておいて、あとで読んだの。

そのあとも、何度かあなたを見かけた。あなたはいつもひとりで湿地か砂浜にいて、それで思ったんだ、あの子はノートに出てきた女の子じゃないかなって。ノートの子も、いつもひとりぼっちで、砂丘で追いかけっこをしてたみたいだから。でも、みんなに話したら、想像でつくってるだけだって言われて――」プリシラは言葉を切り、さっきと同じ困ったような様子で髪をかきむしった。

「だけどあたしには、あなたがノートの子だってわかってた。だって、あなたはこの家の窓を――とくにあたしの部屋の窓を――見あげてたもの。なのに、ほかのみんなはだれも、あなたを見たことがない。そのあと少ししてから気がついたの、あなたは自分のボートを持ってないって――ノートの子は持ってるのに。それに、あの輪がさびてることとか、ほかにもいろいろね。そのうちに、あなたはお化けみたいなものなんじゃないかって考えはじめた。だから、あたし以外の人には見えないのかも、って。そんなわけで、ある日、大工さんにきいてみたの。黒っぽい髪ですごく日焼けしてる、いつもひとりぼっちの女の子を知ってますか、って。大工さんは、知ってる、って言った。お嬢ちゃんたちが着いた日にも、ここへ来てたよ、って。どうして来てたのかもきいてみたんだけど、大工さんにはわからなかった。ただ、昔ここに住んでた人たちのことをその子がたずねてたって、教えてくれた。それで、ぜったいにあなたがマーニーだって思ったんだ。もしかしたら、あのノートを探しにもどってきたのかも、って。だけど大工さんは、あなたの名前はアンナだって言う。ずっとわけがわからなかったんだけど、そうか、きっと昔ここに住んでたことを秘密にしときたいんだ、って思いついたの。だから、だれにも言わなかった。けど――」プリシラはためらった。「そのときだって、あなたが本物の人間か、それともまぼろしみたいなものか、まだよくわかんなかったよ」

アンナはプリシラを見つめた。「だけど、このノートは本物でしょ。でも、わたしは書いてない。ってことは、マーニーは想像でつくられた女の子じゃない。これ、マーニーが書いたんだよ！」

28　ノート

プリシラとアンナは、ふたりでいっしょにそのノートをじっくり読んだ。プリシラは、ほとんどすべてをそらでおぼえていたけれど、アンナにとっては、ぜんぶはじめてだった。それなのに、読んでいるうちに、だんだん知っているような気がしてきた。まるで、前に聞いたのに忘れていた話みたいに。心の中にはっきりとよみがえる出来事が、いくつもあった。昔知っていたのか、聞いたことがあるのか——アンナにはどちらかわからなかった……。

五月三十日

日記を書くことにした。（「日気」が線で消され、そばに「日記」と直されている。）自分のためだけに書くのだから、きちんとしていなくてもかまわない。きょうはなにもなかった。

五月三十一日

ここに友だちがひとりでもいるといいのに。村の子たちが、ときどきわたしの窓の下の舟着き場へやってきて、リケリスのひも形キャンディを食べたり、ないしょ話をしたりしている。わたしもおりていって、いっしょに遊べたらいいのに。

六月三日

ああ、おもしろかった！　きのうの夜は、寝巻きでボートこぎに行った。満ち潮で、けっこう暗かった。またやるつもり。あの人たちは台所にいて、ぜんぜん気づいていなかった。

六月五日

お父さまとお母さまが来てくれた。わたしって、ほんとうにめぐまれているわ！　でも、お母さまはお父さまといっしょに、月曜日に帰ってしまうんですって。いっしょに連れていってくれたらいいのに。けれど、ここのほうが空気がいいらしい。それでもわたしは、すごくめぐまれている。おなかをすかせた子たちがたくさんいるし、ベルギーの子どもたちは、鉄砲や戦いの音で夜中に目をさます。それなのにわたしったら、プルートをいやがるなんて、ばかみたい。

プリシラが顔をあげた。「変わった子よねえ。ベルギーの子どもたちって、なんのこと？　それに、プルートってだれ？　なんだかアニメ映画に出てきそう」

「犬よ」アンナはゆっくりと言った。「大きな黒い犬。今ふっと頭に浮かんだの。この家で一匹飼ってて、その犬がこわかったんだと思う」

プリシラが驚いた目でアンナを見た。「ああ、うん、たぶんそうよ。頭いいね！　うちの前のとこに、おっきな古い犬小屋があるんだ。木のかげになってたのを、マシューが見つけてね」

ふたりはノートに目をもどして、読み進めた。

六月八日

きょう、ばあやはわたしの髪に、長いことブラシをかけた。家のない子のためにショールを借りたのが、ばれてしまったから。返しておくのをうっかり忘れていたのを、エティがボートの中で見つけた。ばあやったら、ばかみたい。そもそも、どうしてショールなんかいるのよ？　リリーが言うには、ばあやは歯がいたくて、でも歯医者さんへ行きたくないから、夜のあいだは顔をショールでくるんでおくんですって。

「ね、あたしの言ってた意味、わかったでしょ」プリシラが言った。「家のない子にショールをかして、どうして髪をとかされなくちゃいけないの？　マーニーっておかしな子だったんだと思う」

六月十日

ばあやは、かんかんに怒っている。きのうの夜にしたことのせいで、部屋にとじこめられてしまった。寝巻き姿でボートをつないでいるところを、見つかっちゃって。だから、夜のボートこぎは、しばらくおあずけ。

六月十二日

ミス・Qは、もう来ないことになった。お母さんが病気だって言っていたけど、わたしを教えるのにつかれちゃったんだと思う。エティの漫画を読んだ。『塔の中の怪人』っていう漫画。とても不気味だった。

七月　日曜日

きょうはひとりで浜辺へ行った。砂丘に家族が何組か来ていて、それをかくれて見た。向こうからは見られていない。みんな、かたゆでたまごや、イチゴジャムの菓子パンを食べていた。うらやましい！

「これ、あたしたちのことだと思うの」プリシラがそのページを指さしながら言った。「かたゆでたまごを持っていった日があったから。イチゴジャムの菓子パンはなかったけど。でも、ぜったいにあなたがあたしたちのことを書いたんだって思った」アンナはだまって首を横にふり、つづきを読んだ。

月曜日

また浜辺へ行って、ひとりで追いかけっこをして遊んだ。わたしが知らない人をつかまえて、迷惑をかけているなんて、ばあやは言えないはずよ。だって、そんなことはしていないんだから。わたしは、ただ見ているだけ。きょう、草の中にねころがって、じっとしていると、ヒバリがすぐ横の巣におりてきた。もう一冊ノートを手に入れたら、自然観察記録をつけよう。

「ほらね」プリシラが言った。「この子って、いつもこう。ひとりで浜辺へ行って、だれともいっしょにいないで、ただほかの人たちを見てる。あなたもこういうふうだった――いつもひとりで。あたしがこれはあなただってかんちがいしたのも、無理はないと思わない？」

七月九日

きょう、村の子たちがわたしの部屋の窓の下に来て、小さな男の子をいじめていた。男の子はおかしな名前で、アメンボとかなんとかいうの。その子は泣きだしたんだけど、だれかがキャンディをあげたら、泣きやんで食べた。でも、包み紙まで食べてしまったから、またみんなにいじめられていた。おかしな見かけの子だったけど、なんだかかわいそうになった。

七月十一日

エドワードが来た。これから十日間ここにいる。わたしにも、やっと仲間ができた。ちょっと年が花れすぎているけど。

木曜日

浜辺へ行った。

金曜日

ふたりで砂丘に小さな家をつくった。浜辺に打ちあげられていた板を使った。わたしはマーラム草を屋根にした。ひとりで砂の家や庭をつくるより、ずっとおもしろい。

月曜日

エドワードと馬で散歩。

木曜日

きょう、エドワードはわたしに、Pのしつけをさせようとした。こわいものとちゃんと向きあわなくちゃだめだって。がんばったけど、Pはやっぱりこわかった。ずっとワンワン鳴いて、戸びかかってくるんだもの。

「ああ、これ」プリシラが言った。「プルートのPね。あなたの言ってたとおり！　あたし、ここに書いてあったの、忘れてた」アンナはページを見つめたまま、なにも言わずにうなずいた。ページにはちょっと空白があって、最後の日記が日付なしで書かれていた。

エドワードは、わたしを風車小屋へ連れていきたがっている。わたしはぜったいに行かない。このことでわたしをからかうの、やめてくれるといいんだけど。

アンナは目をあげ、なにも言わずに水面を見わたした。風車小屋……これで話はおしまい……なのだろうか？　ああ、思い出せたら！　でも、プリシラにはまだなにも言わないでおこう。まずは自分でなんとかしなくちゃ。

ところが、なにか順序みたいなものを見つけて、自分の記憶をきちんと整理して考えようとしても、結局なにも頭にうかばない。さっきは、なにかを思い出したような気がしたのに。このノートを読んでいるときは、たしかになにかを思い出していたのに。でも、こうしてページから目をはなして、隣にいるプリシラに期待をこめた目で見つめられているうちに、突然頭の中がすっきり晴れわたった。なにもかも単純なことだ。昔、想像でマーニーという名前の女の子をつくった。湿地屋敷に以前住んでいた女の子も、たまたま同じマーニーという名前で、この日記を書いたというだけの話じゃないか。

なのに、この子のことをたしかに知っている、実際に話したことがある、という奇妙な感覚がある……。まるで、夢を思い出そうとしているみたい。思い出そうとしていないときだけ、とぎれとぎれに思い出す。一瞬、頭の中がまっ白になった。

それから急に目がさめたような気持ちになって、プリシラに向きなおり、声の調子を変えずに言った。「わたしはこれを書いてない。それはたしかよ。ということは、マーニーっていう名前のだれかが、ほんとうにここに住んでたんだ。どんな人なんだろうね」そして、立ちあがった。「見て、もうじき潮が足もとまで満ちてくるよ。中へ入って、あなたのお母さんにこれを見せてみない？」

プリシラはためらった。「ずっと秘密にしてたんだけどな」残念そうな声だ。「長いこと、秘密にしてきたのに――まあ、いいや。そうだね、ママに見せよう。だけど、あたしがあなたのことをマーニーだと思ってたのは言わないで。家族みんなであたしをからかって、この先ずっと、家族の笑い話の種になっちゃうもん。そんなの、がまんできない」

アンナはまじめな顔でうなずいた。「うん、それはだまってる。このノートをどうやって見つけたかってことだけ、話せばいいよ」

アンナは、ミセス・リンジーにこのノートを見てもらいたい、とほんとうに思っていた。でもそれ以上に、屋敷の中へもう一度入る言いわけがほしかった。いつでも好きなときにまたいらっしゃい、と言われてはいたけれど、プリシラといっしょに、ちゃんとした理由があって入るほうが入りやすい。

ミセス・リンジーは二階で寝室を片づけていた。そして、昔からの友だちのように、アンナにおはようと言った。「これをたたんでくれる？」縞《しま》模様のブランケットをぽんと投げてよこす。「マシューーったら、どうしてもこれをかける、ってきかないくせに、ちっともかけないのよ。結局このブランケットは、いつもベッドの下でボールみたいに丸まってるの」

アンナは頼みごとをされたことをうれしく思いながら、ブランケットをたたんだ。ミセス・リンジーがもうひとつのベッドをととのえているあいだに、プリシラはマーニーの日記を見つけた話をした。「ほら、これ」トレーナーの下からノートを取り出す。「お願い、ママ、今読んで」

ミセス・リンジーはノートを手にとると、興味深そうにながめた。それから、マシューのベッドに腰かけ、じっくり読みはじめた。

「これは、ほんとうにおもしろいわね」ゆっくりと言う。「かなり古いものだと思うわ。だって、このごろじゃ、ばあやや家庭教師がついている子は、そんなに多くないでしょ」

「家庭教師？」

「ええ、ほらここ――ミス・Qってところ。〝わたしを教えるのにつかれちゃったんだと思う〟ってあるから、この人はたぶん家庭教師よ。このノートは、きっと何十年も昔のものだわ」ミセス・リンジーはページをめくっていった。「やっぱり！　見て、このベルギーの子どもたちのところ。これはぜったいに第一次世界大戦のことを言ってるはず。何年だったかしら――一九一四年から一九一八年にかけて？」

ミセス・リンジーはすっかり興奮して、子どもたちの顔を見た。「このノートは五十年くらい前のものだと思う。こんなものを見つけるなんて、すごいわねえ！」そう言って、アンナへもプリシラと同じような目を向けるので、アンナは、ノートを見つけたのはわたしじゃないの、とぼそぼそ言った。「あら、でも、あなたもなにかの力になってくれたでしょう？」アンナも仲間だと決めつけているらしい。「まあ、どちらが見つけたにせよ、このノートはふたりのものみたいね。すてきだわ」

ミセス・リンジーはノートに目をもどした。「かわいそうに、こんな生活、さみしかったでしょうね。いったいどんな子だったのかしら。このノート、どこで見つけたんですって？　今すぐ教えてちょうだい」

アンナはプリシラの案内で廊下を横切って進み、かつてマーニーが使っていた小さな部屋をはじめて見た。新しく壁紙がはられ、ペンキがぬってある。プリシラはほこらしげに、古い棚のあとにつくりつけられた洋服だんすを見せてくれた。マーニーがここでその日記を書いたころとは、きっとすべてがちがっているだろう。だけど、窓からのながめは同じはずだ。アンナは窓辺へ行って、外を見た。

すぐ下には、舟着き場があった。潮が満ちるにつれ、どんどん幅がせばまってくる。舟着き場に接する入江は、朝の光の中で青く輝いていた。さらにその向こうには、湿地が灰色がかった緑とあわいラベンダー色の入りまじった毛布のように広がっている。ずっと遠くのほうで、ふたつの小さな人影が走ったり水の上を飛びこえたりしていた。ほんとうに小さな人影で、マッチ棒の先ほどの大きさしかなかったけれど、アンナにはすぐにわかったので、ふりかえってミセス・リンジーとプリシラに知らせた。「見て、あれ、アンドルーとマシューよ！」

ミセス・リンジーも窓の前へやってきた。「そうね、あのふたりは小ガレイをとりに行ってたのよ。帰ってくるところみたいだけど、遅すぎたわね、おばかさんたち。あれじゃ、入江を泳いでわたらなくちゃいけないじゃないの」そこでしゃべるのをやめ、両手を窓枠について、湿地や砂丘やその向こうの海を見わたした。「あんなに遠くまで見えるなんて、すばらしいと思わない？　その女の子はここの窓から湿地をながめて、何時間も過ごしたにちがいないわ。湿地を歩いている人のことは、だれも見のがさなかったでしょうね」

「うん、あたしだってそうだよ！」プリシラが言った。「そうやって、最初にアンナを見つけたの。まあ、最初っていうか、二度めぐらいだけど」

「あっ、あそこにアマリンボーがいる！」アンナは入江の向こうのほうで、おもちゃのような舟の船尾に背中を丸めてすわっている、小さな人影を指さした。

「だれ？　どこ？」プリシラがアンナの隣に体をよせて、窓から外を見た。「小さな舟に乗って行ったり来たりしてる、あの年とったおかしな漁師さんのこと？」

「お名前は、なんですって？」ミセス・リンジーがきいた。「アメンボって聞こえたけど」

「ううん、ア――」アンナは言いかけて、口をぽかんとあけた。「アメンボ――アマリンボー――そうか、あの小さな男の子がそうだったんだ！　キャンディの包み紙まで食べちゃった子。ああ！」一瞬、アンナは笑いたいのか泣きたいのか、わからなくなった。キャンディを包み紙まで食べてしまうなんて、いかにもアマリンボーがしそうなことだ。なのに、アマリンボーに小さな男の子だったころがあるなんて、考えてもみなかった。なんてかわいそうな、小さなころのアマリンボー……。同情したとたん、アンナの目に涙がこみあげてきたけれど、だれにも気づかれないように大急ぎでぬぐった。

「きっとそうよ！」ミセス・リンジーが言った。「それこそ、このノートが五十年前に書かれたっていう証拠だわ――いえ、もっと前かもしれない、あのひどく年とった漁師さんの様子からするとね。でも、田舎の人たちって、見かけによらなかったりするから……。ギリーがいらっしゃったときに、きいてみないと。ギリーなら、すべての答えを知っているかもしれないわ」

29　ボートの話

「なんでギリーがすべての答えを知ってるの？」下へおりてから、アンナはプリシラにたずねた。

「ギリーは子どものころ、よくここへ来てたから」プリシラが言った。「知らなかったっけ？　この家まで来てたわけじゃないけど、住んでた人のことはすぐわかるかもしれない。ここが売りに出てるって教えてくれたのは、ギリーなんだ。ママが手紙を書いて、どこか海の近くの家を探してますって出したら、湿地屋敷をぜひ見にいらっしゃいって返事をくれたの。だから、パパとママはイースターのお休みのとき、見に出かけた。そして、あたしたちが今ここにいる、ってわけ。ギリーが来たら、ぜったいに会ってね。きっと好きになるよ」

「どうしてこの屋敷が売りに出てるってわかったんだろう」

「今でもときどきバーナムに来るから、そのとき聞いたんだと思う。こんどここへ来るときは、うちに泊まっていくんだって。わくわくするよね！　だから、ママは準備に大いそがしなの。夏が終わっちゃう前に、来てほしいんだってさ」

ふたりは通用口に立ち、輝く水面を見わたした。入江のずっと向こうのほうで、アマリンボーの小舟が岸辺へ近づこうとしていて、アンドルーとマシューがそれを水ぎわで待ちかまえているのが見えた。

「よかった。アマリンボーがここまで乗せてきてくれるみたい」アンナはあのふたりに、アマリンボーは話しかけられるのがきらいだと伝えてあげられればよかった、と思った。それから腕時計を見て、がっかりした声で言った。「行かなくちゃ。ペグのおばさんに、野菜の下ごしらえをする約束をしてるんだ」

「え、行っちゃうの？」プリシラは残念がった。「男の子たちは、もうすぐ帰ってくるのに。そしたら、みんなでどこかへ遊びにいけるよ。ジェーンはちょっと買い物に出かけただけだし。だから、ぜったいまた来てね！」

アンナはほんとうにまた屋敷をおとずれた。その日のうちに。そしてつぎの日も。そして毎日。とうとうペグのおばさんは、アンナが自分のベッドを湿地屋敷へ運んでいかないのが不思議なくらいだと言いだした。でも、おばさんはそう言ったとき、サムおじさんにウインクしていたし、アンナが幸せそうなのを見て、まちがいなく喜んでいた。おじさんは満足そうに、アンナはいい娘っこだ、口が達者だとは言えんかもしれんが、角っこのサンドラ嬢ちゃんよりずっといい子だよ、と言った。おじさんとしては、元気のいい娘っこが好きだった。そして近ごろのアンナを見て、元気がないなどと言える人は、だれもいなかった。

最近のアンナは、ペグのおばさんより早起きして、着がえ終わっていることがよくあったし、リンジー一家の朝食がすむ前に、湿地屋敷へ顔を出すことも何度かあった。ある朝アンナは、知らない男の人がリンジー一家といっしょにテーブルについているのを見てびっくりした。そして、この人がミスター・リンジーだと知って、もっとびっくりした。ミスター・リンジーが週末にときどき帰ることになっていたのを、すっかり忘れていたのだ。リンジーきょうだいも、アンナが急にはにかみだしたのを見てびっくりした。

「あらやだ、アンナがうちのお父さんのこと知らないの、すっかり忘れてたわ」ジェーンが言った。「お父さん、こちらがアンナよ」

「えー！」マシューもミスター・リンジーをまじまじと見た。「アンナを知らないなんて、ご冗談を！　ほとんど、ぼくたちといっしょに住んでるようなものなのに」

「気にしなくていいよ」とアンドルー。「それに、そんなにびくびくするなよ、アンナ。ただの父さんなんだから」

ミスター・リンジーは立ちあがり、アンナと握手をして、笑いながら言った。「〝気にしなくていいよ〟というのが、わたしのことだかマシューのことだかわからないがね、わたしのことだとしても、ちっともかまわないよ。はじめまして。すわって、このマーマレードをどうぞ。マーマレードは皮入りが好きかな、皮なしが好きかな」

「皮の入ってないほうだと思います――ふだんは」アンナはまだ少しびくつきながら言った。

「そう、わたしは皮入りが好きでね」ミスター・リンジーはふたたび腰をおろすと、パンにマーマレードをぬりおえ、はしのほうを少しちぎってアンナにわたした。「食べてみて」まじめな顔で言う。「かなり皮が入ってるがね。女房がつくったんだよ。気に入ったら、もっと食べて。気に入らなかったら、わたしが見ていないときにペッと吐き出して、皮の入っていないほうをめしあがれ。あっちのほうにあるから。さて、もし失礼でなければ、新聞を読んでもかまわないだろうか」

「ええ、どうぞ」

ミスター・リンジーは新聞のうしろにすっぽりかくれた。アンナはほっとするとともに、ミスター・リンジーっていい人だなと思った。マーマレードについて大まじめに話していたし、人から気にされなくてもかまわないことも大まじめに話していた。それどころか、気にされないほうが好きみたいだった。なんだかミスター・リンジーの気持ちがわかる気がする。

「ボートのことだけど――」マシューが言った。

「ああ、そうだ！」とプリシラ。「アンナに話してあげて」

　みんなはいっせいにしゃべりだした。さっきまで、ボートを買うことについて話しあっていたんだ、前から一そうほしい、いや、必要だと思ってたよ。マーニーは一そう持っていて、裏の塀のところにある鉄の輪につないでいたよね――リンジー家の人たちは、今では全員があの日記を読んでいたので、〝マーニー〟は一家にとってなじみの名前になっていた。あの古い鉄の輪は、すっかりさびてしまっているけど、すぐに新しいものを取りつけられる。とにかく必要なのは、それにつなぐボートだ。そして問題は、どんな種類のボートにするかだ。

「父さんはヨットがいいと思ってて」アンドルーが言った。「ぼくは賛成なんだ。母さんはモーターボートがいいって言ってて、女の子たちは自分でこいでまわれるような、ばかみたいな小舟がいいんだってさ。きみはどう思う？」

　アンナは舟のことはなにも――アマリンボーの小舟のこと以外は――わからなかっ

たけれど、こういう家族会議にまぜてもらって、とてもうれしかった。アンドルーは二階へボートのカタログを取りにいき、ほかの子たちは、ミセス・リンジーが洗い物をしている台所へ、使い終わった皿を持っていった。そのときになってはじめて、アンナはミスター・リンジーがまだそばにいたのを思い出した。

ミスター・リンジーは、突然新聞のうしろから顔をのぞかせた。「やあ！　みんなはどこへ行ったんだろう」

「洗い物に」アンナは答えた。

「ああ、そうじゃないかと思った。静かすぎて、耳が痛いくらいだったから。ところで、あれ、ペッと吐き出したかね」

「ああ、あのマーマレード！」アンナは笑った。「いいえ、わたし、気に入りました」

ミスター・リンジーはうれしそうにうなずいた。「さっきはボートを買うことを話していたのかな」

「そうです」

「おもしろいことがあってね」ミスター・リンジーの目がきらりと光った。「ほんとは一そう、すでに持ってるんだよ。あの子たちが知らないだけで。まあ、使えるようなボートじゃないが……。きみはもう見つけたのかな」

「いいえ、どこにあるんですか」

「外へ出て、生け垣の中をのぞいてごらん。まず、塀が舟着き場につきでているところをすぎて、それから小屋のあるところをすぎたら、そのすぐ先の生け垣の中だ。たいしたものではないけれど、おもしろいよ」そう言うと立ちあがって、新聞をたたんだ。「さて、わたしは本たちを見にいかないと――四千万冊の本が、これから読まれて分類されることになっていてね。では、ごきげんよう――見つかるといいね」

アンナは表へ出た。塀が舟着き場につきでているところをすぎ、生け垣のはじまりを見つけると、屋敷に面した側にそってたどっていった。やがて、昔は台所の裏だったと思われるところへ出た。そこに、生け垣にもたれかかるようにして、小屋が立っていた。小屋のほかには、使われていない半地下の貯蔵庫や、物置や、丸石をしきつめた小さな裏庭があった。どれも見たことがないものだ。アンナは小屋の向こう側の生け垣の中を探しはじめた。おいしげった緑の葉の奥をのぞきこみ、小枝をかきわける。そして、見つけた。

それは、ぶあつい生け垣に取りかこまれ、しっかりとささえられるようにして、ほぼ垂直に立っていた。生け垣はまわりじゅうに枝をのばし、もうほとんどそれをおおいつくそうとしていた――古い茶色の小舟で、木がくさり、外側の板がはがれかけている。アンナは身を乗りだして生け垣をおしわけ、小舟の中を手さぐりした。片手がかたいものにさわった。鉄の棒かなにかだ。それを強くつかみ、まわりの枝が鳴るのにもかまわず無理やり引きよせたので、しまいには枝が大きな音をたてて折れた。生け垣からぬきだした手は、傷だらけで血が出ていた。アンナは、このかくされた秘密の舟から救いだしたものを見おろした。

それは、年月のせいでさびついて黒ずんだ小さな錨《いかり》だった。

「はてさて、なにか見つけたかね」その日の遅くにもう一度会ったとき、ミスター・リンジーがたずねた。お茶の時間で、リンジー一家はバルコニーにすわり、いつものようにアンナもそこにまざっていた。

アンナは力強くうなずいた。「はい、見つけました！」ほかの子たちが興味深そうに見つめる。

「どう思ったたね。おもしろかったかな」

「ものすごく！」

「みんなは知っているのかい。もう話した？」

「まだです」アンナはにっこりした。

「なんだ、なんだ？」アンドルーが大声をあげた。「どんな秘密だよ」

「うん、話してよ、パパ」とマシュー。「話して！」ジェーンとプリシラが声をそろえてせがんだ。

「話してあげようか」ミスター・リンジーがアンナにきいた。「きみからどうぞ。いや、もっといい方法がある。これからみんなを連れていって、見せてあげよう」

ミスター・リンジーと子どもたちは、小舟がかくされているところへ行った。ミスター・リンジーが生け垣の枝をおさえているあいだに、子どもたちはかわりばんこに奥をのぞいた。

「このぼくが、これを見のがしていたなんてなあ！」ふだんはまっ先にいろいろな物を見つけるマシューが言った。「これは、昔はすばらしく上品な小舟だったと思うよ」アンドルーがわけ知り顔で言い、ジェーンはうっとりと舟に見とれた。プリシラは驚きと感心の入りまじった目で葉のあいだから見つめ、「マーニーのボートよ」とつぶやいた。

「中になにかあると思う？」マシューがきいた。

「探ってごらん」ミスター・リンジーが言った。マシューは手さぐりしてから、首を横にふった。それから、アンドルーがやってみた。最後にミスター・リンジーも。小舟の中にはなにもなかった。

「まあ、これがほんとうにマーニーのボートなら、そうとう古いはずだし」アンドルーが言った。「いったいなにが見つかったことやら、わからないね。どのくらい前から、この生け垣の中にあったんだろう」

アンナだけが、なにも言わなかった。あの錨がボートの中にあったことを知っている人はいないはずだ。そして、あれをほしがる人なんて、ほかにはだれもいないはず。自分でもなぜこんなにほしいのかわからないけれど、生け垣からあの錨を引っぱりだして見つめた瞬間、ほかのなによりも自分のためにとっておきたいものだと信じることができた。

錨は秘密の場所にかくしてあった。見つけてから一時間もしないうちに、ちょっと変わったやりかたを使って、うまくそこへ運びこんだのだ。よごれた洗濯物を入れる袋がどんなふうに使われたかを知ったら、ペグのおばさんはびっくりぎょうてんしただろう。

30 ミセス・プレストンからの手紙

郵便屋さんがミセス・プレストンからの手紙をアンナに手わたしたのは、それから一週間後だった。

見なれたおばさんの字を目にすると、アンナの胸はうしろめたさにチクリといたんだ。ここ一、二週間というもの、あまりにもたくさんのことが起こったので、ハガキ一枚すら送るのを忘れていた。

まずはじめに、マーニーのボートが見つかった。それから、ミスター・リンジーが買ってくれると約束した、新しい小型のヨットをめぐる大はしゃぎがあった。そして、リンジー一家といっしょに、海岸ぞいのウェルズ・ネクスト・ザ・シーへ日帰り旅行をした。ウェルズ・ネクスト・ザ・シーでは、みんなして救命胴衣をつけて水遊びをし、そのあとで桟橋のへりに腰かけて、海の上に足をぶらぶらさせながら、フィッシュアンドチップスを食べた。

ひさしぶりに大きな店に入るのは、なんだか妙な感じがした。アンナはジェーンとプリシラといっしょに店内をのんびり見てまわり、さまざまな商品が売られていることに、そして、そういうものがなくても、この何週間かはリトル・オーバートンで楽しく暮らしていたことに、とても驚いた。

リンジーきょうだいと笑いあいながら店から出たところで、なんとあのサンドラ・スタッブズとはちあわせした。サンドラは口をぽかんとあけて、アンナを見つめた。アンナはサンドラの視線をさけようとしたけれど、急に考えを変えて、昔からの友だちにするみたいに、「こんにちは、サンドラ！」と挨拶《あいさつ》した。サンドラは口をあけたまま、びっくりしたようなうなり声を返した。

そして今、アンナはペグさんの家の門の前で、手に持った手紙をながめ、心が沈むのを感じた。顔をしかめ、太陽のまぶしい光に目を細めながら読みはじめる。

　この前、ミス・ハネイがうちへいらしたの。あなたに会えなくて、がっかりしていたわ。ここにいないことを、ごぞんじなかったから。わたし、あなたにまだ話していないことがあるのだけど、それはよくないとミス・ハネイに言われました。（お金のことだ、とアンナは思った。もうわかってる。）とにかく、またそちらへ行きたいわ——すごく会いたいし、話したいこともあるから。手紙に書くより、話すほうが楽なのよ。来週の木曜日にうかがおうと思っています。十二時半にそちらへ着く、安い日帰りの切符があるの。うかがってもだいじょうぶなようだったら、同封のハガキで返事をください。こちらでは、みんな元気です。レイモンドが週末に帰ってきて、あなたによろしくと言っていました。おじさんもよ。会えるのを楽しみにしてるわね。

あなたをとっても愛してるおばさんより

アンナは最後の行の〝とっても〟をまじまじと見たあと、手紙をポケットにしまい、湿地屋敷へ向かいながら考えた。

こっちがもう知っている秘密を打ちあけるためだけに、ミセス・プレストンがここまではるばるやってくるなんて、ばかみたいだ。手紙を書いて、もう知っていると教えたほうがいいだろうか——「おばさんへ。お金のことは知っています。とっくに知っていました。だから、心配しなくていいです……」突然、ミス・ハネイに対して怒りがこみあげてきた。ミセス・プレストンをうしろめたい気持ちにさせるなんて。〝それはよくないとミス・ハネイに言われました〟——そんなことを言うなんて、いったいどういうつもりなんだろう。「ミス・ハネイに、よけいなおせっかいは迷惑です、って伝えてください……」

だめだ、それはむずかしすぎる。しかも、これじゃまるで、わたしがミセス・プレストンに会いたくないみたいに思われてしまう。ほんとうは会いたいような気がする、ちょっぴりだけど……。やっぱり、来てくださいって返事するしかなさそうだ。アンナは角を曲がると、小道にそって湿地屋敷へかけていった。

リンジーきょうだいは、いつものようにあたたかくアンナを迎えた。家族の楽しみがいっぱいで、すばらしいことだらけだった。ボートはきちんと注文されたし、お父さんは今夜来ることになっているし、この午後は引き潮だから貝をとりにいく。なんてすばらしい日だろう！　天気予報は、きょうも暑くなると告げていた。なによりうれしいのは、ギリーが来週ここへ来て、まる二日泊まっていくということだ。ミセス・リンジーは、けさギリーの手紙が届く前に、客間のカーテンを取りつけ終えたばかりだった。まにあってよかった！

アンナはそんな話を聞きながら、自分の小さな悩みが湿地の霧のように晴れていくのを感じた。

「ギリーのこと、きっと好きになるわよ」ジェーンが言った。

「玄関ホールにある絵はギリーがかいたの」とプリシラ。

「うん、画家なんだ」マシューが教えた。「それに、リトル・オーバートンのことなら、なんでも知ってる。ギリーのお父さんが若かったころは、荷物を積みこむために、たくさんの船が入江をさかのぼって、家のすぐ裏まで来てたんだって。そのころの昔話を聞かせてくれるよ」

「かなりの年だけど」とジェーン。

「でも、いい人よ」ミセス・リンジーが言った。「ギリーがいらっしゃるときは、あなたもここにいてね、アンナ」笑顔を向ける。「ああ、自分たちのことばかり話すなんて、なんてひどい一家なんでしょ！　きのうの夜から姿を見かけなかったわね。なにか新しいことはあったか、話してちょうだい。ポケットから飛びだしているのは、お手紙？」

「そう、おばさんからなの」アンナは言いよどんだ。「来週、日帰りで来るみたい」

「あら、いいわね！　いつ？」

「木曜日」

「木曜日ですって？　あらまあ――」ミセス・リンジーは考えこんだ。「残念ねえ、ちょうどその日にギリーがいらっしゃるのよ。アンナのおばさまに、すごくお会いしたかったのに――」

「でも、ギリーはお茶のあとにならないと来ないでしょ、お母さん」ジェーンが言った。「六時くらいって、書いてあったもの」

「そうだったわね！」ミセス・リンジーはアンナに向きなおった。「ぜひおばさまを連れて、会いにきて。うちでいっしょにお茶を飲むのはどうかしら。ギリーが着くのが六時だから、かなり早めのお茶になると思うけど」

「どっちにしろ、おばさんはたぶんそんなに遅くまでいられないの」アンナは迷いながら言った。「駅へ行くのに、五時半のバスに乗らなくちゃいけないはずだから」

ミセス・リンジーが言った。「わたしが手紙を書いて、お茶にお誘いしましょうか。おばさまは、いらしてくださると思う？」

アンナはちょっと考えて、そう思うと答えた。

一瞬アンナは、ミセス・プレストンが湿地屋敷でお茶を飲んでいるところなんて、想像もできないと思ったけれど、考えれば考えるほど、来てもらいたくなった。リンジー一家に会ってほしかったし、リンジー一家といっしょにいるところを見たかった。リンジー一家がミセス・プレストンを好きになってくれ、ミセス・プレストンもリンジー一家を好きになってくれたら、たとえ一時間かそこらにしても、アンナのふたつの世界がひとつになる。

そして、心の奥底には、アンナがまだ真剣に考えないようにしている、ひとつの考えがあった。夏休みは永遠にはつづかないということだ。その話題は実際にはまだ口にされていなかったけれど、もう八月で、つぎの学年がはじまるまでにロンドンの家へ帰らなくてはならないのはわかっていた。でも、家へ帰っても、リンジー一家の話ができて、ミセス・プレストンもアンナの話に出てくる人たちのことを知っていてくれたら、事情はぜんぜんちがう。うん、やっぱり来てもらわなくちゃ。

準備はすべてととのった。ミセス・リンジーはアンナとは別に、ミセス・プレストンに手紙を書いてくれることになった。アンナはハガキを書き、まるでふと思い出したかのように、最後にさりげなくつけたした。「ところでミセス・リンジーが、おばさんとわたしをお茶に招待してくださいました。直接お手紙を書いてくださるそうです」

31　ミセス・プレストン、お茶に出かける

木曜日が来るころには、ミセス・リンジーの招待を受けたことが正しかったのかどうか、アンナはあまり自信がなくなっていた。ミセス・プレストンがいつもみたいにあれこれ心配ばかりしていたら、どうしよう？　それに、わたしが前からきらいだった茶色の帽子をかぶってきてしまったら？　アンナは不安な気持ちでバスを待った。

そして、ミセス・プレストンがバスをおりてきて、見たことのない新しい麦わら帽子をかぶっているのを目にしたときには、心からほっとした。

「わあ、おばさん、すてきな帽子！」

「気に入った？　このかっこうで、よさそうかしら」ミセス・プレストンも見るからに安心したようだった。「まずはペグさんご夫婦への挨拶《あいさつ》をすませるから、そのあとすぐ説明してちょうだいね。リンジーさんご一家はどういう人たちなの？　すばらしいお手紙をいただいたのよ——あら、スーザン！　来てくれたのね！　それにサム！

ふたりとも、お元気？」

ミセス・プレストンは昼食を食べながら、リンジー一家についてすっかり説明を聞いた。ペグのおばさんも、リンジー一家について、アンナと同じかそれ以上に知っているらしいとわかって、アンナはびっくりした。このぶんなら、郵便局のミス・マンダーズも、きっとすっかり知っているだろう。

「リンジー一家はとびきりいい人たちだよ。ロンドンっ子だけど、村できらわれるような人たちじゃない。お父さんは学者で、頭がよくってね。口数は少ないけど。お母さんはすてきだし、子どもたちもみんないい子だ。もしも一家がそういう人たちじゃなかったら、そりゃあたしだって、言うまでもないけど、アンナをしじゅう湿地屋敷へ行かせやしないさ。実際、嬢ちゃんにも友だちができてよかったよ。おかげでずいぶん元気になったと思わないかい？」

ミセス・プレストンは、たしかにそうね、とうなずいて、早くリンジーの奥さんに会ってアンナがよくしてもらっているお礼を伝えたいわ、と言った。

それでもやっぱり、お茶の時間が近づくにつれ、ミセス・プレストンはだんだん落ちつかなくなった。

「あなたに話したいことがあるの」支度をしに二階へあがったとき、ミセス・プレストンはアンナに言った。「でも、今はやめたほうがいいわね。早く帰れたときにでも──」

「うん」アンナは不安な気分で答えた。

「ちょっと散歩に出てもいいかもね。あなたとわたしだけで」

「うん」

ミセス・プレストンは鏡に映った自分の姿を見て、ふるえる手でおくれ毛を帽子の中におしこんだ。それからふりかえり、アンナと向きあって小首をかしげた。「これでだいじょうぶかしら」

アンナはちょっぴりミセス・プレストンに近づいた。「うん、もちろん。すてき」そして気まずい気持ちでだまった。ミセス・プレストンが、いつもこんなふうに心配そうな顔をしないでくれるといいのに。ミセス・リンジーの気楽な、うちとけた様子が頭に浮かぶ。「すてきに見えてるから、だいじょうぶ。それと、家に着いたとき、ごきげんようとか、はじめましてとか、そういうことは言わなくて平気だから」アンナはざっくばらんな、なにげない話しかたをしようとした。「こんにちは、だけでじゅうぶんなの。ミセス・リンジーが言うのは、いつもそれだけ」

すると、ミセス・プレストンはひどくあわてた面持ちになった。「でも、わたしはいつだって、はじめまして、は言うわ。こんにちは、だけなんて、とても変だし、不作法に思われるんじゃ……」

アンナは顔をしかめた。なにを言ってもミセス・プレストンの心配をふやしてしまうだけ。〈クマ小屋〉のことや、どっちみちかしこまったお茶会ではないだろう、ということも話さないほうがよさそうだ。そんなことを話したら、よけいにあわててしまうかもしれない。アンナはぎこちなくミセス・プレストンの腕にふれた。「だいじょうぶだから。どういうふうにしても」

「ええ——だとほんとにいいけれど……」ミセス・プレストンはいつにもまして信じられないと言いたげな様子だったけれど、ありがとう、というほほえみをうかべた。

「もう行ったほうがいいんじゃないかしら。たしか三時半に、とおっしゃってたんじゃなかった?」

「うん。でも、それは気にしなくていいの。リンジー一家はみんな、そんなに時間にはうるさくないから。急がなくて平気。わたしたちが何時に着いても、あんまり関係ないし」アンナは必死に、さりげなく見せようとしながら、玄関へ向かった。「でも、出発してもいいかも——」

ふたりはペグさんの家を出た。

玄関をあけたのはミセス・リンジーで、いつもの厚手のトレーナーとズボンから、セーターとスカートに着がえていて、「ようこそ」とあたたかい笑顔で迎えてくれた。「はじめまして」ミセス・リンジーは、ミセス・プレストンに向かって握手の手を差し出した。「いらしてくださって、とてもうれしいです。さあ、中へ。こんにちはアンナ。あら、またのおでましね！」

アンナは、てれたようにちょっと笑い、ミセス・プレストンはぎょっとしたような、ミセス・リンジーに申しわけないというような目でアンナをちらっと見てから、差し出された手をにぎった。

「こちらでお茶にしようと思うんですよ。そのほうが、いごこちがいいですから」ミセス・リンジーは、ミセス・プレストンを応接間へ案内しながら言った。「アンナには、よかったら子どもたちと〈クマ小屋〉へ行ってもらいましょう。わたしも、いつもとちがって、きちんと落ちついたひとときを過ごせそうで楽しみです」

そのとき階段からガラン、ガラン、と音がして、掃除機のスチール管が二本、勢いよく落ちてきた。つづいて、マシュー、アンドルー、ジェーン、プリシラがおりてくる。四人はお客さんを見たとたん、まずいという顔で、ぴたりと止まった。

「いったいなにごと？」ミセス・リンジーはあきれかえり、マシューが、掃除機の管を下へおろすのはこれがいちばん速いやりかたなんだ、それに忘れていったのはママだよ、と苦しい言いわけをしても、取りあわなかった。「みんな、こっちに来て、ミセス・プレストンに、はじめましてのご挨拶をなさい。あらあら、ローリーポーリー、そんなところでなにしてたの?」ローリーポーリーが顔にジャムのすじをつけて、応接間からはいだしてきた。「ジェーン、お願い、ローリーポーリーを台所へ連れていってきれいにしてあげて――ううん、やっぱりわたしがしたほうがよさそうね」ミセス・リンジーはローリーポーリーを片腕で抱きかかえると、ミセス・プレストンのほうをふりかえった。「ほんとうにすみません、すぐにもどります。いえ、ご心配いりません、ただのジャムですから」

ミセス・リンジーは台所へ消えた。アンナは掃除機の管を拾い、リンジー家の子どもたちはミセス・プレストンと握手をした。

「ぼくたち、一日じゅう片づけで忙しかったんだ」マシューはミセス・プレストンをしげしげと見つめた。「あ、おばさんのためだけじゃないよ。ほかにもお客さんが来るから」

「いいえ、おばさまがいらっしゃると思って、きれいにしました」ジェーンが急いでつけたして、マシューをたしなめるように見た。

「うん、とにかく、おばさんのためにも、きれいにした」マシューがうなずいた。

「でも、おばさんはここに泊まっていかないんだよね？」ミセス・プレストンが、うろたえた顔になる。「とにかく、うちの中がましになったと思ってもらえたらうれしいなあ。だってぼくたち、ほんと、かけずりまわったんだから！」

「ばかなこと、言うなよ」アンドルーが口をはさんだ。「前がどうだったか見てないのに、どうやってちがいがわかるんだ」

「とてもきれいだと思いますよ」ミセス・プレストンは、そわそわと玄関ホールに目を走らせた。「魅力的なお宅よねえ、アンナ」アンナはひどくみじめな気分でうなずいた。

「とにかく、けさのうちを見てほしかったなあ！」とマシュー。「二、三週間前なんて、もっとひどかったんだから。ぼくのベッドがそこにあって――」玄関ホールのすみっこを指さす。「――ある晩、アンドルーがそれを忘れて、小ガレイをいっぱい入れたバケツを持ったまま、まっ暗な中でベッドにぶつかって、上にたおれこんじゃったんだ。ふう！　においがいつまでたっても消えなくて――」

「ここまでの旅はいかがでしたか」ジェーンがあわてててたずねた。

ミセス・プレストンの顔にほっとした色が浮かんだ。「ええ――あ、ええ、ありがとう。いい旅でした。快適でしたとも。ご招待してくださるなんて、お母さまはほんとうにご親切だわ」

「いえいえ、そんな！」ジェーンが言った。

「あたしたち、みんな、おばさんに会いたいと思ってました」とプリシラ。

「うん、おばさんがどんな人か、想像もできなかったから」とマシュー。すかさずアンドルーがマシューをけって、びっくりしたマシューがアンドルーのほうをふりかえった。

「じゃあ、これでわかったわね」ミセス・プレストンはぎこちなく笑った。それから帽子のうしろをさわって、どうしたらいいかわからない、といった目でアンナを見た。

「うん」マシューがうなずいた。マシューがまだ親しげな笑みをうかべているのを見て、アンナはほっとした。

ミセス・リンジーが急いでもどってきた。「ほんとうにすみませんでした。ジェーン、ローリーポーリーを連れていってくれる？　さあ、みんな、行きなさい。わたしたちはふたりで静かにお茶をいただきますからね。そんなにがっかりすることないわよ、マシュー。大人と同じものを用意してあるから」

「メレンゲ？」マシューがにこにこしながら、小声でたずねる。

ミセス・リンジーはうなずいた。「そうよ。ほら、行きなさい」マシューがかけだし、ほかの子もあとにつづいた。応接間からミセス・プレストンの「五人！　奥さまはなんてお幸せなんでしょう！」という声と、ミセス・リンジーの「奥さまこそ、お幸せだわ。アンナはとてもいい子ですもの。わたしたちみんな――」という声が聞こえたところで、ドアがしまった。

アンナもほかの子たちを追って〈クマ小屋〉へ入った。びっくりするやら、ほっとするやらで、すっかりぼうっとなっていた。

32　告白

「リンジー家の子たちと、あまり話せなかったんじゃない？」あとで、ミセス・プレストンとバス停へ歩いていくとき、アンナは言った。

「ええ、そういうことになるわね」ミセス・プレストンはどこかうわのそらで、いくらか取りみだしているように見えた。

アンナは横目でちらちら様子を見ながら待った。こちらからきかなくても、リンジー家の人たちについて、なにか言ってくれたらいいのに。けれどほんの少し間があいただけで、もう待ちきれなくなってしまった。「ほとんど応接間にいなくちゃいけなくて、残念だったね。おばさんも〈クマ小屋〉でいっしょにお茶できればよかったのに。でも、すごくいい人でしょ」

ミセス・プレストンがびっくりして、くるりと向きなおった。「だれ、ミセス・リンジーのこと？　ああ、そうね、すごくいいかただわ。あなたのことをとてもよく言ってくださったたし。子どもたちも、みんないい子みたいね。あなたがとくに好きなのは、どの子だったかしら」

「話したでしょ」アンナはため息をついた。「おばさん、どうしたの。いやだったの？」

「いえいえ、まさか！　お茶のことじゃないの」ミセス・プレストンは、用意していたスピーチをいよいよ話そうとするみたいに、咳《せき》ばらいをした。「話したいことがあると言っていたでしょう。そのことなの。ごめんなさい、あなたに打ちあけなきゃいけないことがあったのに、打ちあけられなかった。もっと前に話すべきだったって、ミス・ハネイに言われたわ。それどころか、あなたはもう知っているんじゃないかとさえ、思っているみたい。じつは、市からアンナを育てる費用の足しにと、二週間ごとに小切手が送られてくるの。たんなるお手当てで、ごくふつうのことなのよ。でも、これだけはわかって。おじさんもわたしも、あなたのために自分たちのお金をつかいたくないわけじゃないんだって。小切手が助けになったのは、たしかだけれど、やっぱりもっと前に話しておくべきだったわね。よくわかったわ」ミセス・プレストンは、いったん言葉を切って息をつぐと、すまなそうにつけたした。「できれば知らせずにすませたいと思っていたの」

「どうして？」

「あなたがあまり愛されていないと思ったらどうしようって、こわかったのね、たぶん。だけど、小切手をもらっていなくても、なにも変わらなかった。それはほんとうに信じて」

アンナはとても大きな荷物を心からおろした感じがした。「もっと前に話してくれてたらよかったのに」

「そうね。話すべきだった。それから、ミセス・リンジーに言われたの。あなたの生い立ちのことも、もっと話したほうがよかったんじゃないかって。わたしも知っていることはそんなにないんだけど、その少しのことまで、どうにか忘れようとしていて――」ミセス・プレストンはうなだれて首をふり、そのひょうしによろけそうになった。けれど、すぐに気を取りなおして言った。「話そうとはしたのよ。あなたの家族のことを。お母さん、それに、おばあさん。でも、あなたはけっして聞こうとしなかった。いつだって興味なさそうに、そっぽを向いてしまったわ」

わかってる、とアンナは思った。だって、ふたりが憎かったから。だけど、どうして憎かったんだろう。結局のところ、死んだのはふたりのせいじゃない。突然、アンナはそれまでかかえていた、憎いという気持ちが消えてなくなっていることに気がついた。いつしか自分でも知らないうちに、ふたりをすっかり許していたのだ。

「でも、わたしの努力が足りなかったんだと思うわ」ミセス・プレストンは話をつづけた。「わたしね、あなたが自分の娘なんだって心から感じたかったの。ずっと思っていたのよ、仲よくなれたらいいなって――」

「うん、おばさん、仲よくなろうよ」アンナはミセス・プレストンの腕に自分の腕をからめ、はじめて、腕を組めるくらい背が高くなっていたんだと気がついた。「わたし、自分がいやな子だったってわかってるし、またそうなるかもしれないけど、でもおばさんのことが大好き」

ミセス・プレストンは自分の手のそばにあるアンナの手を軽くたたいて、声をふるわせながら言った。「わたしも大好きよ、アンナ。小さいころからずっとね」背すじをぴんとのばして目をぬぐう。「ほんと、大きくなったわねえ！　横にいると、自分がすっかりちぢんじゃったみたいに思えてくるわ」

「ところで、お茶のあいだじゅう、ミセス・リンジーとなにを話してたの？」アンナは歩く速さを変えて、ミセス・プレストンと足並みをそろえた。

ミセス・プレストンがにっこりした。「ほんとうにいろんなことを話したわ。じつは、まだ頭の中がぐるぐるしているくらい。あなたがすごく喜びそうなことがあるわよ。ミセス・リンジーから、あなたをしばらく屋敷に泊めてもいいかってきかれたの。ご家族がロンドンへもどるまでずっと。そうしたい？」

「わあ、そうしたい！　ああ、おばさん――」アンナはミセス・プレストンにもう少しで抱きついてしまうところだった。そのくらいうれしくてたまらない。

バス停に着いた。ミセス・プレストンが腕時計を見た。「ほかにも話があるのよ」そう言って、バスが来てしまわないか、心配そうに道に目をやる。

「わたしの生い立ちのこと？」アンナはだしぬけにたずねた。

「そう。そうなのよ、アンナ。残念ながら、今話せることはあまりないんだけれど――」ミセス・プレストンはそう言って、角を曲がってきたバスに目をやると、急いでつけたした。「もう時間がないわ。あとはミセス・リンジーにきいて。きっと教えてくださるから。ずいぶんお話ししたのよ」ミセス・プレストンはアンナにキスをして、急にほこらしげにアンナを見つめた。「ミセス・リンジーがあなたについて、いろいろいいことをおっしゃってたの」

「ほんとに？　――なんて？」

「あなたがすごく正直でまっすぐで、いつもたよりにできるって。とても鼻が高かったわ」バスがバス停の前で止まった。「またね。もっと長くいられたらよかったんだけれど。手紙を書くわね」

　ミセス・プレストンはバスのステップにのぼった。けれど、まだ運転手が中の男の人としゃべっていたので、アンナに手まねきした。「おじさんがね、あなたの部屋にあれこれ手を入れたの。ちょっぴり驚かそうとしてね。ほんとは話しちゃいけないんだけど、壁紙を貼ったりペンキをぬったりしていたわ。それに置くものも少し用意して。ずいぶんかわいくなったわよ！」ミセス・プレストンはうなずくと、秘密ね、とくちびるに人さし指を当てて、ほほえんだ。バスは出発した。

　アンナはバスが見えなくなるまで手をふったあと、物思いにふけりながらふりかえった。すると、道の角にプリシラがいて、アンナが近づいてくるのを見るなり、走ってきた。

「あたしたちといっしょにお泊まりしていいってこと、聞いた？　すごいと思わない？　ママが言ったの、アンナはギリーが帰ったらすぐ、泊まりにきていいって。うれしい？」

「うん、ものすごく！」

「ママの思いつき、すごいよね！　このままうちに来る？」

　アンナは迷った。「おばさん、すごく忙しそう？」

プリシラが笑った。「見にきたらいいよ。あたしたちみんなをね！　ママはお料理をしたり、そこらじゅうをかけまわったりしてるし、ジェーンはギリーのお部屋にお花やいろんなものを用意してるし、マシューはお皿を洗ってるし、アンドルーはローリーポーリーをおふろに入れようとしてる！　あたしもすぐにもどってお手伝いしなくちゃ。でも、アンナがお泊まりのことをちゃんと聞いたか、たしかめにきたんだ。ママは、アンナのおばさんが来てくれたこと、とってもうれしいって言ってた。おばさんのこと、すごくいい人だって——気になってるかもしれないから、教えてあげるけど。ねえ、このままうちに来る？　ママが、そうじゃなければ、あとで、七時半ごろ来てね、だって」

アンナはうなずいた。「あとで行くね。先にしなきゃいけないことがあるから」

道の角でプリシラと別れると、アンナはゆっくりと家路についた。しなければならないことがある。ミセス・プレストンに手紙を書かないと。決心が変わらないうちに、今すぐ。

ほんの短い手紙だった。「おばさんへ。さっき、バスが来たせいで、言えなかったことがあります。わたしが正直だ、とミセス・リンジーが言ってくれたことについてです。ほんとはわたし、正直じゃありません。前の学期のあいだ、おばさんの財布から何度かお金をとりました。ほとんどはペニーだったけど、一度はシリングです。シリングのほうはあとでもどしたけど、ペニーはぜんぶは返してません。帰ったら返します。ごめんなさい。何トンもの愛をこめて」

「何トンも」の下に線を引くと、名前を書いて封筒に手紙を入れ、ほうっと息をついた。そのあとすぐに、郵便局に出してきた。

それから三時間がすぎても、アンナはまだ屋敷へ行っていなかった。

堤防までやってきて、湿地に沈む夕日の前をガンの群れが飛んでいくのを見たり、頭上をすぎていくクワックワッというおかしな鳴き声を聞いたりしていた。そして首をめぐらせ、たそがれの最初のうす青い空が遠く村の上に広がるのを見たとき、村へ向かってもどりはじめた。

屋敷が近くなると、足を速めた。もう遅刻だ。プリシラが待っているだろうし、ほかのみんなも待っている。ギリー——ミス・ペネロピー・ギルだって、会ったことはないけれど、たぶん待っている。でも、さっきまでは急げなかったのだ。角に来たとき、アンナは息を大きくすいこみ、それから屋敷までの小道をかけだした。

ミセス・リンジーが、ちょうどアンナを捜しに出てきたところだった。

「アンナ！　どうしたの、どこへ行ってたの？　わたしたち、待って——」

「おじさんは？　先におじさんに会いたいの。話したいことがあって」

ミセス・リンジーは驚いた顔になった。「おじさんは出かけて、いないのよ。知らなかった？　仕事で町へもどらなくちゃならなかったの。あすの晩までもどってこないわ。どうしたの。わたしにできることはある？」

「おじさんに話したいことがあるの」アンナは早口で言った。「ボートのこと──マーニーのボート。わたし、とってしまったものがあって──」

ミセス・リンジーがアンナの肩に腕をまわして、玄関へとみちびいた。「錨《いかり》のこと？」さりげない調子できいてきた。

アンナは、はっと向きなおった。「どうして知ってるの？」

「おじさんに言われたから。そんなにこわい顔をしないで。心配することなんて、なにもないのよ」

「錨がボートにあったって知ってたの？」

ミセス・リンジーがうなずいた。「そうよ、もちろん。それに、あなたが持っていったってことも、おじさんは気づいていたわ。だけど、そんなの、どうでもよかったの。アンナはだまって物をとってしまうような子じゃないってわかっていたから、きっと言いにきてくれるだろうと思っていたの。でも、あなたが言いにこなかったときは、あの錨がどうしようもなくほしかったにちがいない、って言ってたわ。もらっていいかどうか、こわくてきけないくらいに。そのくらい、ほしかったの？」

アンナはだまってうなずいた。

ミセス・リンジーが「そうだったの……」と、とてもやさしい声で言った。傷ついたアンナを泣かせまいとしているような言いかただ。「それで、おじさんに会って、錨をとってしまったことを話したかったのね？　なんていい子なんでしょう。そういうのを、とても勇気があるって言うの。心配しないで。もちろん、錨はあなたがもらっていいのよ。教えてちょうだい。今はどこにあるの？」

「ベッドの下」アンナは小さな声で答えた。「旅行鞄《かばん》の中」

ミセス・リンジーが「そうだったの……」とまた言った。「それで、錨をどうするつもりだったの？　これは、きいたらまずいかしら」

アンナはどうしようか迷ったものの、話した。「ううん、もちろん、まずくない。あのね——ちゃんときれいにしたら、ロンドンの家に持って帰ろうと思ってたの。そしたら、おばさんがわたしの部屋にかけさせてくれるんじゃないかって——その——かざりみたいに」アンナは、すすり泣きとくすくす笑いがまざったように、小さくしゃくりあげた。「こうやって言うと、すごくばかみたいだけど——」

すると、ミセス・リンジーが言葉をさえぎった。「いいえ、ちっともばかみたいなんかじゃないわ。おじさんが出かけるとき、わたしになんて言ったと思う？　こう言ったの。もしもアンナが錨をほしがってるってわかっていたら、きれいにみがいて、銀のペンキをぬっておいてあげたのに。そうしたらアンナは自分の部屋の壁にかけられただろうに、ってね」

アンナはびっくりした。「ほんとにそう言ったの？」

「ええ、ほんとよ。だから、いつでもいいから錨を持ってらっしゃい。おじさんに、約束をはたしてもらいましょうよ！　さあ、中へ入ってギリーに会って。ギリーはあなたに会うのをずっと楽しみにしていたのよ」

ミセス・リンジーは、かがんでアンナにキスをし、アンナの目にかかった髪をやさしく払った。それから肩に腕をまわしたまま、応接間のドアをおしあけて、いっしょに中へ入っていった。

33　ミス・ペネロピー・ギル

アンナは最初、ギリーはやっぱり来てないんだ、と思った。それからすぐ、背の低いひじかけ椅子にすわってみんなに取りかこまれている小柄な女の人に気づいた。この人が、ミス・ペネロピー・ギル、つまりギリー？　アンナはギリーのことを、背が高くて細身でとても上品、黒っぽいまっすぐな髪をきれいに切りそろえているような人だと想像していた。ところが、この女の人は背が低くてずんぐりしているし、髪は短くてぼさぼさした白髪だ。

アンナたちが部屋に入って、ギリーがふりかえったとき、アンナはもう一度驚いた。

「まあ、あなたが、アンナなの！」ギリーが言った。「前に会ったわよね？　ありがたいことに、紹介してもらう手間やらなにやらをはぶけるわ。あなたのお名前をきけばよかったとずっと思っていたの。これでやっとわかったわ。ところで、わたしの名前はギリー。もうおわかりだと思うけど」ギリーは、アンナのことをなにもかも知りたいというように、長いことじっと見つめた。といっても、その目はやさしかった。

「わたしのこと、おぼえている？」

アンナはにっこりした。「はい。湿地で絵をかいてましたよね」あのときから、あなたのことが友だちみたいに心に残ってたんですよ、とつけたしたかったけれど、おおげさかなと思ってやめた。

リンジー家のみんなはびっくりするやら喜ぶやらで、ふたりがいつ、どうやって会うようなことになったのか、知りたがった。どうしてその場に自分たちがいなかったのか、ということもだ。するとギリーが、数日間、バーナムにスケッチに来ていたときに会ったのよ、と説明した。

ギリーはアンナを見あげた。「わたしたち、このお屋敷のことを話したのよね。それが今、こうして、中で会っているなんて！　まったく、そうなると最初から決まっていたみたいよねえ。さあ、すわって。こないだ会ったときからどうしていたかを、教えてちょうだいな」

みんなが話しているあいだ、ミセス・リンジーはココアやコーヒーのポットを台所からとってきて、ジェーンはマグカップや、受け皿つきのティーカップをおぼんにのせて運び、マシューは大きなビスケットの缶を持ってまわった。「今夜は夜ふかししようね」マシューがにんまりする。「ギリーがお話をしてくれるあいだ、みんなでビスケットを食べるといいよ」

ギリーが笑った。「あら、ずうずうしい。わたしが話をするなんて、だれが言ったの？」

「だって、いつもしてくれるじゃない」マシューが驚いた顔をする。

「うん、してくれるよ」プリシラはそう言って、アンナの隣の床にすわった。「アンナが来てくれるの、待ってたんだ。わくわくするよね。もうここに住んでるみたいな感じがする？」

「昔、ここに住んでた友だちがいたわ」ギリーがプリシラとアンナにほほえみかけた。「でも、わたしはここには一度も泊まりにきたことがないわねえ。それどころか、お屋敷の中には一度しか入らなかったんじゃないかしら」

「どうして入らなかったの？」とマシュー。

ミセス・リンジーが、ココアをカップに注ぐ手を止めて、ふりかえった。「入ったことがあったんですか？　この屋敷に？」

ギリーは同時にふたりの質問に答えた。「ええ、言ったわよね……。あら、言わなかったかしら。だって、ここのお屋敷はおそろしい犬を飼っていたのよ、マシュー。

少なくとも、わたしはおそろしいとずっと思っていたわ。とにかく死ぬほどこわかったから、一度たずねたあとは、できるかぎりお屋敷の外でその友だちと会っていたの。その子のお母さんとわたしの母が友だちだったのよ」

「その子の名前は？」アンナとプリシラが同時にきいた。

「マリアンよ」

すかさず、ミセス・リンジーが言った。「ギリー、あなたに見てもらいたいノートがあるの。子どもたちが見つけたもので、そのノートのことをあなたがなにかご存じないか、ききたくてうずうずしていたんですよ。みんなが興味しんしんなの。ノートはどこだったかしら、プリシラ」

すると、プリシラがすぐに取り出した。はじめからトレーナーの下にはさんですわっていて、アンナが来てから出すつもりでいたのだ。プリシラはギリーのひざの上にノートを置いた。

「どれどれ、なにかしら」ギリーはめがねをかけた。表紙に書いてある名前をゆっくり読みあげる。「マーニー？　でも、どうしてわかったの？　マリアンはふだん、マーニーと呼ばれていて――」

「わかっていたわけじゃないんです」ミセス・リンジーは、子どもたちと同じくらい、わくわくした顔になっていた。「ノートはこの屋敷で見つけました」

「棚のうしろにはさまってたの。あたしの部屋のね」プリシラはそう言うと、アンナをちらっと見て、にこにこしながらひざをかかえた。

ギリーはノートをひらいて、読みはじめた。ときどき、小さなため息をもらしたり、くすりと笑ったりしている。アンナとリンジー家のみんなは、ギリーの顔を見ながら待った。「ええ、これはまちがいなく、マリアンのノートですよ。こんなに何年もの時がたって出てくるなんて、なんて不思議なんてすばらしいの！」ギリーはそんなふうに言いながら、また最初にもどると、さっきよりゆっくり読んでいった。

「ああ、幸せな子どもたち！　リコリスのひも形キャンディを食べられたのだから。わたしたちがどんなにうらやましく思ったことか。少なくとも、わたしはね。第一次世界大戦のさなかだったから、砂糖が不足していてね。わたしたちは、食べちゃいけないって言われていた。ああいう駄菓子はいけませんって。母はそう呼んでいたわ。食べていいのは、もっと体にいいものをいくつかだけ。ほんの少しだった」

ギリーがページをめくった。「それにプルート。そうよ、あのおそろしい犬はそういう名前だったわ。おそらく、ほんとうはそんなに凶暴じゃなかったんでしょうけどね――でも、マーニーもたぶん、こわがっていたと思う。わたしにはけっして言わなかったけれど。どうしてあんな犬を飼っていたのかしらねえ。おそらくお父さんが、自分の留守中の番犬にいいと思ったんでしょうね——かわいそうに、お父さんはそれからすぐ、おぼれ死んでしまったの」

「おぼれ死んだ？」マシューがショックを受けてききかえした。

「ええ、戦争中に。お父さんは海軍に入っていたのよ」

「知りませんでし——」ミセス・リンジーが言いかけたものの、ギリーはまたノートに夢中になっていた。

「それに、ミス・Q！　クイック先生だわ！　かわいそうに、この先生のことは、さんざん困らせたものよ。クイック先生はマーニーとわたしが教わってた家庭教師だったの——ふたりいっしょじゃなくて、べつべつの日にね。週に二日か三日うちに来て、あとの日はマーニーのところへ行っていたわ。兄たちがこの先生を、それはもう、からかったものだった」ギリーがノートをおろして、目をぬぐう。「あら、いやだ、ノートを読むと、思い出がよみがえるものねえ。このノートはほんとうに、すばらしい発見よ」

部屋の中は暗くなりかけていた。ミセス・リンジーは電気をつけようと歩いていったものの、思いなおして、かわりに枝わかれしたろうそく立てを二本持ってきた。

「ギリー、ぜひつづけて。わたしたちにとっても、すごくおもしろいお話だわ。わたしたち、今教えてもらったことのほかは、ここにいた家族についてなにも知らないんです」

ギリーは椅子の上で体の向きを変え、笑った。「あなたがろうそくに火をともすのを見て、ぴんときたわ。どうやら、いつもの長話を期待されているようね。ええ、しますとも。ただ、みんながあきたら、止めてちょうだい」

「あきたりしないもん」プリシラがギリーに体をよせた。「あたしたちみんな、マーニーの話を聞きたいの」

「わかりましたよ」ギリーがうなずいた。「じゃあ、どこからはじめようかしらねえ」

ミセス・リンジーが、自分の椅子をアンナのうしろによせて、よかったらよりかかりなさいと合図した。

アンナはふりかえってにっこりすると、ちょっと迷って、それからもたれかかった。最初はちょっぴり遠慮していたけれど、だんだん力をぬいて背中をゆったりあずけた。ろうそくの明かりが部屋をやわらかな光で満たしている。外では、暗くなってきた空が紺色に変わった。アンナの耳には、もどってきた潮のざわめきが、ギリーの声に消されることなく聞こえていた。

34 ギリー、話をする

「当時、マーニーのことはそれほどよく知っていたわけじゃないの」ギリーが語りはじめた。「わたしたちは大家族で、あまり裕福ではなくて、バーナムの外に住んでいた。そのころ、うちには車がなかったから、マーニーとはあまり会えなかったけれど、母がリトル・オーバートンに連れていってくれると、いっしょに遊んだものよ。マーニーはいつだって、生き生きしていた。とびきりの遊び相手よ。おまけに、いっしょに遊ぶのを、とても喜んでくれているようだった。わたしには、それがなんだか意外でねえ。だって、わたしのほうは、とくにいっしょにいておもしろい子でもなかったんですもの、ほんとうにね。むしろもたもたした、やぼったい子だった。ただ、マーニーには、ほかに友だちがあまりいなかったんでしょうね」

「どうして？」とプリシラ。

「そのころは、今とはちがっていたの。子どもは今みたいに気軽に友だちをつくれなかったのよ。まずは、かならず母親におゆるしをもらわないといけなかった」

「うそでしょう?」とジェーン。

「ほんとうですとも」ギリーがほほえむ。「マーニーのお母さんはしょっちゅう出かけていた。若くて、明るくて、きれいで、よくロンドンの自宅におおぜいのお客さまを呼んでいたそうよ。マーニーはいつも夏のあいだは、お屋敷でばあやと暮らしていたの」

「マーニーにとっても、それはまあ、いいことだったんじゃない?」アンドルーは、みんなのうしろにある窓辺のベンチに寝そべって、たいして熱心に聞いているわけじゃないというポーズをとっていた。

「ええ、そうね。ある意味でマーニーはめぐまれた子だったし、自分でもそれをわかっていたでしょう。マーニーは両親をこのうえなくほこりに思っていた。いつも自慢していたものよ。自慢話がときどき鼻についてねえ。やっぱり、わたしは自分の親のほうがずっと好きだったから。さほどお金持ちで、見た目がすてきで、すばらしい親でなくてもね」

「マーニーはめぐまれてなんかなかったの」思わずアンナは口をはさんだ。「ひどい毎日を送ってた。たいていはね」

みんながびっくりして顔をあげた。「マーニーのことを知ってるみたいに話すんだね」アンドルーが笑いながら言った。

「だって、日記に書いてあったでしょ？　この前ミセス・リンジーもおっしゃってましたよね、マーニーはきっととてもさみしかったはずだって」アンナはミセス・リンジーのほうをふりかえった。

「ええ、言ったわ。そのとおりね」

「あなたの言うとおりよ、アンナ」ギリーが言った。「マーニーはたしかに、ひどい毎日を送っていた。だけどそのころ、わたしはそんなことを知らなかったし、やっぱりある意味では、マーニーはめぐまれた子だったと思うのよ。夏じゅうこんなにすてきなお屋敷で暮らして、海のそばにいられたんだものね。マーニーがどんなにつらかったかがわかったのは、ずいぶんあとになってからだった。今は、当時わたしの目に映ったことをお話ししているの」

アンナはうなずくと、またうしろにもたれかかった。

「正直言って、マーニーのお母さんは、ちゃんとした母親には――わたしの母みたいな母親には――まったく見えなかったわねえ。とてもきれいな人だったけれど。マーニーはというと、元気ないたずらっ子だった。ノートにもあるでしょう。夜、ベッドに入っているとみんなが思っているころに、ボートで出かけたって……。その話はたしかに聞いたことがあるのよ。クイック先生がわたしの母に言っていたの。マーニーは言うことを聞かなくて、ときどき手に負えなくなるって。あるとき、両親のおしゃれなパーティーに、家のない子を連れてきてしまったという話もあるのよ」ギリーの目が輝いていた。「なにがあったのか、くわしく思い出せたらいいのだけれど。家のない子がなにかを売りあるいていることにしたんじゃなかったかしら——たぶん、せんたくばさみか、なにかだったような気がするけれど」

とたんに、アンナはぴんと背すじをのばした。「シーラベンダー？」

ギリーがびっくりして、アンナを見た。「シーラベンダー。ええ、そうですよ！　どうしてそんなものを思いついたの？」

「そうだよね、なんでわかったの？　わかるはずないのに。ノートには書いてなかったよ」プリシラが言った。

アンナは首を横にふった。「わからない。急にシーラベンダーが頭に浮かんだだけだから。いくつもの小さな束になってるの」

「不思議なアンナ！」とアンドルー。

「そうね。でも、妙な話だったのよ」ギリーも言った。「マーニーは前からシーラベンダーがとても好きだったんだけど——この話、まだしていないわよねえ？ ——なのに、家の中に持ちこんではいけない、ってあの人たちに言われてたの。花粉が落ちて、たまるから」

「あの人たちって？」ジェーンがきいた。

「お手伝いさんふたりと、ばあや。わたしの母がよく言っていたわ。マーニーをあの人たちにまかせっぱなしにするなんて、ひどいって。わたしはその人たちと会った記憶がないのだけど、ばあやはだれに聞いてもひどい人だったみたい」

「話して！ 話して！」子どもたちがさけんだ。

「おやまあ、昔の残酷物語を、みんなして、そんなに聞きたがって！ でも、残念ながら、それほど波瀾万丈《はらんばんじょう》のお話でもないのよ。ただ、ずっとあとになってすべてがわかったとき、母が話してくれたのをおぼえているわ。どうやらマーニーの両親がいないあいだ、ばあやはマーニーにとてもつらく当たっていたみたい。お手伝いさんたちも、ばかみたいな話でこわがらせていたらしいわ。それどころか、マーニーはいつもほったらかしにされていた。そんなこと、だれも思わなかったでしょうね。わたしもほんとうに気づかなかったわ」

「どうしてマーニーは言いつけなかったの？」プリシラがきいた。

「できなかったのよ。ばあややお手伝いさんたちが、ありとあらゆるくだらないことを言って、マーニーをおどかしていたから。もし言いつけたら、風車小屋にとじこめてやる、とかね。マーニーが風車小屋をとてもこわがっていたのは、そのせいよ」ギリーはひざの上で広げているノートを指さした。「ほら、ここ。『エドワードは、わたしを風車小屋へ連れていきたがっている。わたしはぜったいに行かない』」

「あっ、そうだ、エドワードのことを話してよ。どういう人なの？」こんどはマシューがきいた。

「エドワードは、マーニーの遠い親戚《しんせき》に当たる子よ。当時、わたしは会ったことがなかったんじゃないかしら。もちろん、あとでマーニーはエドワードと結婚したから、そのときに一度、会ったけれど」

ジェーンの顔がぱっと輝いた。「やっぱり！」勝ちほこったような笑みをミセス・リンジーに向ける。「マーニーは大きくなったらエドワードと結婚するって、わたし、言ったわよね。エドワードはいい人だった？」

「ええ、ええ、だと思いますよ。マーニーにとてもやさしかったことはたしかね。ただ、ちょっと――なんていうか、ちょっときびしかったんじゃないかしら。日記にマーニーがこう書いているのを見たでしょう？『エドワードは……こわいものとちゃ

ん と向きあわなくちゃだめだって……わたしをからかうの、やめてくれるといいんだけど』って。そのころも、エドワードは少々マーニーにきびしかったのかもしれないわね。そんなつもりはなかったのだとしても」

ギリーがもう一度、日記の最後のところに目を落とした。「風車小屋——それがすべての問題のもとだった……でも、ぎゃくによかったんでしょうね、結果として」

「ぎゃくによかったって？　なにがあったの？」プリシラが、勢いこんでたずねる。

ギリーは、ひたいにしわをよせた。「それが問題なのよ。なにがあったのか、わたしもよく知らないの。だれも知らなかったでしょうね。わたしは事件のことを、母からまた聞きしただけなのだけど、どうやらある晩、マーニーがいなくなったらしいの。ご両親が留守のときに。それでお手伝いさんたちがすっかりあわてて、地元の人たちに捜索隊を出してもらったの。ただ、マーニーを見つけたのは、エドワードだった。きっとお手伝いさんたちは、こんなことなら自分たちだけの話にしておけばよかったと思ったでしょうね。エドワードが言うには、風車小屋のはしごをのぼりきったところで、床にマーニーがたおれていたらしいわ。エドワードがマーニーを運びだして、ちょうどやってきた捜索隊に出くわしたのだそうよ。その話は、母がうちのお手伝いさんから聞きかじっただけだから、ただの噂かもしれないけど。でも、とにかくそのあと、すべてがわかったの」

「なにがわかったんですか？」アンナはたずねた。

「ばあやがマーニーをいじめていて、ちゃんとお世話をしていなかったことよ。だけど、マーニーはだれにも話したことがなかった。まったくおそろしいことよね。だから事件のあとですらも、すぐにはわからなかったの。ばあやたちはお仕置きに、マーニーを部屋にとじこめたそうよ。そして両親には、マーニーがエドワードと家出して、ひと晩じゅう風車小屋にいたと話したんですって。ばあやもこわくなったんでしょうね。あの子がいなくなったことは、村の半分が知っていたから。それで、自分の身を守ろうとしたんでしょう。でもね、それはさいわいにも失敗に終わったの。そのあと、ほとんど間を置かずマーニーは寄宿学校へ送られ、ばあやは首になって追いだされたわ。ほんとうにろくでもない人だったのよね」

一瞬、みんながおしだまった。それからジェーンが、わけがわからない、といったふうにきいた。「でも、マーニーはどうして風車小屋へ行ったの？　そんなにこわがっていたのに」

「ただのいたずら、と母はいつも言っていたわ」

「そんなの、おかしい。だってふつう、いたずらをするために、自分がこわいと思ってる場所へは行かないもの」

プリシラが考えながら言った。「日記に書いてあったでしょ。砂丘にマーラム草の屋根の小さなお家をつくったこととか。マーニーとエドワードは、風車小屋を自分たちだけの秘密のかくれ家にするつもりだったのかも。もしも、風車小屋がこわくなくなってたらの話だけど——」

マシューが口をはさんだ。「マーニーは、ばあやたちをびっくりぎょうてんさせたくて、やったんだよ。そうだといいな。三人とも、いい気味だ」

「ううん。マーニーはこわいから行ったんだと思う。こわくなくなるように、ね」アンナは言った。

ギリーが、おもしろそうにアンナを見た。「たしかに、あなたの言うとおりだと思うわよ、アンナ。そんなふうに考えたことはなかったけど、マーニーがやりそうなことだもの——追いつめられたらね。マーニーはいつも言っていたわ。みんなに、ああしろこうしろと言われつづけるのは、がまんならないって。だからクイック先生のこともあんなにきらっていたの。でも、エドワードについては、ちがったんでしょうね。エドワードにどう思われているかは気にしていた。だから、エドワードにからかわれつづけたら……」

ギリーはため息をつき、急にくたびれたような顔で椅子の背にもたれかかった。

「かわいそうなマーニー」ほとんど、ささやくような声だった。「すべては遠い昔のこと。そして、とても悲しい話に思えますよ――今ふりかえってみるとね」

35　だれのせい？

ミセス・リンジーが、はっとして立ちあがった。「ああ、ごめんなさい、ギリー。長旅でおつかれなのに、こんなに遅くまでつきあわせてしまって」ミセス・リンジーがカップや受け皿を片づけようとすると、とたんに、ギリーが椅子から腰をうかしそうなほど、しゃんと背をのばして言った。

「いえいえ！　わたしはまだ寝ませんよ。ちっともつかれてなんかいないんだから。見たところ、子どもたちもそうみたいよ。ほらほら、おすわりなさいな。ばかなおばあちゃんが思い出話をはじめたからって、すてきなパーティーを台なしにすることはありません」

すると、子どもたちも声をあげた。「お母さん、すわって！」「ママのほうが寝てよ」「パーティーを台なしにしないで！」そこで、ミセス・リンジーはすぐにまたすわり、ギリーが、それでいいのよ、とうなずいた。

「あたしたち、もっとマーニーのお話を聞きたいの」プリシラが言った。

「そのあと、どうなったの？」とジェーン。

ギリーがミセス・リンジーを見ると、ミセス・リンジーはうなずきかえして、にこにこしながら言った。「わたしもこの子たちと同じくらい、お話を聞きたくてたまらないの。つかれた人はいつでもベッドに行くことにしましょう」急に、ミセス・リンジーはかがんでアンナをのぞきこんだ。アンナはいねむりしているかのように、うつむいてすわっている。「起きている？　今夜はペグさんのお宅に帰ることになってるのよね。でももし——ねえ、アンドルー、ペグのおばさんに急いできいてきてちょうだい。アンナは今夜、うちに泊まっていいですかって。いりそうなものはそろっていますし、あしたにはかならずお帰しします、ってお伝えするのよ。わかった？」

子どもたちからわっと喜びの声があがり、アンドルーが勢いよく立ちあがった。アンナはびっくりするやらうれしいやらで、顔をあげた。「いいの？　ほんとに？」

ミセス・リンジーがうなずいた。「さっきは、眠ってたの？」

「ううん、考えごとしてて——」そのときアンドルーがバタンとドアを閉めたので、アンナはちょっと言葉を切り、それからギリーを見て言った。「マーニーが風車小屋の中にいたときのことを考えてたんです。風車小屋では、だれもマーニーといっしょじゃなかったんですよね？」

「エドワードが来るまで？　ええ、ええ、いなかったはずよ」

「でも、もしいたとしたら――だれかがいっしょにいたとしたら、マーニーはそのだれかを風車小屋に置き去りにしていくと思いますか？」

ギリーがとまどった顔をした。「とても変わった質問ねえ。意味がよくわからないわ」

アンナはなおもたずねた。「だれかがいっしょにいたとしたら、マーニーはエドワードとふたりで風車小屋を出ていったりすると思いますか？　その人をひとり残して――まっ暗な中に」アンナはギリーをじっと見つめた。ほかのみんなのことは、どうでもいい。たとえどんなにおかしな質問だと思われても、これにはどうしても答えてもらわなくてはならない。

アンナの必死な気持ちが伝わったので、ギリーは真剣に考えて答えた。「意識があったら、ぜったいに置き去りにしなかったでしょうね。人は恐怖のあまりひどいことをしてしまうときもあるけれど、この場合は、はっきりしている。マーニーはひとりだったし、完全に気を失った状態で発見されたの。そう言えば、目ざめたのは、お屋敷に運ばれてベッドに寝かされたあとだったと聞いているわ。かわいそうに。こわくて、つかれきってしまったんでしょう」ギリーはアンナを親しみをこめてじっと見た。「これで答えになったかしら？」

「はい、なってると思います」アンナはにっこりした。心はすっかり満たされていた。さっきから話のつづきを聞きたくて、プリシラがじりじり待っていた。「アンナったら、変なの」そう言って、アンナの足をぽんとたたく。「もう質問はだめ。なにがあったのか、お話を聞き終わるまではね。ほら、ギリー、マーニーが大きくなってからのことを話して」そこでプリシラははっと口をつぐんで、目を見ひらいた。「今、マーニーはどこにいるの？　もしギリーと同じくらいの年なら――いえ、もちろん、ギリーはそんなにおばあさんじゃないけど――」

大人たちが笑った。ギリーは、今は半分くらいの年に若がえった気がしているわ、と言ったあと、まじめな顔でこうつづけた。「だめねえ、わたしとしたことが、話したと思っていたのに。マーニーはね、何年か前に亡くなったの。ただ、その数年前から連絡はほとんどとれていなくて……。マーニーについて話せることは、あまりないのよ。エドワードと結婚して、女の赤ちゃんをさずかって、ノーサンバーランドへうつりすんでいたわ。そのあとしばらく、わたしは会わなかった。再会したのは、エドワードが亡くなって、戦争が終わってからよ」

みんな、おしだまった。がっかりしていたし、少し悲しかった。やがて、ジェーンがきいた。「マーニーの赤ちゃんはどうなったの？」

「それが悲しい話でね」とギリーは言った。「その子がほんの五歳か六歳のときに第二次世界大戦がはじまって、爆撃をさけるため、その子はアメリカへ送られたの。帰ってきたときには、もうすぐ十三歳という年になっていて、べつの子みたいだったとマーニーは言っていたわ。すっかり大人びて、気の強い、人にたよらない子になっていた、とね。それに、母親に遠くへ追いやられたことを、ずっとうらんでいたみたい。たとえ、それが子どもの身を守るためにやったことだったとしてもね」

ギリーは悲しそうに首をふった。「そのあとも、ふたりはどうしてもうまくやっていくことができなかったの。娘が自分のもとへもどることをマーニーはずっと心待ちにしていたのに。娘のエズミは、よくこう言っていたそうよ。『わたしがあなたを愛していなくたって、しょうがないでしょ。母親ってだけで、その人のことは愛せない。とにかく、あなたはわたしの母親だったことなんてないじゃない』って。そうなの、エズミはとても残酷だったけれど、ある意味でほんとうのことを言っていた。もちろん、マーニーはいい母親になろうと努力したし、なりたいと思っていたわ。でもきっと、どうすればなれるのか、知らなかったのよ。自分の子ども時代が、ひどく孤独で、みじめなものだったから……。それでもマーニーは、わが子には自分がけっして持つことのなかったものをすべてを持たせてやろうと、つねづね決めていたの。だけど、ふたをあけてみれば――エズミは戦争のあいだ六年も遠くにやられ、しかも父親が亡くなって、いちばん必要なものを持てなかった。自分を愛してくれる両親を」

ギリーは突然言葉を切って、アンナをちらっと見た。それから急いで話をつづけた。

「とにかく、エズミは家出をして、それなりの年になるとすぐ結婚したの。母親に知らせもしないでね。悲しい話、と言ったのは、それでよ」

「それって、だれのせいなの？」ジェーンがじゅうたんをにらみながら、きいた。

「そんなことわからないわ。わたしぐらいの年になるとね、これはだれのせい、あれはだれのせい、なんてことは言えなくなるの。長い目で見たら、ものごとはそんなに白黒つけられるものじゃない。責任はなんにでもあるように見えるし、どこにもないようにも見える。不幸がどこからはじまるかなんて、だれに言えるかしら」

「つまり、マーニーは子どものころに愛されなかったから、自分が母親になったときも子どもを愛せなかったってこと？」ジェーンがきいた。

「まあ、そんなところかしらねえ。不思議なことに、愛されることは、わたしたちの成長を助ける大事な栄養なのよ。だから、ある意味でマーニーは大人になれなかった」

ジェーンがミセス・リンジーのほうをふりかえった。「だとしたら、ローリーポーリーはもう、すっかりおじいさんになっててもおかしくないわね、お母さん」

これには、みんなが笑った。そのあと、プリシラが言った。「そのあと、エズミはどうなったの？」

「結婚生活をつづけたのよ」とギリーが言った。「相手はまっ黒な髪に黒い目をしたハンサムな人。ただ、あまりにも若くて、責任感もなくて、幸せな結婚ではなかった。それでも、赤ちゃんをひとりさずかってね、マーニーは、これでものごとがいいほうに変わるかもしれないと期待したわ。結局、それからすぐにふたりは別れてしまったのだけれど、しばらくしたらエズミは再婚して、最後にはすべてがうまくいくかのように思えた」

「じゃあ、うまくいかなかったんですか？」ミセス・リンジーがきいた。

ギリーがうなずいた。「悲劇が起こってね。新婚旅行で自動車事故にあって、亡くなってしまったのよ」

アンナの背中に当たっているミセス・リンジーのひざが、ふいにこわばった。アンナはふりかえって、つぶやいた。「不思議。わたしのお母さんも、自動車事故で亡くなったの」

「知ってるわ」同じく小さな声が返ってきた。「あなたのおばさまが話してくれたから」ミセス・リンジーはアンナを自分のひざにやさしく引きよせると、アンナの頭ごしに、やけにひっそりとした声できいた。「ギリー、エズミの赤ちゃんの名前は？」

「マリアンナよ。赤ちゃんのひいおばあちゃんからとったんですって。マーニーはそれをとても喜んでいた。たしかにすてきな名前だものねえ。スペイン語の響きもあるから、赤ちゃんのお父さんも喜んでいたわ」

　アンナはふりかえって、やっぱりわたしのはずがないよねというように、ミセス・リンジーにほほえみかけた。ところがミセス・リンジーはアンナを見ていなかった。ギリーをじっと見つめている。そしてギリーはジェーンとプリシラに向かってさらに話をつづけた。

「マーニーはその赤ちゃんをとてもかわいがったのよ。娘の最初の結婚がだめになってすぐ、マーニーが赤ちゃんの面倒を見ていたの。だから、赤ちゃんはエズミの子というより、ほとんどマーニーの子と言ってよかった。マーニーはその赤ちゃんのことを二度目のチャンスと考えたのね。赤ちゃんをきちんと育てようと、心に決めていたのよ」

「それで、育てたの?」ジェーンとプリシラが、勢いこんでたずねた。

「それがやっぱり、マーニーには二度目のチャンスはなかったの」ギリーはおさえた声で話しつづけた。「エズミ夫婦を亡くしたショックから立ちなおれないままだった。事故のあと、マーニーは重い病にかかって、その年のうちに自分も亡くなってしまったのよ。当時わたしは海外にいたから、少し前から連絡を取りあっていなかったの。ノーサンバーランドの住所に手紙を送っても、返事が来なくてね。それでバーナムにもどってから、まわりにきいてみたけれど、もちろん、そのときは、マーニーたち家族について知っている人はいなかった。一家はだいぶ前に引っこしていたから。この屋敷にも、知らない人たちが住んでいて——」ギリーは言葉を切った。プリシラがくすんと鼻を鳴らす。「あらあら、みんな、そんなに悲しまないでちょうだい。これはなにもかも、だいぶ前のことなんだから」

「どのくらい前ですか?」ミセス・リンジーが、すかさずたずねた。

「六、七年前かしらねえ」ギリーが指を折ってかぞえた。

「でも、そのかわいそうな女の子はどうなったの?」ジェーンがきいた。「ちゃんとした締めくくりがないお話って、わたし、きらいだわ」

アンナは背中に、びくんとした動きを感じた。ふりかえると、ミセス・リンジーが椅子の上でぴんと背すじをのばしている。目をかがやかせて、にこにこ笑っていた。

「話の締めくくりは、わたしにまかせて」ミセス・リンジーの声はうれしそうで、ふるえていた。「ええ、わたし、話せるの。ついさっきまで、そうとは知らなかったけれど」みんなのびっくりした顔が一気に向けられて、ミセス・リンジーは声をあげて笑った。

36　話の締めくくり

「話の締めくくりは、こうよ」ミセス・リンジーが語りだした。「おばあさんのマーニーに面倒を見てもらえなくなると、女の子は子どものためのホームに入れられました。そのとき、女の子は三歳くらい。数年後、ある夫婦がホームでその子を見つけました。奥さんのほうはずっと娘がほしいと願っていました。自分には娘がいなかったからです。そこで女の子を——マリアンナを家に連れかえって、いっしょに暮らすようになりました」

「わあ、よかったあ！」ジェーンがほうっと息をついた。

ミセス・リンジーは、話をさえぎられるのを恐れるかのように、急いで言葉をつないだ。「奥さんはマリアンナをとてもかわいがりました。自分のことを『お母さん』と呼んでほしかったのですが、どういうわけか、マリアンナはそう呼ぼうとしません。かわりに『おばさん』と呼びました」アンナが、はっと息をのんで顔をあげた。「そして、女の人は女の子をほんとうの娘だと思いたかったので、その子の名前を変えました。といっても、すっかり変えたわけではありません。名前のうしろ半分だけを使ったのです」

部屋がしんと静まりかえった。すぐに、プリシラがさけんだ。「アンナ！　マリー――アンナ！」

「わたし？　わたしってこと？」アンナはきいた。

「そう、あなた」ミセス・リンジーが答えた。「うれしい？　ああ、アンナ、わたしはとてもうれしいわ！　こんなにすてきな話の締めくくりを聞いたのは、はじめてよ。自分で語ったんだけれど」

ミセス・リンジーが、アンナの頭のうしろにキスをして、耳もとでささやいた。

「ということは、やっぱり錨《いかり》はあなたのものだったのよ」

アンナはすっかりぼうっとなり、ちょっとのあいだ、ミセス・リンジーのひざに頭をもたせかけてしまった。みんなが驚きから立ちなおるまで、数分かかった。それから、いっせいに質問をはじめた。ママは知ってたってこと？　どうしてもっと早く話してくれなかったの？　おばあさんが湿地屋敷の住人だったことを、だれもアンナに教えてあげなかったのはどうして？　その話からすると、この屋敷はリンジー家のものというより、アンナのものなんじゃない？

ミセス・リンジーはうなずいて、ここはアンナのものだけれど、リンジー家が買ったのだから、今はもちろんリンジー家のものよ、と言った。とはいえ、この屋敷がリンジー家のみんなよりもアンナの生い立ちにつながっていることは、たしかだった。

少しずつ細かいことが語られていった。ミセス・リンジーはもともと、ほかのみんなと同じ程度しか知らなかったけれど、この日の午後、ミセス・プレストンがアンナの生い立ちについて知っていることをすべて話してくれた。それでもミセス・リンジーは、アンナとマーニーの物語につながりがあるなんて、まったく思ってもいなかった。わかったのは、ギリーが自動車事故の話をしたときだ。それを聞いて、ばらばらだったことが、すべてつなぎあわさった。

本人の話では、ミセス・プレストンは昔リトル・オーバートンの近くに住んでいて、それから何年かたってホームをおとずれたとき、自分が興味を持った女の子のおばあさんも、以前その土地に住んでいたことを知った。それがわかったのはたまたまで、女の子の持ち物の中にリトル・オーバートンの絵ハガキがあるのを、ホームの寮母さんが見つけたのがきっかけだった。絵ハガキは女の子のおばあさんから送られたもので、裏にこう書いてあった。『これは、わたしが子どものころに住んでいた屋敷の写真です』

アンナは興奮で小さくふるえた。ミセス・リンジーが言った。「アンナ、わたしはあなたのおばさまが言いたくないことは言っていないの。このことをすっかり話してほしいと頼まれたのよ。だから、できるだけ早く話すつもりだった」

「わかってる。おばさんからもそう言われたから。それで、絵ハガキはどこにあるの？」

ミセス・リンジーが説明してくれた。絵ハガキは、だいぶ前になくなっていた。プレストンさん夫婦がホームをおとずれたよりも前のことだ。寮母さんの話では、小さなマリアンナが絵ハガキをはなそうとしなかったので、しまいにはばらばらにちぎれてしまったとのことだった。アンナはがっかりした顔になり、プリシラが「そうだったの……」と言った。その日の夕方、ミセス・リンジーがアンナをなぐさめようとして言ったのとそっくりの口調で。

ミセス・プレストンは、前にペグさん夫婦にきいたことがあった。村に三歳の孫娘とふたりで暮らしていた女の人を知らないか、と。けれども、ペグさんたちには心当たりがなかった。それになんといっても、絵ハガキには「わたしが子どものころ」と書いてあっただけなのだ。そこでミセス・プレストンは、このことは頭のすみにしまって、忘れようとした。

この話のとちゅうで帰ってきたアンドルーも、ほかのだれにも負けないほど興奮した。「だけど、証拠がないなあ。それがこの屋敷だとは決めつけられないよ」

ところが、まだほかにもある、とミセス・リンジーは言った。それは、ミセス・プレストンが応接間に入ったときのことだった。景色を見たミセス・プレストンは、ずいぶん驚いた様子を見せた。道路側からたずねてきたので、この屋敷がこれほど水ぎわに立っているとは思わなかったのだ。そのあと、絵ハガキの話題が出たとき、寮母さんによると写真は湖のそばに立つ大きな家のものだったらしい、とミセス・プレストンは話した。

ミセス・リンジーはそれを聞いても、絵ハガキの写真の家がこの湿地屋敷であるとか、入江の向こうからとったものかもしれないなどとは考えもしなかった。内陸のどこかで、大きな庭園つきの敷地に立っている屋敷なんだろうと思った。

けれど、ミセス・プレストンが帰りぎわにミセス・リンジーにたずねた。自分の湖を持っていて、そこにヨットをうかべるような人たちっているんでしょうかねえ、と。ミセス・リンジーは、なんだか変わった質問だと思ったので、どうしてそんなことをきくのかと、たずねた。答えは、絵ハガキの写真にヨットも一そううつっていたと寮母さんから聞いたから、というものだった。さらに、ミセス・プレストンはこんなことも言ったという。「絵ハガキの屋敷は、このあたりの家のひとつかもしれないと思うのですが、どうでしょうね」と。

「そのときはもう、ミセス・プレストンが急いで帰らないといけない時間でね」ミセス・リンジーは言った。「だから、つづきを話す暇がなかったの。でも——」

「でも、このあたりには、ほかに大きな屋敷なんてない。あるのは小さな家ばっかり」とアンドルー。

「そうなのよ」ミセス・リンジーはうなずいた。

みんなは何時間も、そのことについて話しあった。ギリーは、アンナが小さいころ、おばあさんからいろんな話を聞いていたはずだと言った。「マーニーは前から、おしゃべりだったから」そして、マーニーが孫のアンナに昔、家のない子の話をしたこともありうるんじゃないかと言いだした。というのも、アンナが急にシーラベンダーのことを思い出したのが、とても不思議だったからだ。

「でも、そのときアンナはかなり小さかったんですよ」ミセス・リンジーが言うと、ギリーもうなずいた。

けれど、アンナが苦労して言葉を探しながら、これまでだれにもしたことのない話を――湿地屋敷をはじめて見たときから、古い友だちみたいに親しく思えたという話を――すると、ギリーはうなずいた。「ええ、もちろん、そうでしょうとも。その絵ハガキを長いこと（それどころか、ちぎれるぐらいまで！）見ていたのだとしたら、忘れてしまったあとでも、その写真が頭の奥に残っていたかもしれないわね。絵も同じで、自分でかいた場所はけっして忘れないものよ。長いことじっと見ているうちに、自分の一部みたいになるの」

この話をしたことで、ギリーは思い出した。その日、湿地でかいた絵を持ってきていたのだ。ほんとうはミセス・リンジーへのプレゼントだったけれど、この人ならきっと賛成してくれるだろう、もしこれをかわりに……。

すると、ミセス・リンジーが言った。「まあ、それはすてきな思いつき！」

そこで、つつみから出された絵はアンナにわたされた。かかれていたのは湿地屋敷だった。まさにアンナがはじめて見たときのように、手前には水が広がっている。水の中に足を入れて立ったら、屋敷はそう見えるだろう。どうやって感謝の気持ちを言葉にしたらいいか、わからない。アンナはうれしくてたまらなかった。

それからやっと、そろそろねたほうがいいとみんなが思いはじめたとき、アンドルーがふいに言った。「あ、そうだ、ぼくからもわたすものがあった！」ポケットから小さなつつみを取り出して、おじぎをしながらアンナに差し出した。

「マリアンナおじょうさま、あなたの歯ブラシです」

37　アマリンボーへのさよなら

アンナは湿地屋敷の窓辺に立って、舟着き場を見ていた。あれからそろそろ三週間がたとうとしていた。外は雨がふり、風もふいている。休暇をすごしにこの地をおとずれていた人たちは、ほとんどが帰っていってしまった。あと二日で、アンナもリンジー一家もロンドンへ帰ることになっていた。

舟着き場は小さな人影がひとつあるだけで、がらんとしていた。窓のくもりをぬぐうと、それがアマリンボーだとわかった。いつもの防水服を着て、ちょうど小舟で桟橋を出ていくところだ。こんな日に浜辺へ行くなんて、アマリンボー以外にいるわけがない、とアンナは思った。浜辺はきっとわびしい風景になっているだろう。雨で砂にたくさん穴があき、先のとがったマーラム草が風でなぎたおされているはずだ。アンナは、アマリンボーが砂浜をのそのそ歩いているさまを思い描くことができた。涙やはなみずをたらしながら、ときどきかがんでは、木切れだの、古いソースの瓶だの、動物の脂のかたまりだのを探し、波に洗われてぬれそぼったお宝を拾う。キャンディの包み紙を食べてしまった、愛すべきアマリンボーおじいさん！　さよならを言わなくちゃ。もう二度と会えないかもしれない。

アンナはだれにも気づかれずに部屋をそっと出ると、屋敷の通用口から走りだした。アマリンボーはすでに屋敷の前を通りすぎていた。アンナは草の土手をすべりおり、舟着き場をつっきって、堤防をはいのぼった。そのまま堤防をかけていくと、追いついて、ほとんど横に並んだ。

「アマリンボー！」

アマリンボーがふりかえってアンナを見た。

「わたし、家に帰っちゃうの！　さよなら！」

小舟はどんどんアンナから離れていく。アマリンボーに声が届いたかどうかはわからないけれど、アンナに向かってかすかに頭をかたむけたように見えた。アンナは手をふってから、思わず口もとをおさえ、また手をふった。「金曜に帰るの。さよなら！」

アマリンボーが「ああ、うん」と言うようにあごをあげた。それから片手をあげて、まるでおごそかな敬礼みたいに一度だけふると、舟はそのままカーブを曲がって見えなくなった。

アンナはアマリンボーを見おくった。頭の上でカモメが輪をかいて飛びながら、するどい声で鳴いている。風がふきつける入江は小さなとがった波を立て、入江の向こうの湿地は灰色で人気《ひとけ》がなかった。アマリンボーが行ってしまったので、見えるところには人がひとりもいない。鉛色の広大な空の下、堤防にぽつんと立っているアンナのほかには、世界じゅうから人がいなくなってしまったかのようだった。

アマリンボーにさよならを言えて、うれしかった。あんなにさびしい人を、アンナは知らない。きょうだいが十人もいるのに！　アンナがさびしかったのは、ひとりっ子だからだ。マーニーがさびしかったのも、ひとりっ子だからだ。

雨がはげしくなり、アンナの体もかなりぬれはじめていたけれど、かまわなかった。心の中はぽかぽかしている。くるりとうしろを向くと、堤防のもと来た道をかけだした。「中」にいるとか「外」にいるって、不思議だなと思った。そばにだれかがいても、ひとりっ子でも、大家族でも、関係ない。プリシラも、それからアンドルーさえも、ときには「外」にいると感じていることを、今なら知っている。それは、自分の「中」の気持ちと関係してるんだ。

あと二分もすれば湿地屋敷に着くだろう。そうしたら、まきのいいにおいをかいで、パチパチ火のはぜる音を聞きながら、ほかのみんなといっしょに暖炉のまわりで足をあたためたり、お茶とこんがり焼いた丸パンを食べたりするはずだ。けれど、そんなときよりも、「外」で雨風にさらされてたったひとりで堤防を走っている今のほうが、むしろ自分が「中」にいると感じることができる。

走っていると風が耳もとでほえ、アンナは声をかぎりにさけんだり、うたったりした。そう言えば、いつかの夏の朝——あれはいつだっけ？　——やっぱりこんな風の中、堤防をかけていて、同じように幸せを感じたことがあったような気がする。そう考えてからアンナは思い出した。あれはマーニーといっしょにいたときだった。はじめてキノコ狩りへ行ったあのとき——はじめてほんとうの友だちになったあのときだった。

草の土手がつるつるしてのぼれないので、アンナは舟着き場まですべりおり、入江のふちぞいを踊るように進んでいった。白いカモメの羽根が一枚、宙にまいあがったり、ひっくりかえったりしたあと、ひらひらと足もとに落ちてきた。アンナは、羽根がまた風にさらわれて飛んでいかないうちに、つかみとって顔をあげた。

一瞬、だれかが——長い金髪の女の子が——湿地屋敷の二階の窓から手をふっているのが見えたような気がした。でもだれもいなかった。カーテンが一枚だけ窓の外にさらわれて、風にはためいている。プリシラが窓を閉めるのを忘れたのだろう。いちばんはしの窓、マーニーがいた部屋の窓……。アンナは少しだけその場に立ったまま、雨が屋敷に向かってななめにたたきつけ、窓を川のように流れおちるさまを見ていた。この光景も見たことがある気がするけど、なんだろう？　それからやっと、そのことも思い出した。

アンナが通用口から入ると、ミセス・リンジーがお茶の用意をしているところで、アンナを見てびっくりした顔になった。

「たいへん！　ずぶぬれじゃない！　なにしてたの？　こんなときに外にいたってこと？」

「うん」アンナはうなずき、声を立てて笑った。「でも、もう中にいるの！」

「まあ、たしかに、中にいるわね」ミセス・リンジーは、床にできた雨水のすじやぬれた足あとを見た。それでも――これはあとでだんなさんのミスター・リンジーに言ったことだけれど――アンナをしかる気にはなれなかった。アンナがやたらとうれしそうだったからだ。

「もうひとつあるのよ」ミセス・リンジーは、ミスター・リンジーに言った。「アンナが入ってきたとき、子どもたちはちょうどマーニーのことを話していたの。あの話からまだぬけきれないのね。それでマシューがいつものあっけらかんとした調子で、マーニーのことを知らなかったなんてアンナはかわいそうだ、と言ったの。そしたら、アンナがなんて言ったと思う？　『マーニーのことは、ちゃんと知ってたよ』ですって。きっぱりと、あたりまえみたいに言ってたわ。そりゃもちろん、知っていたわよね――ずっと小さかったころには。でも、おかしいのよ。アンナはそう言ったとき、たしかに声をあげて笑ったの。まるで、ほんとうにマーニーをおぼえていたみたいに」

訳者あとがき

この物語は、主人公のアンナが、転地療養のために、自宅のあるロンドンから海辺の田舎町リトル・オーバートンへ旅立つシーンで幕をあける。ご存じのかたも多いと思うが、イギリスの児童文学には、子どもがなんらかの理由で転地した先で、ふしぎな出来事にめぐり会う話がたくさんある。しかし、転地に至るいきさつが比較的あっさりと記されている作品が多いなか、本書ではアンナのひりひりするような孤独感も含めて、そこに至る事情や心境がていねいに描かれている。

アンナは友だちや周囲の人たちになじめず、疎外感を覚えていた。世の中に「目に見えない、魔法の輪のようなもの」があって、みんなはその「中」にいるのに、自分だけは「外」にいると強く感じていた。もともと内気で、ひとりで考えごとをするのが好きなタイプである。小さいときに母親と祖母を亡くしたことが、心の奥底に影を落としてもいる。しかし、それだけではない。やさしい養父母のプレストン夫妻に対して、あるときひょんなことから「わたしを心から愛していないのではないか」と疑いの気持ちをいだくようになり、心が深く傷ついてしまったのだ。

しだいにアンナは周囲のことに関心を失って「なにも考えない」ことが多くなり、学校の先生からは「やろうとすらしない」とレッテルを貼られる。同時にアンナは、落胆や悲しみを隠そうと「ふつうの顔」をするようになった。それは、まわりの人たちから見ればただの「表情のない顔」にしか見えないものだが、アンナにとっては、自分を守るための精いっぱいの防御だった。さらにアンナはぜん息まで発症してしまう。

こうして心ばかりか体まで病んでしまったアンナは、学校を長期欠席して、しばらく海辺の村で暮らすことになった。そんな傷ついた心のよりどころになったのが、不思議な少女マーニーとの出会いだった。

マーニーは、淡い金髪に、海と同じ色の目をしたかわいい少女で、湿地屋敷を所有する裕福な家庭の娘だった。言ってみればお嬢さまなのだが、快活で、意外とやんちゃでもある。夜中にボートをこぎだしたり、アンナを変装させて大人のパーティーにまぎれこませたり。これまでのアンナだったら、あの子は「中」の人だと決めつけ、敬遠して近づこうともしなかったかもしれない。しかしマーニーは、はじめからアンナのことを待っていてくれたように見え、アンナもたちまちマーニーに心引かれてゆく。マーニーは自分たちのまわりに輪を描いて、友情の誓いまで立てた。アンナはついに輪の「中」に入ったのだ。

けれども、マーニーにはどこか不思議なところがあった。いっしょにボートを漕《こ》いでいたはずなのに、ふっと消えてしまうマーニー。いないと思ったのに、不意に隣に現れるマーニー。そして、ある嵐の夜……。

作者はアンナとマーニーの輝かしくもはかない夢のような交流を、詩情を込めて描きだす。と同時に、まわりの人たちの描写もけっしておろそかにしない。おおらかにアンナを受け入れるペグ夫妻。のちにアンナが出会う、明るくて心の広いリンジー家の人々。また、アンナを愛して心配するあまり、かえってすれちがいを起こしてしまうミセス・プレストンの人物像も、実に説得力をもって描かれている。子育てに悩む多くの大人にとって、アンナとミセス・プレストンのやりとりには、ずいぶん胸を衝《つ》かれることも多いのではなかろうか。

作者のジョーン・G・ロビンソンは、一九一〇年、イギリスのバッキンガムシャーで、四人きょうだいの二番目として生まれた。両親とも弁護士で、しかも母親はケンブリッジ大学に入学を許可された最初の女子学生のひとりだという。しかしジョーン自身は勉強よりもむしろ絵を描くことが得意で、四歳のときにはすでに画家になりたいと思っていたそうだ。

　子だくさんの知的な家庭というと、先ほどもふれた、明るくにぎやかなリンジー一家を思い浮かべるが、実のところジョーンは、少女時代にはさびしい思いをすることが多かったようだ。思春期にさしかかるころに父親が急死したのもその一因だろうか。主人公アンナの造形には、自身の子ども時代のそんな記憶が色濃く反映されていると、ひとり娘のデボラが原書版のあとがきで語っている。

　だが、ジョーンが一九四一年に、やはり画家であるリチャード・G・ロビンソンと結婚して築いた家庭はたいへん幸せなものだった。ジョーンは、一九五三年から代表作のひとつである『くまのテディ・ロビンソン』シリーズを発表しているが、この作品にはひとり娘のデボラがそのままの名前で登場するし、テディ・ロビンソン自体も、デボラが持っていたクマのぬいぐるみがモデルになっている。

　ロビンソン一家は、毎年夏になると、バーナム・オーバリー・ステイス(Burnham Overy Staithe)という、ノーフォーク州の海辺の町を訪れていた。潮の満ち引きで風景ががらりと変わるというこの土地が、本書の舞台リトル・オーバートンのモデルになっている。グーグルアースで検索すれば、川のような「入江」や、大きな「風車小屋」の写真なども見ることができる。

この作品はスタジオジブリ製作、米林宏昌監督による映画化が決定し、二〇一四年七月十九日から全国公開される。

訳出にあたっては、共訳者ふたりのほか、宮坂宏美さん、田中亜希子さん、佐藤淑子さん、中田有紀さんにも全面的に協力していただき、チームとして作業を進めていった。この場を借りてお礼を申しあげる。

新訳《しんやく》 思《おも》い出《で》のマーニー

ジョーン・G・ロビンソン　越前敏弥《えちぜんとしや》・ないとうふみこ＝訳

平成26年 7月10日　初版発行
平成26年 8月15日　3版発行

発行者●堀内大示

発行所●株式会社KADOKAWA
〒102-8177　東京都千代田区富士見2-13-3
電話 03-3238-8521（営業）
http://www.kadokawa.co.jp/

編集●角川書店
〒102-8078　東京都千代田区富士見1-8-19
電話 03-3238-8555（編集部）

角川文庫 18676

印刷所●株式会社暁印刷　製本所●株式会社ビルディング・ブックセンター

表紙画●和田三造

ISBN978-4-04-102071-5　C0197

角川文庫発刊に際して

角　川　源　義

第二次世界大戦の敗北は、軍事力の敗北であった以上に、私たちの若い文化力の敗退であった。私たちの文化が戦争に対して如何に無力であり、単なるあだ花に過ぎなかったかを、私たちは身を以て体験し痛感した。西洋近代文化の摂取にとって、明治以後八十年の歳月は決して短かすぎたとは言えない。にもかかわらず、近代文化の伝統を確立し、自由な批判と柔軟な良識に富む文化層として自らを形成することに私たちは失敗して来た。そしてこれは、各層への文化の普及滲透を任務とする出版人の責任でもあった。

一九四五年以来、私たちは再び振出しに戻り、第一歩から踏み出すことを余儀なくされた。これは大きな不幸ではあるが、反面、これまでの混沌・未熟・歪曲の中にあった我が国の文化に秩序と確たる基礎を齎らすためには絶好の機会でもある。角川書店は、このような祖国の文化的危機にあたり、微力をも顧みず再建の礎石たるべき抱負と決意とをもって出発したが、ここに創立以来の念願を果すべく角川文庫を発刊する。これまで刊行されたあらゆる全集叢書文庫類の長所と短所とを検討し、古今東西の不朽の典籍を、良心的編集のもとに、廉価に、そして書架にふさわしい美本として、多くのひとびとに提供しようとする。しかし私たちは徒らに百科全書的な知識のジレッタントを作ることを目的とせず、あくまで祖国の文化に秩序と再建への道を示し、この文庫を角川書店の栄ある事業として、今後永久に継続発展せしめ、学芸と教養との殿堂として大成せんことを期したい。多くの読書子の愛情ある忠言と支持とによって、この希望と抱負とを完遂せしめられんことを願う。

一九四九年五月三日

角川文庫海外作品

十五少年漂流記
ジュール・ヴェルヌ
石川　湧＝訳

荒れくるう海を一隻の帆船がただよっていた。乗組員は15人の少年たち。嵐をきり抜け、なんとかたどりついたのは故郷から遠く離れた無人島だった——。冒険小説の巨匠ヴェルヌによる、不朽の名作。

海底二万海里　(上)(下)
ジュール・ヴェルヌ
花輪莞爾＝訳

世界の海で、未知の巨大生物が何度も目撃されていた。巨大な鯨か、それとも一角獣か⁉ 謎の怪物を仕留めようとアロナクス教授も船に乗り込むが、怪物の襲撃を受け海に放り出されてしまう——。

地底旅行
ジュール・ヴェルヌ
石川　湧＝訳

リデンブロック教授とその甥アクセルは、十二世紀アイスランドの本にはさまれていた一枚の紙を偶然手にする。そこに書かれた暗号を解読した時、「地底」への冒険の扉が開かれた！

若草物語
L・M・オルコット
吉田勝江＝訳

舞台はアメリカ南北戦争の頃のニューイングランド。マーチ家の四人姉妹は、従軍牧師として戦場に出かけた父の留守中、優しい母に見守られ、リトル・ウィメン（小さくも立派な婦人たち）として成長してゆく。

続　若草物語
L・M・オルコット
吉田勝江＝訳

夢を語りあった幼い頃の日々は過ぎ去り、厳しい現実が四人姉妹を待ち受ける。だが、次女ジョーは母に励まされて書いた小説が認められ、エイミーとローリーは婚約。姉妹は再び本来の明るい姿を取り戻し始める。

角川文庫海外作品

第三若草物語
L・M・オルコット
吉田勝江＝訳

わんぱく小僧のトミー、乱暴者のダン、心優しいデミとデイジー、おてんばなナン……子どもたちの引き起こす事件でプラムフィールドはいつも賑やか。心温まる名作。

第四若草物語
L・M・オルコット
吉田勝江＝訳

前作から10年。プラムフィールドは大学に、子供たちは個性的な紳士淑女となり、プラムフィールドから巣立っていった――。四姉妹から始まった壮大なマーチ家の物語が、ついに迎える終幕。

不思議の国のアリス
ルイス・キャロル
河合祥一郎＝訳

ある昼下がり、アリスが土手で遊んでいると、チョッキを着た兎が時計を取り出しながら、生け垣の下の穴にぴょんと飛び込んで……個性豊かな登場人物たちとユーモア溢れる会話で展開される、児童文学の傑作。

鏡の国のアリス
ルイス・キャロル
河合祥一郎＝訳

ある日、アリスが部屋の鏡を通り抜けると、そこはおしゃべりする花々やたまごのハンプティ・ダンプティたちが集う不思議な国。そこでアリスは女王を目指すのだが……永遠の名作童話決定版！

Xの悲劇
エラリー・クイーン
越前敏弥＝訳

結婚披露を終えたばかりの株式仲買人が満員電車の中で死亡。ポケットにはニコチンの塗られた無数の針が刺さったコルク玉が入っていた。元シェイクスピア俳優の名探偵レーンが事件に挑む。決定版新訳！

角川文庫海外作品

Yの悲劇
エラリー・クイーン
越前敏弥＝訳

大富豪ヨーク・ハッターの死体が港で発見される。毒物による自殺だと考えられたが、その後、異形のハッター一族に信じられない惨劇がふりかかる。ミステリ史上最高の傑作が、名翻訳家の最新訳で蘇る。

Zの悲劇
エラリー・クイーン
越前敏弥＝訳

黒い噂のある上院議員が刺殺され刑務所を出所したばかりの男に死刑判決が下されるが、彼は無実を訴える。サム元警視の娘で鋭い推理の冴えを見せるペイシェンスとレーンは、真犯人をあげることができるのか？

レーン最後の事件
エラリー・クイーン
越前敏弥＝訳

サム元警視を訪れ大金で封筒の保管を依頼した男は、なんとひげを七色に染め上げていた。折しも博物館ではシェイクスピア稀覯本のすり替え事件が発生する。ペイシェンスとレーンが導く衝撃の結末とは？

ローマ帽子の秘密
エラリー・クイーン
越前敏弥・青木　創＝訳

観客でごったがえすブロードウェイのローマ劇場で、非常事態が発生。劇の進行中に、NYきっての悪徳弁護士と噂される人物が、毒殺されたのだ。名探偵エラリー・クイーンの新たな一面が見られる決定的新訳！

フランス白粉の秘密
エラリー・クイーン
越前敏弥・下村純子＝訳

〈フレンチ百貨店〉のショーウィンドーの展示ベッドから女の死体が転がり出た。そこには膨大な手掛りが残されていたが、決定的な証拠はなく……難攻不落な都会の謎に名探偵エラリー・クイーンが華麗に挑む！

角川文庫海外作品

オランダ靴の秘密

エラリー・クイーン
越前敏弥・国弘喜美代＝訳

オランダ記念病院に搬送されてきた病院の創設者である大富豪。だが、手術台に横たえられた彼女は既に何者かによって絞殺されていた⁉ 名探偵エラリーの超絶技巧の推理が冴える〈国名〉シリーズ第3弾！

ギリシャ棺の秘密

エラリー・クイーン
越前敏弥・北田絵里子＝訳

急逝した盲目の老富豪の遺言状が消えた。捜索するも一向に見つからず、大学を卒業したてのエラリーは墓から棺を掘り返すことを主張する。だが出てきたのは第2の死体で……二転三転する事件の真相とは⁉

エジプト十字架の秘密

エラリー・クイーン
越前敏弥・佐藤　桂＝訳

ウェスト・ヴァージニアの田舎町でT字路にあるT字形の標識に磔にされた首なし死体が発見される。全てが〝T〟ずくめの奇怪な連続殺人事件の真相とは⁉ スリリングな展開に一気読み必至。不朽の名作！

アルケミスト
夢を旅した少年

パウロ・コエーリョ
山川紘矢・山川亜希子＝訳

羊飼いの少年サンチャゴは、アンダルシアの平原からエジプトのピラミッドへ旅に出た。錬金術師の導きと様々な出会いの中で少年は人生の知恵を学んでゆく。世界中でベストセラーになった夢と勇気の物語。

星の巡礼

パウロ・コエーリョ
山川紘矢・山川亜希子＝訳

神秘の扉を目の前に最後の試験に失敗したパウロ。彼が奇跡の剣を手にする唯一の手段は「星の道」という巡礼路を旅することだった。自らの体験をもとに描かれた、スピリチュアリティに満ちたデビュー作。

角川文庫海外作品

ピエドラ川のほとりで私は泣いた

パウロ・コエーリョ
山川紘矢・山川亜希子＝訳

ピラールのもとに、ある日幼なじみの男性から手紙が届く。久々に再会した彼から愛を告白され戸惑うピラール。しかし修道士でヒーラーでもある彼と旅するうちに、彼女は真実の愛を発見する。

第五の山

パウロ・コエーリョ
山川紘矢・山川亜希子＝訳

混迷を極める紀元前9世紀のイスラエル。指物師として働くエリヤは子供の頃から天使の声を聞いていた。だが運命はエリヤのささやかな望みをかなえず、苦難と使命を与えた……。

ベロニカは死ぬことにした

パウロ・コエーリョ
江口研一＝訳

ある日、ベロニカは自殺を決意し、睡眠薬を大量に飲んだ。だが目覚めるとそこは精神病院の中。後遺症で残りわずかとなった人生を狂人たちと過ごすことになった彼女に奇跡が訪れる。

悪魔とプリン嬢

パウロ・コエーリョ
旦　敬介＝訳

「条件さえ整えば、地球上のすべての人間はよろこんで悪をなす」悪霊に取り憑かれた旅人が、山間の田舎町を訪れた。この恐るべき考えを試すために——。

11分間

パウロ・コエーリョ
旦　敬介＝訳

セックスなんて11分間の問題だ。脱いだり着たり意味のない会話を除いた〝正味〟は11分間。世界はたった11分間しかかからない、そんな何かを中心にまわっている——。

角川文庫海外作品

ザーヒル

パウロ・コエーリョ
旦 敬介＝訳

満ち足りた生活を捨てて突然姿を消した妻。彼女は誘拐されたのか、単に結婚生活に飽きたのか。答えを求め、欧州から中央アジアの砂漠へ、作家の魂の彷徨がはじまった。コエーリョの半自伝的小説。

ポルトベーロの魔女

パウロ・コエーリョ
武田千香＝訳

悪女なのか犠牲者なのか。詐欺師なのか伝道師なのか。実在の女性なのか空想の存在なのか――。謎めいた女性アテナの驚くべき半生をスピリチュアルに描く傑作小説。

ブリーダ

パウロ・コエーリョ
木下眞穂＝訳

アイルランドの女子大生ブリーダの、英知を求めるスピリチュアルな旅。恐怖を乗り越えることを教える男と、魔女になるための秘儀を伝授する女がブリーダを導く。愛と情熱とスピリチュアルな気づきに満ちた物語。

アルプスの少女ハイジ

ヨハンナ・シュピリ
関 泰祐・阿部賀隆＝訳

不幸な境遇にありながらも、太陽のように人々の心を照らす少女ハイジ。山奥で孤独に暮らすおじいさんとの絆、そして足の不自由な少女クララとの出会い――壮大な自然の中で繰り広げられる、愛と幸福の名作。

トウェイン完訳コレクション ハックルベリ・フィンの冒険

マーク・トウェイン
大久保 博＝訳

自由と開放の地を求め、相棒の黒人ジムとミシシッピ川を下る筏の旅に出るハックルベリ。様々な人種や身分の人々との触れ合いを通して、人間として本当に大切なもの、かけがえのない真実を見出してゆく。

角川文庫海外作品

トウェイン完訳コレクション
トム・ソーヤーの冒険
マーク・トウェイン
大久保　博＝訳

わんぱく少年トムは、宿なしっ子ハックを相棒に、騒動を巻き起こす。海賊気どりの家出、真夜中の殺人の目撃、洞窟で宝探し、そして恋。子供の夢と冒険をユーモアとスリルいっぱいに描く、少年文学の金字塔。

トウェイン完訳コレクション
アーサー王宮廷のヤンキー
マーク・トウェイン
大久保　博＝訳

アメリカ人ハンクが昏倒から目を覚ますと、そこは中世アーサー王の時代だった！　現代科学の知識で魔術師マーリンに対抗し次第に王宮での地位を固めていくが……SF小説の元祖とも呼ばれる幻の名作！

トウェイン完訳コレクション
不思議な少年44号
マーク・トウェイン
大久保　博＝訳

ある日突然村に現れた44号と名乗る少年には、並外れた腕力の他に、他人の心を読み、時空を旅するという信じられない能力が隠されていた。同名異本も存在するが、本作はトウェインの手による決定版の完訳！

緋色の研究
コナン・ドイル
駒月雅子＝訳

ロンドンで起こった殺人事件。それは時と場所を超えた悲劇の幕引きだった。クールでニヒルな若き日のホームズとワトスンの出会い、そしてコンビ誕生の秘話を描く記念碑的作品、決定版新訳！

四つの署名
コナン・ドイル
駒月雅子＝訳

シャーロック・ホームズのもとに現れた、美しい依頼人。彼女の悩みは、数年前から毎年同じ日に大粒の真珠が贈られ始め、なんと今年、その真珠の贈り主に呼び出されたという奇妙なもので……。

角川文庫海外作品

バスカヴィル家の犬
コナン・ドイル
駒月雅子＝訳

魔犬伝説により一族は不可解な死を遂げる――恐怖の呪いが伝わるバスカヴィル家。その当主がまたしても不審な最期を迎えた。遺体発見現場には猟犬の足跡が……謎に包まれた一族の呪いにホームズが挑む！

ペギー・スー　全十巻
セルジュ・ブリュソロ
金子ゆき子＝訳

14歳のペギー・スーは、魔法の瞳でお化けを退治する。その謎を誰も知らない。家族も、友達も。そんな一匹狼の少女が健気にはちゃめちゃに、涙しながら活躍する冒険物語。可愛い（？）相棒も登場！

車輪の下に
ヘルマン・ヘッセ
秋山六郎兵衛＝訳

少年の心を理解しない神学校生活の車輪の下に少年は堪えきれなくなって逃亡する。が、人生苦難の道は果てしない。生の悦びの追求と禁欲的な求道的な傾向の間に立ち、懊悩は深まるが――。

新訳少女ポリアンナ
エレナ・ポーター

両親をなくし、ひとりぼっちで気むずかしい叔母の家に引き取られた少女・ポリアンナ。亡き父との約束「嬉しい探しゲーム」を通して、町中の人たちや、かたくなだった叔母の心をとかしていく……。

パレアナの青春
エレナ・ポーター
村岡花子＝訳

美しい青春の日々を迎えたパレアナ。いつでも喜ぶということは決して単なるお人好しで出来ることではなく、常に強い意志と努力が必要だということをポーター女史は、パレアナを通して語りかける。

角川文庫海外作品

赤毛のアン

モンゴメリ
中村佐喜子＝訳

ふとした間違いでクスバード家に連れて来られた孤児のアンは、人参頭、緑色の眼、そばかすのある顔、よくおしゃべりする口を持つ空想力のある少女だった。作者の少女時代の夢から生まれた児童文学の名作。

アンの青春

モンゴメリ
中村佐喜子＝訳

マシュウおじさんの死によって大学進学を一旦諦めたアンは、村の小学校の先生になり、孤児の双子を引き取ったり村の改善会を作ったり、友人の恋の橋渡しをすることに。アンの成長を見守る青春篇。

アンの愛情

モンゴメリ
中村佐喜子＝訳

レドモンドの学生となり、村の人々との名残を惜しみながら友人との新しい下宿生活を始めるアン。彼女を愛し続けながらも友人として寄り添ってきたギルバートと、ついに大きな運命の分かれ道を迎える——。

青い城

モンゴメリ
谷口由美子＝訳

内気で陰気な独身女性・ヴァランシー。心臓の持病で余命1年と診断された日から、後悔しない毎日を送ろうと決意するが……周到な伏線と辛口のユーモアに彩られ、夢見る愛の魔法に包まれた究極のロマンス！

もつれた蜘蛛の巣

モンゴメリ
谷口由美子＝訳

一族の誰もが欲しがる家宝の水差し。その相続を巡って、結婚や離婚、恋や駆け引きなど様々な思惑が複雑に交錯する。やがて水差しの魔力は一同をとんでもない事件へと導くが……モンゴメリ円熟期の傑作。

角川文庫海外作品

ストーリー・ガール
モンゴメリ
木村由利子＝訳

ベブとフェリックスの兄弟がプリンス・エドワード島で出会ったのは少し大人びた不思議な雰囲気の少女。美しい島の四季と共に成長する多感な少年少女たちの日々を描く『赤毛のアン』の姉妹編ともいえる人気作。

黄金の道
ストーリー・ガール2
モンゴメリ
木村由利子＝訳

子犬のように仲良くじゃれあう仲間達も、今年は少し大人びて、恋の話に冷静ではいられなくなる。未来への希望と成長の痛み、そして初めての別れを美しいプリンス・エドワード島の四季と共に描く青春小説。

丘の家のジェーン
モンゴメリ
木村由利子＝訳

裕福だが厳格な祖母と美しい母と共に重苦しい生活を送るジェーン。ある日突然、死んだと思っていた父親が現れ、暗い都会から光に満ちあふれたプリンスエドワード島を訪れることに。温かな愛に包まれる物語。

銀の森のパット
モンゴメリ
谷口由美子＝訳

家族と生まれ育った美しい屋敷をこよなく愛する少女パット。変化を嫌い永遠にこのままを願うが、時に身を引き裂かれる思いをしながら大人への階段を上っていく。少女の成長を描くリリカル・ストーリー！

パットの夢
モンゴメリ
谷口由美子＝訳

女主人として銀の森屋敷を切り盛りするパット。幸せなはずだったが、姉や兄、そして妹までが結婚することになり周囲からは「売れ残り」と陰口をきかれるように。そんなパットが辿り着いた真実の愛情とは？